水煮西游

陈玉金　陈　瞻　著

南京大学出版社

图书在版编目(CIP)数据

水煮西游 / 陈玉金，陈瞻著. —南京：南京大学出版社，2009.1

ISBN 978-7-305-05603-1

Ⅰ. 水… Ⅱ. ①陈… ②陈… Ⅲ. 人生哲学—通俗读物 Ⅳ. B821-49

中国版本图书馆 CIP 数据核字(2008)第 163325 号

出 版 者 南京大学出版社
社　　址 南京市汉口路22号　　邮　编 210093
网　　址 http://press.nju.edu.cn
出 版 人 左　健

书　　名 水煮西游
著　　者 陈玉金　陈瞻
责任编辑 陆蕊含　　编辑热线 025-83597482

照　　排 南京玄武湖印刷照排中心
印　　刷 南京京新印刷厂
开　　本 787×960 1/16 印张 10.75 字数 169千
版　　次 2009年1月第1版 2009年1月第1次印刷
印　　数 1—4000
ISBN 978-7-305-05603-1
定　　价 23.00元

发行热线 025-83594756
电子邮箱 sales@press.nju.edu.cn(销售部)
nupress1@public1.ptt.js.cn

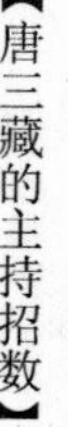

天际千仙万佛大聚会，庆典西天取经成果，
然后，隆重推出系列活动：

提调潜在价值，升华西游成果

西天取经胜利结束后，佛、道、仙界联手举办了庆典大会。会上，如来佛感谢道教太上老君、仙界玉皇大帝等对西天取经的大力支持与帮助。玉皇大帝看到通过西天取经，除妖灭怪，天下太平；传经诵佛，优善人性，也真诚地向佛、道两教领袖人物如来、太上老君致谢。太上老君忙向如来佛、玉皇大帝谦和感谢，并提出一个建议："提调潜在价值，升华西游成果。"西天取经结出了丰硕成果，这个成果还可以继续做点文章，使之得到进一步的增值升华。如来佛原本也有这个想法，听太上老君一说，当即表示赞同。玉皇大帝听了，觉得有道理、有见识、有意思。于是，立即传旨：成立西天取经成果增值升华领导小组，由如来佛、燃灯古佛、太上老君、元始天尊为顾问，玉皇大帝为组长，王母娘娘、观世音菩萨为副组长。设立办公室，观世音菩萨为主任，旃檀功德佛唐僧、斗战胜佛孙悟空、北方真武玄天上帝、托塔李天王、地藏王菩萨、东海龙王敖广、善财童子红孩儿为成员。领导、策划、开展"西天取经成果增值升华"系列活动。

经过领导小组顾问们的审查把关，由玉皇大帝批准发文，开展了如下的系列活动：

以西天取经为底料、铺垫：

如来佛宏论分配法则；

玉皇大帝作述职报告，讲执政方略大观；

观世音菩萨开讲座，畅谈当分管领导的体会；

由玉皇大帝主持召开上仙精神文明提升会；

旃檀功德佛唐僧登坛演讲项目主持；

旃檀功德佛唐僧师徒在记者招待会上讲述团队成员间的情感；

斗战胜佛孙悟空向新闻记者畅谈交际之道；

东海龙王敖广主持召开行风评议大会；

北方真武玄天上帝邀聚帝王谈百味人生；

魔界院隆重推出《妖欲论》、《小妖的鲜活个性》等学术论文；

王母娘娘主持蟠桃酒会，趣品"西游"酒文化。

文件一发，天上、人间、冥界、陆上、水中、山里，立即行动起来了。

天际千仙万佛大聚会，庆典西天取经成果，
然后，隆重推出系列活动：

如来佛的分配法则

唐僧师徒完成西天取经任务后，如来佛对他们大加封赏。唐僧，坚决按如来佛意图办事，主持西天取经有功，被加升大职正果为旃檀功德佛。孙悟空，在西天取经途中隐恶扬善，炼魔降怪有功，被加升大职正果为斗战胜佛。猪八戒，一路上跟唐僧贴得紧，又挑担有功，加升职正果为净坛使者。沙悟净，一路上拼死保护唐僧，登山牵马有功，加升大职正果为金身罗汉。白龙马驮负唐僧来西，又驮负圣经去东，也有功，加升职正果为八部天龙。

在西天取经成果增值升华的活动中，沙门召开万佛大会，道教、仙界也派来众多尊者、上仙列席聆听。东来佛祖主持了大会，请如来佛祖宏论为什么对唐僧师徒进行那样的封升！

如来佛祖开宗明义地说：我之所以这样封升，完全是基于我的分配法则：德才兼备。

——有德有才都有得

唐僧师徒及白龙马，在西天取经之中，都有德有才，我都一一评点出来了。比如，孙悟空："隐恶扬善，在途中炼魔降怪有功，全终全始。"大家都有德有才，所以在分配中都有得。

——大德居首第一得

如来佛说，我在分配中，把德放在第一位，才放在第二位。德高，分封就高。唐僧根正心诚，在取经一行人中，大德居首，所以，首先加升大职正果，得最重最高分配：封升为旃檀功德佛。我在给唐僧加升大职中，明确地点出了"功德"二字，体现了"德"在分配中的分量。

——德才兼优破格得

如来佛慧眼扫视了一下坛下，见众佛平静而安详，便以平和的声音说："是

的，唐僧加升大职正果为佛，这是理所当然的。”停顿了一下，如来佛又说：“孙悟空在西天取经中的表现‘德才兼优’。我便破格提拔他为斗战胜佛。从而，体现了对德才兼优、成绩突出者‘上不封顶’分配的原则。这个分配原则，除了对当事人含‘有功封赏、千金不吝’的意思外，还有四层意思：一是体现了主持分配的当权者公道大度；二是体现了对事业只要做出突出成绩，就会得到丰厚的回报；三是体现了对取经项目组一行人等，不搞平均主义分配，坚持论功行赏；四是体现了对帮助过德才兼优者的天上人间一干佛、仙、神、人的肯定和赞誉。”

如来佛的宏论令坛下万佛叹服。

——德好才中多分得

如来佛对唐僧等五人（包括白龙马），加升大职正果，即破格提拔的有三人，除了唐僧、孙悟空外，就是沙僧。这是为什么？如来佛面对众佛的疑惑解释道：“沙僧在一行取经人中，才能中等，处于八戒之下。然而，沙僧德好，他在取经途中，顾全大局，尽力而为；尊师敬人，维护团结；踏实勤奋，奉纪守法；坚定信念，遇挫不退；自知之明，不计得失。正因为沙僧安贫乐道，安分守己，不争不要，得到了我的赏识，对他破格提拔。对沙僧加升大职正果，这个‘大’，便是破格重赏的意思。沙僧虽然未升佛，但按他原来的基础，升为金身罗汉，便也是破格加升了。这告之人们，才能平凡者，品德高尚，也能得到丰厚的分配。”金身罗汉沙僧听了如来佛讲评，立即上前拜谢。

一位尊佛说：听说有位公司董事长宣布：谁穿过一堆障碍物，找到目的地中的金戒指，就可以提为部门主管。就在大家争先向前寻宝时，一位职工主动为大家清除障碍物，以畅通寻宝之路。结果，这位职工在障碍物中发现了金戒指，从而得到了提拔。看来，沙僧就像这位好职工。众佛点头赞同。

——重德轻资不均得

在分配上，领导者往往喜欢搞平衡，以求“皆大欢喜”。俗话说，先入山门为师。如来佛说：“猪八戒的资历比沙僧老，如果以资历为理由，也对猪八戒加升大职正果，估计上上下下、方方面面也不会有什么异议。可是，我没有这样做，我重德轻资历；也不怕得罪人，不搞平衡。果然，猪八戒对于加升职正果为净坛使者不满意了。我坚持不改分配结果，并用一番关心体贴的话开导猪八戒，使其接受了分配，跟唐僧、悟空、沙僧一起向前叩头谢恩。”众佛认为，重德轻资的分配，体现了如来佛的正气、智慧和导向。他要人们在提升德才勤绩上下工夫，不要想靠熬年头来分好果子吃。

——品德缺失影响得

如来佛点出了猪八戒品德方面存在的问题：“又有顽心，色情未泯。”接着，佛祖有点无奈地说：“平心而论，八戒除了资历外，才能也高于沙僧，在西天取经途中是孙悟空降妖除怪的第一助手。可是，他在德方面有缺失，除了我已点出的外，还有一些，比如，他对师父溜须拍马。在唐僧面前对悟空搬弄是非。悟空打死白骨精后，就是由于猪八戒的挑唆，唐僧才下决心赶走悟空的。一遇挫折，八戒就要散伙；一遇艰难，八戒就躲闪回避。好吃懒做，更是他的恒常毛病。正因为有这些问题，所以，我不能对猪八戒特别关照，破格封赏。猪八戒的‘德失’影响了‘分得’。”

佛爷爷的妙论，让净坛使者猪八戒心服口服。他当即向前跪拜如来佛，表示理解。并且感慨地说：“佛家讲缘，我的分配就是耕耘与收获的因果之缘啊！”

——现实品德决定得

唐僧、悟空、八戒、沙僧、白龙马在历史上都犯有过失，严重一点的还是失德问题。悟空大闹天宫，是反叛；八戒酒后无德；白龙马犯了不孝之罪。如来佛说：“这都是过去的错误。当大家皈依佛门后同心协力地完成了取经任务，就都是佛门好弟子了，都有资格立地成佛了。所以，在分配时，只是点出他们的历史错误，不搞秋后算账，重在看现实表现。现实中品德好、有功劳、有苦劳，说明已经改正了错误，就应得到相应的嘉奖、激励和相宜的回报。我这是以此昭示世人：人非圣贤，孰能无过，有过能改，善莫大焉。”

主持人东来佛主概括说：综上所述，如来佛有铁的分配法则，这就是德才兼备。有德有才，都能分得；德才有序，德列第一；德才特优，破格回报；德优才平，注重激励；轻视资历，看重道德；品德有缺，影响分配；只看现实品德，不算历史旧账。

天际千仙万佛大聚会，庆典西天取经成果，
然后，隆重推出系列活动：

接下来，如来佛作现场答询。

有佛请教：为什么佛爷坚持德才兼备的分配法则？按劳分配不是更简单嘛！

如来佛解释说：德才兼备与按劳分配本质上是一致的。如今，不光在官场、职场、市场还是在教门之中，都讲德才勤绩，劳，其实就是绩。绩又是德才的必然结果。强调看德才，是从源头上抓起，促进勤绩的最大化运作。坚持德才兼备，还隐含着以德御才、长期进取的要求和用心。

如来佛又说：分配，是一种管理、导向、激励，甚至是一种得失。分配得是否科学，不仅关系到被分配者的得失，也关系到主持分配者的得失。分配得好，能够提高领导威望，促进单位的和谐建设，营造人心思进的氛围。分配，又是一种导火索，甚至是一种隐患，分配不好，就会引发轩然大波，发生危机，滋生消极因素。你们有没有听说过一个一条蛇嘴里衔着两只青蛙的故事？一条蛇嘴里衔着一只青蛙，渔夫见了，可怜青蛙，从蛇嘴里救下了青蛙。又同情蛇饿肚子，于是，给了蛇丰盛的食物。渔夫认为自己今天做了一件两全齐美的大好事。可是，很快，他发现蛇嘴里衔着两只青蛙，渔夫大吃一惊，百思不得其解发生这种现象的原因是什么。蛇说：青蛙，是我该得的分配，你克扣了我该得的分配，我就要想办法加倍补偿。你给我的食物，是我不当的分配。你不给我，我无话可说；你给了我，我也不会感谢你，更不会因此而放弃那份原本就该属于我的分配所得。只当是意外之财，是走路拾到一块膏药——小贴贴。这个寓言故事说明了什么？说明了分配有其自身的规律和要求，任何当权者，在主持分配时都要因势利导、因地制宜，切不可搞长官意志，拍脑袋决定分配原则、样式、份额的数量和质量。佛门是清修之地，总体素质水平高，有条件实施德才兼备的分配法则。条件不具备的，坚持直观的按劳分配，也很好。

如来佛又强调说，无论搞什么样的分配模式，都要使分配公平、均衡，促进可持续发展。

那么，在运行德才兼虑的分配原则之中，要注意哪些操作要点呢？

面对有的佛的请教，如来佛点出：一是要一碗水端平，一把尺子量到底，不能搞分配像月亮，“初一十五不一样”。二是要长期稳定、维护、坚持。切忌朝三

天际千仙万佛大聚会，庆典西天取经成果，
然后，隆重推出系列活动：

暮四翻烧饼，乱折腾，使人产生浮躁心理，产生机会主义理念。三是不排除在分配中灵活处置，遇到特殊情况作特别的分配处理。但这其中要注意三点：A. 要有令众人心服、理解、认同的理由和说明；B. 要与总的分配法则、指导思想本质精神相吻合；C. 要有利于促进单位的事业发展，振奋人心、激发士气。四是主持分配者要大公无私。不要轮到自己就特殊，自觉不自觉地往亲朋好友、小圈子中的哥们碗中多盛一勺子。五是要坚持分配精准，在赏罚分明中有气魄、有才能、有办法、有情感。六是要对分配中得失悬殊的不同群体和人员做好事前、事中、事后的心理按摩及思想疏导工作。使得多者快马加鞭未下鞍，得少者奋起直追不消沉。

如来佛的分配高论，使佛、道、仙众听众为之折服，津津乐道。一些有权主持分配者大有“听佛一席论，胜念百年经”的感觉，油然而生跃跃欲试的冲动。

天际千仙万佛大聚会，庆典西天取经成果，
然后，隆重推出系列活动：

玉皇大帝的执政形象

在“西天取经成果增值升华”活动之中，根据活动领导小组的建议和安排，举行了一次万千仙、佛、道参加的“玉皇大帝执政述职”大会。

玉皇大帝，全称叫“高天上圣大慈仁者玉皇大天尊玄穹高上帝”。

大会伊始，元始天尊说：当年，孙悟空大闹天宫时，忽发狂想，要坐天庭龙椅，为此，他责问玉帝凭什么资格当大帝。如今，悟空已成斗战胜佛，估计也不会再来提这个问题了。但是，当年悟空所提的这个问题，至今还没有人来回答。我想，玉皇大帝坐天庭，靠的是两条：一是道行；二是执政能力。道行，由我来说；执政能力，听玉帝述职。

元始天尊说：玉皇大帝的道行很高、很深。

很早很早以前，有一个国家叫光严妙乐国，国王叫净德，王后名叫宝月光。年纪一大把了，还没有儿子。于是，天天对着元始天尊的泥像祷告，一连半年多，从不间断，他的虔诚终于感动了元始天尊。

一天晚上，宝月光皇后梦见太上老君（灵宝天尊）坐着一辆五色龙车从天而降，给她送来了身放异彩的婴儿。第三天早晨，她醒来的时候，已经怀有身孕了。这小孩长大后，只做了几年大王便去普明秀岩山修道，不久升仙。又修行了三千二百劫后，终于列入金仙，号“清静自然王如来”。又经亿劫之苦后成为玉皇大帝。

元始天尊讲完了玉帝的根本来历之后，说：“玉皇大帝执掌天上人间的政务统驭权柄。这位帝尊的权是如何执掌的？其执政形象又怎么样？我们聆听他的述职吧。”

玉皇大帝在述职中讲了十点：

一、确立大政方针

乾坤之初，天地玄黄，诞生了第一个生灵：混沌天神。接着，诞生了第二个精灵：盘古氏。盘古开天地，到了我玉皇大帝时，宇宙还很不稳定，天上人间很错乱，人欲邪旺，草莽精灵横行。共工与颛顼争霸，共工怒触不周山，石破天惊，天崩地陷。于是，我制定一系列乾纲大法，实施一系列规章戒律，采取一系列举措，强力而迅速地摆平了天地人间，从而出现了和谐安宁的局势，并为以后的执政治理打下了循名责实的典章依据。

这主要是：

天地分离，人神各别。“云在青天水在瓶”。

女娲补天，宇宙成格。从此，天衣无缝，日月得天能久照。

亲自征伐，诛杀刑天。大魔刑天野心勃勃，乱常天地。我身披天甲，手握神剑，勇斗刑天。“刑天舞干戚，猛志固常在”。我三战刑天，终于，诛灭丑恶。

人仙分等，不得联姻。由于在颛顼时代已定下人神不可交配的天宫禁令，连天梯也被拆了。我妹妹下界与凡人相配，七仙女与董永相爱，牛郎与织女相约，等等，都受到严惩。这似乎不近仙情，这个禁令未必合情合理。但是，有什么办法？神在官场，身不由己。前面留下的规矩，到我时，还得痛苦地照办啊！

差仙下界，布德收徒。派老子到人间传《道德经》，教化人类。让老子收八弟子而成八仙。八仙过海，各显人间，导人从善。

下派皇帝，治理人间。

羿射九日，以一当十。龙多不下雨，艄公多了要翻船。天有十日，灼热无比，有害无益。我责成后羿射落九日，仅留一日，造福寰宇。

如此等等，不一而足。总的执政精神是：和谐康宁。在这个乾纲朝略之下，天地人间相安无事，以至到了“甘其食、美其服、安其居、乐其俗”的理想境地。

二、崇尚和同理念

玉皇大帝是天地之间至高无上的神，是居于太微玉清宫的上苍执政第一人。完全可以专制独裁，“一把手一把抓”；也完全可以自以为是，排斥异党异派异别异类，唯我独尊，瞎子逛大街，目中无人！

然而，玉皇大帝没有这样！他在述职中说，我深知，执政是一种责任、一种压力、一种风险、一种重担，而不单是一种荣耀、一种权势、一种封闭、一种宗派。执政，需要强大的力量支撑。一个孙悟空，就能敌住十万天兵天将。天上人间，有多少类似当年妖猴孙悟空一样的妖魔鬼怪？大鹏金翅雕、黄眉老佛、兕怪、六

天际千仙万佛大聚会，庆典西天取经成果，
然后，隆重推出系列活动：

耳猕猴、牛魔王、九灵元圣、狮王和象王、百眼魔君、琵琶精、圣婴大王红孩儿以及金毛白鼻老鼠精，等等，这些妖怪哪个不是身手不凡？他们中，有的本领与孙悟空不相上下，六耳猕猴是也！有的能耐甚至略胜孙悟空一筹，大鹏金翅雕是也！对付这些妖魔，我的天庭力量显得贼单薄。力弱而任重，必有灾祸！如之奈何？于是，我便产生了“和同理念”，大搞统一战线，铸造政治合力，以寰宇之力理通天之事，这一招果然有效。

（一）联合各种势力，组成统一战线

宗教是一种强大的力量。

佛教、道教又是宗教的强大教派。

于是，我的仙政就与以如来佛为领袖的佛教、以太上老君为领袖的道教牵手联盟，形成了三位一体的政治合力。

仙政与宗教势力是如何成功地珠联璧合的？

天庭尊重宗教信仰，认同、维护宗教的一方天地，让他们在信仰自由的天地里驰骋。宗教内部的事宜由宗教内部解决，不干涉、不掺和。不搞“种了别人责任田，荒了自己自留地”的一套。

天庭吸收宗教势力参政、议政。政治上的一些大事，邀请宗教人士参议；政治上的一些大题，听宗教人士建议；政治上的一些大局面，请宗教人士共维和。比如，在当年制服妖猴孙悟空中，多次欣然接受太上老君的建言与力援。

我还注意通过各种渠道、各种时机、各种办法拉紧同宗教界的关系。比如，将部属托塔李天王的大儿子金叉和二儿子木叉分别送与如来佛、观世音菩萨当差、做弟子，拉紧与佛教界的关系。

对于宗教界尊者的需要，更是有求必应，给足了面子。观世音菩萨要犯罪当诛的玉龙做唐僧脚力，我即传旨赦宥玉龙，送与菩萨。一个按律问斩之龙，由于佛门尊者索要，三言两语，便解放赠予。从表面上看，有点人情大于王法。但，这样做，菩萨得到玉龙，解决了唐僧往西天取经的脚力问题，又弘扬了普度众生的名号。而天庭法外施恩放了小龙，龙族也心怀感恩，倍加努力地干好工作；在宗教界那里因这类交易而亲密、亲和起来！这是玫瑰送给菩萨，余香留给自己的大好事呀！

玉皇大帝通过苦心孤诣地与宗教界等各种势力的经营牵连，从而形成了一

天际千仙万佛大聚会，庆典西天取经成果，
然后，隆重推出系列活动：

股强大的政治合力。通过这种合力，由佛教出面，搞了一个唐僧西天取经的项目，在实施完成这个项目中，横扫、诛灭、抑制、降伏、化解了各种妖魔邪恶势力，包括让天庭中不安分守己的歪瓜裂枣受到处罚警约，包括使宗教之中以及与宗教有关联的歪风邪怪受到打击惩罚，从而，不但使寰宇大治，而且使各种邪恶势力从此不敢轻举妄动，宗教势力，特别是执政大帝威望飙升。玉皇大帝执政功绩也达到了顶尖峰极！

党外无党，帝王思想。玉皇大帝身为帝王，却搞“党外有党”，和同共治，这是其辉煌执政的成功之道。

（二）化解内部矛盾，释放积极潜能

玉皇大帝的妹妹思凡下界，与凡人相配，生了“逆子”杨戬，被玉帝压在桃山下。十七年后，杨戬长大成人，劈山救母，激怒玉帝。玉帝便派十个太阳把自己的妹妹晒死。杨戬大怒，追诛十日，一口气砍伤九日。后被西海龙王三公主拦住，劝他从善，终于放下屠刀。后与三公主成了亲，移居在灌江口。

玉帝在述职中，怀着复杂的感情讲述了这件事。然后，又以轻松的口气说，妖猴孙悟空大闹天宫，天界无人能敌。观世音菩萨保荐杨戬出征，我当即准允。杨戬奉旨出征，既战败了孙悟空，又使自己扬名显世，同时又淡化了与舅舅我的夙怨。从而，使天界内部力量凝聚起来，形成了新的有利于执政的因素。

“党内无派，千奇百怪”。党内有派，这也很正常。在朝廷上，在官场中，我们面对政治统治集团内部的派别、矛盾、恩怨情仇，不求其无，但求其化，抓住机遇，淡化、钝化、转化、化解，这是一种执政胸襟、方略！

两和皆友，两斗皆仇！

君子和而不同，小人同而不和！

玉皇大帝在执政中崇尚和同理念，并且将其导向君子的和同风范，从而，将各种力量拧成一股绳，赢得了和谐、祥和的执政局面。

三、畅听百家心声

石猴刚出世，千里眼看得真，顺风耳听得明，忙禀报玉帝。玉帝垂赐恩慈曰：“下方之物，乃天地精华所生，不足为异。”

及至石猴拜师学艺，成了气候，闹龙宫、闹天界、闹幽冥界、闹蟠桃会，直到

天际千仙万佛大聚会，庆典西天取经成果，
然后，隆重推出系列活动：

危及天庭的统治秩序，玉帝才动真格剿妖猴。在这过程中，玉帝一而再、再而三地听从各种各样的声音及谏议。

玉帝在述职中讲述了三次纳谏从言的情况。

一纳太白长庚星启奏，官封猴王弼马温。

二纳太白金星谏奏，封悟空“齐天大圣”。

三纳观世音菩萨建言，传旨二郎真君擒妖猴。

众仙听了玉帝的这段述职，议道：执政为尊者，往往心高气傲，自命不凡，不容置喙，刚愎自用。玉帝遇事却能集思广益，认真听取各种建议，择善而从，海纳百川，真不愧为圣贤明君也！

四、善用诸神才能

有则寓言是这样的：森林里的野兽们举行会议，大家选举犀牛当总督。犀牛派夜莺去捕鱼，派乌龟当邮差。夜莺和乌龟都说干不了。犀牛总督生气了，下命令说：“谁不服从就严厉处罚谁。”结果，夜莺捕鱼时淹死了，乌龟送信总是迟到。没有办法，最后野兽们又举行会议，撤了犀牛的职。

为政之要，在于择人任事。帝王之职，当在知人善任。做好了，事半功倍。否则，不仅贻误政务，自己也保不准要垮台。

那么，玉帝在择人任事方面怎么样？当然是个行家里手了！

玉帝述职说：用神不疑，反复起用托塔李天王。第一次用李天王率十万天兵征讨孙悟空，无功而返。第二次又用李天王再次率十万天兵征讨孙悟空，并且配备了强大的天神阵容。以后，又多次差派李天王父子率兵帮助孙悟空剿除西天途中的诸妖。比如，派李天王率兵擒金毛白鼻老鼠精，率兵助悟空斗兕怪，率兵帮悟空降伏牛魔王。

丢弃成见，调令杨戬大战孙悟空。

扬长避短，大力释放太白长庚星智力能量。太白长庚星老成持重，富有见识，玉帝屡屡采纳他的建议。太白长庚星勤勉于事，玉帝派他暗助唐僧西天取经。太白长庚星超前发布信息，适时出手帮悟空等排忧解难，立下了绵绵之功。

有的放矢，巧用二十八宿星君帮助悟空脱离黄眉大王金铙、制伏犀牛精等等。

玉皇大帝本身也曾是一个武功盖世的人才，只是在与刑天搏斗中耗费了功力；又受到刑天的魔气侵害，丧失了武功。他是性情中人，懂得人才，珍惜人才，因而，也出色地使用人才。在他的主持下，许多神仙得到了展显才智的机遇。

五、摆平危机事变

遇事拿出办法，以建立领导的中枢。

一个当权者，一个执政者，尤其是一个帝王，究竟执政形象怎么样？很大程度要看他的执政能力怎么样。看执政能力，重要的一点要看面对突发事变、危机事件，如何临机处置。所谓临机处置能力，主要是指届时所表现出来的拍板决策的魄力、质量、节奏，执行中的调控管理能力、程序和保障措施，针对中途新的变数的调整、相宜修订、补充办法，尤其是能不断拿出保障最终效果的得力手段和办法。

玉帝在职述中说，孙悟空逃出太上老君八卦炉，打进灵霄宝殿，我见他来者不善，立即传旨着游奕灵官同翊圣真君“上西方请佛老降伏”。如来佛接诏，炼魔救驾，用大法力镇住了悟空。

玉帝面对突发事变，快速反应，沉着发令，精准决策，体现了很高的执政素养。

六、维护大千秩序

大千世界，无奇不有。林子大了，什么鸟儿都有。

没有规矩，不成方圆。

玉帝治理用重典，对内部违法、违规行为不端者，威严执行法纪，决不姑息养奸。

泾河龙王与当朝钦天监台正袁天罡叔父袁守诚赌雨，犯了天条。玉帝即发旨令大唐丞相魏征于午时三刻斩了老龙。

天河里天蓬元帅带酒戏弄嫦娥，玉帝发旨打他二千锤，贬下凡尘。

灵霄殿下侍銮舆的卷帘大将，在蟠桃会上，失手打碎了玻璃盏，玉帝发旨贬下界来。

二十八宿中奎木狼思凡下界，与宝象国三公主百花羞做了十三年夫妻。经

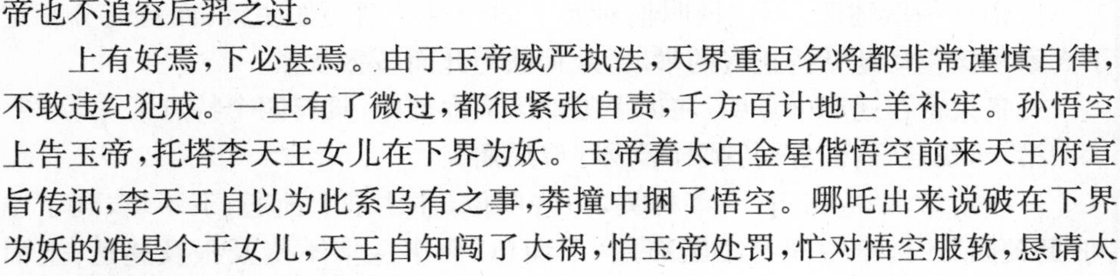

悟空揭发，玉帝查实，着天仙将其押解天庭，收了奎木狼金牌，贬他去太上老君处烧火，带俸劳改，以观后效。

玉帝威严执法，不避皇亲国戚，一视同仁。妹妹思凡下界，犯了神人不相配的宫禁，被玉帝严惩。玉帝的十个儿子太阳神，经常作恶施虐，残害生灵，玉帝要小神后羿去薄惩他们。谁知，后羿执法过了，张弓搭箭，射落九个太阳神。玉帝也不追究后羿之过。

上有好焉，下必甚焉。由于玉帝威严执法，天界重臣名将都非常谨慎自律，不敢违纪犯戒。一旦有了微过，都很紧张自责，千方百计地亡羊补牢。孙悟空上告玉帝，托塔李天王女儿在下界为妖。玉帝着太白金星偕悟空前来天王府宣旨传讯，李天王自以为此系乌有之事，莽撞中捆了悟空。哪吒出来说破在下界为妖的准是个干女儿，天王自知闯了大祸，怕玉帝处罚，忙对悟空服软，恳请太白金星说情，千万不要把过失捅到玉帝那里。

玉帝及诸神严格执法，严肃用典，人人警约，天庭秩序井然。

七、驰援宏伟项目

玉帝在述职中说，从大唐寻一得道高僧，带团队前往西天如来佛处求取真经，然后回东土传佛布道，教化芸芸众生。这是西天佛祖如来亲自策划的一个金经项目工程。对于这个宏伟项目，我不仅理解赞同，而且视同己出，始终鼎力相助，主动出手驰援。

比如，欣然借给观世音菩萨六丁六甲、五方揭谛、四值功曹等天神，暗中保护唐僧。

比如，派得力上仙长庚太白金星暗中护佑相帮唐僧师徒。

比如，诏令各路山神土地供悟空问询支使。

比如，对于唐僧师徒有求必应。

甚至在悟空无求之时，主动驰援。悟空大战牛魔王，我主动派李天王率天兵神将前往助阵。

由于天庭真心诚意地支援帮助唐僧师徒，所以，我属下的神仙兵将们也都纷纷积极出手相帮相助。大概他们明了帮助唐僧师徒符合我的战略意图，大方向是对的，所以，许多时候也不经请示汇报，“擅自行动”。比如，二郎真君出手帮悟空打败九头虫；广目天王借辟火罩与悟空行事；昴日星官出行诛灭琵琶精；福禄寿三星赴五庄观万寿山请求镇元大仙对寻求医树之方的悟空宽限时日；金星传报悟空狮驼岭之妖凶狠；哪吒甚至说动我帮助悟空用假葫芦装天，以便骗取宝葫芦、净瓶，打败妖魔。至于龙王帮助悟空斗妖除怪，更是家常便饭，不胜枚举。

玉帝这一段述职，不仅说明他对属下的一举一动心如明镜，而且充分肯定了大家积极主动地弘扬正气的举动，众神仙为此而备感欣慰。

玉皇大帝在述职中点明：在出手驰助唐僧师徒中，具有四个特点：

第一，畅通：列仙各司其职，形成呼应局面。

一些朝堂，一些衙门，一些机关，一些单位，往往是上面通，下不堵，到了中间"肠梗阻"。由于中间有了断裂层，下面急，急事急情不能及报及递达；上面急，急心急火不能及知及批办。

玉帝天庭不是这样，每次悟空上灵霄宝殿表奏请援，各位当值神仙星官均在职在位，问明悟空来意，立马上报请旨，从不停滞耽搁。悟空与黄袍老怪打斗，忽然不见妖怪，一时忍不住怒发，跳到天门上，早有张葛许邱四大天师问清情况，即进灵霄殿上启奏，立马得到我旨意。悟空上天庭办差奏事，中间环节从来都是通畅无阻。可见，玉帝天庭机关众仙家司职明确，运转畅通。没有什么拖沓推诿的现象；没有什么不给好处不办事、给了好处乱办事的丑陋习气。孙悟空来天上是这样，其他的张悟空、李悟空来奏事办差也是这样。

第二，守责：勤奋打理朝务，避免贻误军机。

孙悟空是个急性子，他上天要办的事也都是些急事。孙悟空每次上天请示、汇报、求援，玉皇大帝都在岗在位。不仅如此，有时候，悟空不能前来办差，其他神仙把唐僧师徒情况报上来，玉帝也都在朝堂，从来没见过玉帝擅离职守，去逛娱乐场，上网聊天打游戏。这样，急报之事、突发军机，一旦上报后，就能立竿见影地得到批审旨意，急事急办，大事速办。孙悟空这样性急、挑剔的人，面对玉帝这种勤勉守责的事业心、责任感，除了佩服，无话可说。

第三，迅捷：重视落实节奏，高速运行操办。

玉帝发旨办差，天仙神将办事兵贵神速，迅雷不及掩耳，从不懒懒散散，松松垮垮，疲疲沓沓。

天际千仙万佛大聚会，庆典西天取经成果，
然后，隆重推出系列活动：

孙悟空带着金鼻老鼠精供奉李天王父子的牌位，上天庭告状，被负气的李天王捆了。吃了亏的悟空不肯善罢甘休，定要拉天王上殿面君评理讨说法。太白金星忙点破悟空，上界一天，地上一年，你再这样纠缠下去，恐怕女妖同唐僧把小和尚都要生下来了。悟空顿时醒悟，不再得理不让人了。

这件事说明，从玉帝到众仙家，在发旨与依旨办事中，时间观念很强，追求操作节奏感。之所以这样，他们头脑中有个"天上一天，地上一年"的时间落差概念。听到这里，地仙之祖镇元大仙想，现在，人世间已到了磁悬浮年代，信息时代，市场经济运作，时间就是金钱，效率就是生命，执政领导和职能部门很需要有点玉帝及众仙家的"节奏"意识和高速运作作风！

第四，仁厚：为帝宽容大度，完全以诚服人。

当年，悟空与玉帝对着干，闹得最凶时，居然以英雄自居，要夺玉帝尊位。悟空皈依佛门后，保唐僧西天取经，常来上天奏事办差请援，玉帝对他不穿小鞋，不加报复；丢掉成见，理解关照；悟空不是个省油的灯，常常在玉帝面前放刁撒泼，对玉帝野俗放荡，大大咧咧，上仙们常常看不下去，横加指责，而玉帝从本质上看悟空，宽大为怀，不拘小节，不作计较。玉帝替悟空收服了黄袍老怪，并作了处罚。行者见玉帝如此发放，心中欢喜，朝上唱个大喏，又向众神道："列位，起动。"天师笑道："那个猴子还是这等村俗，替他收了怪神，也倒不谢天恩，却就喏喏而退。"玉帝道："只得他无事，落得天上清平是幸。"玉帝述职到这里，众太乙上仙都感悟到：当政者改善自己才能改造别人。正是因为玉帝的宽厚包容，个性鲜明的悟空才能心情舒畅地充分发挥聪明才智干事业，最大限度地释放能量干成事业。正是由于玉帝彻底改变了自己对悟空的看法，才使悟空能够完全地改造自己。悟空事业有成，与玉帝以诚待人、息事宁人不无关联。试想，一个执政者，小肚鸡肠，狗肚子里装不下四两油，整天计较鸡毛蒜皮之类的细枝末节，甚至一个劲地琢磨人、暗算人、整治人，下面的人还有心事干好工作嘛！其精力不放在应对防范以求自保之上，那才怪呢！一个个部属心思精力都放在揣度上峰以防不测之上，那还能有什么作为？

那么，玉帝为什么如此关注支持西天如来佛祖策划的西天取经这一宏伟项目呢？

玉帝在述职中诉说了如下一些因由：

互帮互助。佛门帮了玉帝许多忙，佛门有事，政界尊者应当投送橄榄枝。

互利互惠。天庭帮如来佛完成西天取经这个项目，不但佛门有利，自己也有惠。西天取经项目中，五人（连小玉龙）之中，80％的是来自天庭有罪有错有过失之人，或者是与天庭有宿怨之人，通过取经，改变他们，实际上是帮天庭改造人，消除不安定因素，有益于执政理想目标的实现。这正是玉帝想做但感到很难做的事。通过西天取经，消除天上、人间、佛界、妖域中大大小小及形形色色的妖魔邪恶，有利于宇宙太平，这是玉帝的政治理念和目标追求。通过西天取经，传播佛法，教化人间，有利于人世治理，这也是玉帝的职责和所企求的愿望。因此，玉帝关心、驰援如来佛扶持西天取经项目，主观上帮佛门，客观上惠自己，好事一件，皆大欢喜，何乐而不为？

互通互长。玉帝帮如来佛完成西天取经项目，加强政、教沟通。帮助佛门长功果福德；也帮助自己获得政局长治久安。

玉帝说，正因为我对西天取经这一项目利害得失看得如此清楚、深刻、透彻，所以我驰援西天取经是自愿的、主动的、卖力的。仙、佛、道众尊者认为，这也正是一个执政大家的精明、高明、开明之处！

八、讲究仪容修饰

玉帝说，我是个传媒人物，讲究公众形象很重要，所以，在仪容仪表方面要十分注重修饰，在行为举止方面追求仁慈、和蔼、厚实、端庄。在风度气质方面，注意威严、镇定、沉着、平稳。在语言表述方面，显示精准、简明、通俗而富有内涵。金口玉言，一诺千金。虽然只言片语，也是重若千钧，势在必行，行在必成。

九、权谋寰宇安宁

玉皇大帝坐上天尊之位，有了权势，怎么样？总的说，玉帝权为寰宇谋，而不是权为私欲谋，权为享乐谋，权为宗派谋，更不是权为邪恶谋。

何以见得？

玉帝在述职中表明，他在执政中：勤政。玉皇大帝从来没有一次因为贪恋后宫酒色而不上朝堂理事议政的。每次出个什么小事，也都能坐在朝堂上和爱卿商讨定夺。连石猴出世这样的民间小事，他都能立马知悉。在执政中，搞工

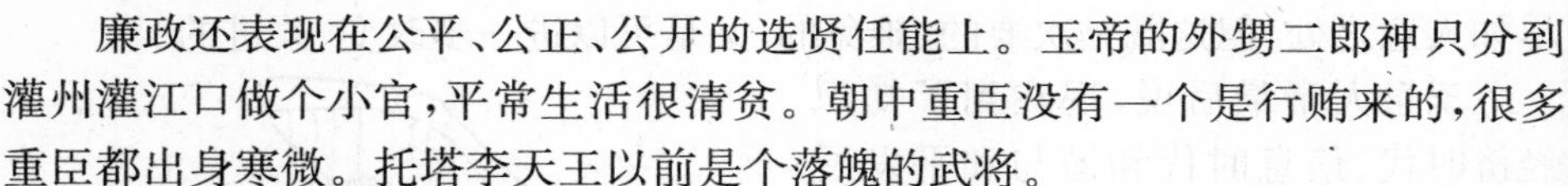

程建设，扎扎实实抓质量。瑶池台、广寒宫、南天门、齐天大圣府第等，没有出现一个豆腐渣工程，也没有发现断桥塌墙的现象。

廉政。玉帝搞蟠桃会，与神仙们同乐。那蟠桃园长有三千六百株蟠桃，前面一千二百株，花微果小，三千年一熟，人吃了成仙得道，体健身轻。中间一千二百株，层花甘实，六千年一熟，人吃了霞举飞升，长生不老。后面一千二百株，紫纹湘核，九千年一熟，人吃了与天地齐寿，日月同庚。蟠桃园由玉帝的爱后王母娘娘掌管。蟠桃是个无比稀奇金贵的仙品。对于这样的好东西，玉帝既没有把它经营变卖，独享其利；也没有独占为己有享受，或只在小圈子里分享。而是搞个蟠桃会，让天界中上仙们一齐来分享。

廉政还表现在公平、公正、公开的选贤任能上。玉帝的外甥二郎神只分到灌州灌江口做个小官，平常生活很清贫。朝中重臣没有一个是行贿来的，很多重臣都出身寒微。托塔李天王以前是个落魄的武将。

自律。玉帝不配小秘，内部政事全由帝后王母娘娘一仙搞定。虽有嫦娥这样的绝色佳人常在面前轻歌曼舞，但玉帝也只是听曲和拍，欣赏舞姿，没有利用权势占为己有。玉帝与众仙一道欣赏宫娥仙女歌舞，这也有领导重视文化建设、与朝臣共营欢娱融洽的文明氛围的意思在里面。

众尊者感悟到，综观玉帝的所言、所行、所想、所导，其执政的总的理想目标就是和谐、安宁、康乐。他执政的一切也正是围绕这一总目标展开的。

十、总体瑕不掩瑜

玉帝在述职报告中坦诚地说，我在执政之中，也有一些美中不足的地方。比如，执政之中有失察的地方。那车迟国妖仙虎力大王与悟空赌祈雨，搞了个五雷法，发了个文书，烧了文檄，惊动了我，我也不加核查，掷下旨意，就要满足妖仙需求。又如，大天竺国凤仙郡侯上官冒犯我，为了惩戒上官，我竟三年不给凤仙郡下雨，弄得那里连年亢旱，累岁干荒，贫民难以活命。纵然上官对我有所不敬，惩处上官就可以了，为何要使一方黎民百姓跟着受罚受累？“领导害病，群众吃药”，这不合适嘛！而且，还在披香殿里立了三件事：金毛哈巴狗舔光面山，小鸡吃光米山，明灯燎断锁梃，才能给凤仙郡下雨，这太过分了嘛！还有如，西海龙王外甥黑河妖强占“衡阳峪黑水河神府”，河神向西海龙王讨说法，西海龙王包庇外甥。河神要上天告状，可神微职小，上不了天庭告状。这是执政之中的下情不能上达、冤情无门上诉的缺失之处。

玉帝说到这些，很沉痛，很自责。众仙、佛、道尊者认为，仙非圣贤，孰能无过。这些缺失，与总体执政丰功伟绩比，只是白璧微瑕。

众尊者评议玉皇大帝的执政，一致认为，玉皇大帝有资望，有厚德；有纲典，有理念；有智能，有魄力；有外缘，有内聚；有明君气度，有公众仪表；能自律，会用人；果断决策，威严执法。还能抓住事关生存发展的重点项目工程，辅以高尚的修养、过硬的作风和勤勉的尽责运作，保证其高质量地完成。这些，构织成了光辉亮丽的执政形象，深化成德才勤绩的丰硕成果。虽然，玉帝执政中也有不尽如人意之处，但这既是次要的、难免的，又是可以进一步改变、改进的。

玉皇大帝最后说，现在到了知识经济时代、信息时代和谐与和平发展时代，执政要讲领导力、执行力，下一步我要根据新时代的特点和要求，研究解决好十一个问题，以提高我的执政绩效。这十一个问题是：拟定目标；确定价值；精妙决策；激励行动；科学管理；统筹整合；用好上仙；变革机构；善掌传媒；工程示范；自我充电。

天际千仙万佛大聚会，庆典西天取经成果，
然后，隆重推出系列活动：

观世音菩萨的分管风范

从“东土寻一善信”，前往西天“求取真经”，这是如来佛亲自策定的一个项目。如来佛说出了这个旨意后，观世音菩萨行近莲台，礼佛三匝道：“弟子不才，愿上东土寻一取经人来也。”从此，观世音菩萨便成为了西天取经这一项目的直接分管领导。一部《西游记》，唐僧师徒取经的历程，也是展示观世音菩萨分管风范的过程。

长期以来，如何做好上、中层分管领导，这一直是个困扰佛、道教和仙界的问题。有的分管领导才能不大权欲大；有的分管领导想有所建树又不知如何建树；还有的领导在副职分管位置上尸位素餐，出工不出力，说什么“当官要当副，吃菜要吃素，穿衣要穿布”，“不点头，不摇头，又主动，又自由”。在“西天取经成果增值升华”活动中，如来佛与玉皇大帝“英雄所见略同”，不谋而合地主张请观世音菩萨给数千名仙教界上中层副职领导进行一次如何当好分管领导的讲座。

于是，观世音菩萨便遵旨开讲座。

观世音菩萨说，在座的许多尊者对当好分管领导都很有心得、很有绩效、很有研究。我今天开讲这个题目，有点关公面前舞大刀了。没法子，这是在执行命令听指挥，我就勉为其难地谈点分管西天取经项目中的一点感受吧！

一、慧眼识人建团队

完成一个项目，当分管领导的要诀在于放权、用人。用人，第一位的是选拔、确定合适的人。

去西天取经，不仅项目分量沉重，而且难度很大，对项目组每个人员的综合素质及其团队精神都提出了极高的要求。为此，我首先是精心挑选项目组全体组成人员。

大千世界，圣贤很多，能人很多。西天取经能够扬名立万，趋之若鹜的人也很多。谁最终能够进入我的眼中？

唐三藏，孙悟空，猪八戒，沙和尚，还有一条小玉龙。

为什么要选定这五人？

首先，为什么要选择唐三藏作为西天取经项目组的第一人？

唐三藏在西天取经项目组中，不是一般成员，是主持人、负责人、领队人。他与孙悟空等人不是平行关系，而是领导与被领导的隶属关系。

选唐三藏为西天取经项目的带队人：第一，遵从了我的顶头上司如来佛的法旨。如来佛对西天取经第一人选有明确的要求，此人要“善信”。善者，德高望重；信者，虔诚坚定。我通过明察暗访，感到陈玄奘是有道高僧，对佛教无比崇信，一片挚诚，于是，认定他就是善信之人。第二，表明了高德为核的意愿。西天路上处处为险，妖魔成群，取经团队中需要有武艺高强的人开山辟路，打打杀杀。这样的人在取经团队中处于什么地位？我没有选择武艺高强的人带队，而是让他保唐三藏前往西天取经，体现了佛家坚持“高德为核”而不是“高能为核”的用人理念和政策标准。德者，才之御也。佛家坚持领衔做大事者，有道德者比有才能者更合适、更可靠。这是我当分管领导的一项基本原则。事实证明，高德为核的用人策略很重要、很明智。在西天取经的征途中，唐三藏不管在如何艰难险恶的环境中，不管在如何眼花缭乱的诱惑下，他都无怨无悔，始终不渝，心坚如铁，猛志固在，念念不忘求取真经的宏伟目标与任务。第三，体现了佛家讲缘分的理念。我在“选举高僧，开建大会”上，“见得法师坛主，乃是江流儿和尚，正是极乐中降来的佛子，又是我原引送投胎的长老，我十分欢喜”，就暗定选他带队前往西天取经。第四，坚持了精通业务的内行当领导的用人方针。唐三藏有很高深的佛学修养，他在佛坛上念讲佛门小乘教法，头头是道。他虽不知晓佛门中更高深的大乘佛法，但心诚向往、追求之。我十分赏识唐三藏的佛学素养，认定他与佛有千丝万缕的福缘，确定他就是带队完成佛门中前往西天取经这件千古流芳大项目的最理想人选。

其次，为什么选孙悟空作为西天取经项目组的主力队员？第一，一个重大项目必须要有能人做骨干支撑点。西天路上，妖魔鬼怪形形色色，武艺高强，诡计多端。“道高一尺，魔高一丈”。对付千奇百怪的妖魔鬼怪，没有像孙悟空这样的超一流能人是不行的。孙悟空武艺高强，变化多端，足智多谋，交际广泛，意志如钢。这些是能够战胜各种各样妖魔保唐三藏最终取得真经的可靠保证。孙悟空被选入取经团队之中后，就有了别人不可替代的地位和作用。第二，根据佛门教义，孙悟空是犯下大闹天宫弥天大罪的妖猴。对于这样的妖猴，佛门

天际千仙万佛大聚会，庆典西天取经成果，
然后，隆重推出系列活动：

根据其“放下屠刀，立地成佛”的教义，不是把他一棍子打死，而是慈悲为怀、普度众生，把他解救出来，保唐三藏西天取经，建功立业，同时，又将自己修成正果。这样做，有两大意义：一是证明佛法可以教化人、善化人。二是可以用孙悟空的现身经历宣扬佛法宏大无边，威力无比，神奇无穷。第三，看到孙悟空与佛有缘的内在关联。我在前往东土大唐的途中，路过五行山，悟空得知我来到面前，说：“你好像是那南海普陀落伽山救苦救难大慈大悲南无观世音菩萨。”这句话中，悟空讲我“救苦救难”，“大慈大悲”，这分明是饱含服软求助的意思。接着，又确切而诚恳地说：“我情愿修行。”我见他心存改悔，诚心皈依，便当即表态：“入我佛门，保唐僧取经，再修正果。”第四，预测孙悟空能与师父及团队中其他人磨合友善。悟空虽然有个性，更有灵性、有觉悟、有阅历、有品味。他在做齐天大圣期间，与天上、人间神仙尊佛广为接触交往，大的是非格局、做人的基本方圆尺度，他把持得住，拎得清楚，因此，相信他加盟项目组以后，不但能发挥顶梁柱作用，而且能“克己复礼”为仁，与大家亲密地融和在一起。后来，悟空果然做大(师兄)而正，委曲求全，顾全大局，忍辱负重。我从中体会到，任何一个领导，分管一个具体工程项目，必须要努力地做到慧眼识人。真可谓“龙眼识珠，凤眼识宝，慧眼识贤”，不识人就搞不好。

那么，为什么选猪八戒作为西天取经的重要队员？一则猪八戒是孙悟空不可或缺的得力帮手。单丝不成线，独木不成林。在前往西天取经的路上隐藏潜伏着种种意想不到的艰难困苦，凶险危急。面对这些，光靠悟空一人不行。俗话说，浑身上下都是铁，又能打几根钉？得有帮手，得有伙伴。尺有所短，寸有所长。猪八戒的本事、才能，虽然总体上不如悟空，但在有的地方还超过悟空，如在水中作战，曾掌管过八万水军的天蓬元帅猪八戒就略胜悟空一筹。在变化方面，猪八戒会三十六变，可以同悟空互相配合搭档，相得益彰。猪八戒还可以变作巨型大猪，干那苦累肮脏的活，这是悟空所不能办到的事。选猪八戒加盟取经团队，悟空这朵花才有扶持的绿叶，才能更充分地放开手脚联袂展示其高超才能。二则八戒是曾列仙班的天河天蓬元帅，一灵真性。虽然过失，但所犯过错又是看得见的，当在可度之人当中，张罗他入伍，善美之举。三则八戒也与佛有缘：我在前往东土途中，遇到猪八戒，说了他一番，这个怪物闻言，似梦方觉，向我施礼道：“我欲从正！”四则猪八戒虽有好吃懒做又贪色等不良习性，但在我为他摩顶受戒并加入团队后，于“队规”、环境氛围感染、约束下，已将这些不良习性限束在不碍大节、不碍取经大计的范围内。

再则，为什么要选沙和尚为西天取经的组成队员？西天路上，山高水长，取经团队中需要一个内勤人员，沙僧是这个角色的最佳人选。他本事不大，但可拾遗补缺。陆上可当悟空帮手，水中可同八戒联手。他为人厚道，吃苦耐劳，勤恳谦让。平时担子挑得勤，遇事肯卖命保护师父，还能充当“机动战略预备队”，团队发生矛盾时也会积极调解中和。沙僧也曾是仙班中人，原系灵霄殿下侍銮舆的卷帘大将。只因在蟠桃会上失手打碎了琉璃盏，被打后贬下界。他苦无出难之门，铁心皈依佛门，这自然是可度、须度之人。果然，沙僧加盟西天取经团队后，起到了积极作用，而且团队的总体人员构成更加合理完备了。

最后，为什么选小玉龙加入西天取经团队？小玉龙变成白马充当唐三藏前往西天取经的脚力，这是取经团队中需要而其他队员又不可替代的特殊角色。小玉龙犯了忤逆不孝重罪，是待斩刑余之人，我出面求玉帝赦免小玉龙，送与我派用场，小玉龙万分感恩，诚心皈佛。其后，小玉龙表现异常突出。那化变宫女刺杀黄袍怪一幕，令人惊奇叫绝！

这时，有的仙家提出：黑熊精、红孩儿，甚至大力牛魔王的本领也与悟空相当，为什么不选他们加入取经团队？观世音菩萨笑着说，这是一个有趣的问题。其实，我也考虑过他们。如来佛给了我三个箍，三个咒：紧箍咒、禁箍咒、金箍咒。孙悟空戴了箍，用紧箍咒制服；黑熊精戴了箍，用禁箍咒制服；红孩儿戴了箍，用金箍咒制服。按理说，带箍者都有能力保唐僧西天取经。牛魔王的能耐也不在这三个戴箍者之下。为什么不选他们？我主要是考虑取经团队构成需要和团队人员互补原则。建取经团队，连小玉龙共五人，符合高效精干和谐的原则。团队中再多一个能耐大的，与悟空重复，一山不容二虎，来了还容易产生互不服气、互相掣肘的内耗现象。团队主力队员只设一个角色，那么，从综合素质情况看，悟空似比其他妖魔更合适一些。而八戒、沙僧虽然本事不如黑熊精、红孩儿、牛魔王等妖魔大，但他们能心甘情愿地当悟空的帮手、配角，从而形成强弱搭配、长短互补的最佳效应。

观世音菩萨结合唐僧师徒西天取经的实践说，当分管领导，第一要则是择人任事。对被分管的团队、单位、下属、项目挑准人，分好工，事半功倍。唐三藏师徒等走到一起，围绕一个共同的理想、目标追梦。优长互补，角色相宜。由于目标、功利、素质、性格、志趣、经历等等方面的原因，初始，他们之间是有些磕磕碰碰，但是，随着磨合期的延伸，团队整体一天比一天和谐亲密，协同关爱。最终，在唐三藏的带领下，胜利完成了求得真经的神圣事业，功德无量。众仙、佛领导听了这番讲座，从中感受到观世音菩萨"用人第一"的经典的分管领导艺术。

二、交代任务给政策

观世音菩萨在讲座中说，当分管领导，要善于进行"黑箱操作"，即只管两头，不问中间。这就要调动下面的积极性、能动性，认真负责、自觉自愿地把中间的事做好。为此，必须要明确任务、给予政策。我对唐僧师徒四人，不仅明确地交代了前往西天取经的任务，而且因人而异地给予了相应的政策。这些政策就是完成任务与奖惩挂钩，并承诺在完成任务的过程中给予相关的特别条件。

（一）给予唐三藏的任务和政策

1. 任务

带领团队或者说是项目组，前往西天拜谒佛祖如来取经，行十万八千里征途，求取大乘佛法三藏经。回国后超亡者升天，度难人脱苦，修无量寿身，作无来无去。

2. 政策

A. 给予重奖。取回真经，给予正果金身。这个正果金身是什么？是成佛。就是后来如来佛所封的"加升大职正果，汝为旃檀功德佛"。

B. 给予包装。我选定唐三藏为西天取经带队人以后，赠予锦襕袈裟一件，九环锡杖一条，经过这两件佛宝包装，唐三藏之形象光辉夺目。引得唐太宗大喜，文武百官阶前喝彩。俱道"好个法师，真是个活罗汉下界，活菩萨临凡"。这真可谓：马靠鞍装，人靠衣装，僧靠包装，佛靠金装。

C. 给予名号。唐三藏原来只是长安城里德高望重的法师坛主，和尚中的佼佼者，凡间的大善人。我来了以后，将唐三藏神化了、仙化了、佛化了：唐三藏是西天佛祖如来的二徒子金蝉子，还是我观世音亲自引送投胎的佛门长老哩。金蝉子长老，是我送给唐三藏的名号，有了这个名称，就有了一大笔可以虚拟的无形资产，再有本事的能人，也只能屈从于他的领导之下当差办事。因为，"仙家自有仙家做，哪有凡人做仙家？"一切都是夙命，一切都是定数，一切都是前世

天际千仙万佛大聚会，庆典西天取经成果，
然后，隆重推出系列活动：

的积缘。披露亲自引送佛门长老投胎为唐三藏这一事实，则增加了这个“金蝉子长老”名号的可信度、权威性和神秘感。从而，保证了唐三藏能由始至终地坐稳取经带队人的宝座。

D. 给予秘笈。传授给唐三藏制服孙悟空的一套紧箍咒。

（二）给予孙悟空的任务和政策

1. 任务

参加西天取经项目组，第一，入佛门，保唐僧取经；第二，入佛门，修正果。这修正果，有两层含义，一层是从任务的角度上说，要求悟空改邪从佛，悔过自新。另一层则是从政策角度上说的，这点下面再讲。

2. 政策

我给孙悟空的政策，一是在《西游记》第八回，孙悟空被压在五行山下时给了一点；二是在蛇盘山鹰愁涧边又给了一些。合起来是：

A. 给予正果。这个正果就是成佛。孙悟空在西天取经的路上完成任务出色，得到如来佛认同，被封为斗战胜佛。

B. 给予呼应。我对悟空说：“假若你到了那伤身苦难之处，我许你叫天天应，叫地地灵。”

C. 给予亲援。“十分再到那难脱之际，我也亲来救你。”这一条，很不容易，我承诺在危急关头必要时亲自出面施以援手，这给足了孙悟空面子。这样做，当分管领导的就必须吃苦辛劳，没有了推托、当甩手掌柜的余地和退路了。

D. 给予秘笈。我对悟空说：“你过来，我再赠你一般本事。”我将杨柳叶摘下三个，放在行者的脑后，喝声“变!”即变做三根救命的毫毛，教他：“若到那无路无主的时节，可以随机应变，救得你急苦之灾。”

在后来的西天取经路上，悟空虽然只用过一次这三根毫毛。但就是这三根毫毛，在千钧一发的危难时刻，救了悟空的命。那是在狮驼岭上，悟空被大鹏金翅雕装进了阴阳二气宝瓶，使尽浑身解数也挣脱不出来。他忽然想起我赠给的三根救命毫毛，靠这三根毫毛钻通瓶底逃出。

这三根救命毫毛，就是我给予悟空的特殊政策：应急性秘密装备。

（三）给予猪八戒的任务和政策

1. 任务

做唐三藏徒弟，保唐三藏西天取经；勤勉立功，洗刷在上天好色犯戒、在人间为妖吃人的罪孽。

2. 政策

“管叫你脱离灾瘴”。

（四）给予沙僧的任务和政策

1. 任务

皈依善果入沙门，跟唐僧做个徒弟，上西天拜佛求经。

2. 政策

“我教飞剑不来穿你。那时节功成免罪，复你本职。”沙僧的本职是灵霄殿侍銮舆的卷帘大将。

我给他的政策，使他大喜过望。于是，他洗心涤虑，专等取经人。

（五）给予小玉龙的任务和政策：

1. 任务

当唐三藏的脚力。

2. 政策

A. 眼前现实的免惩免诛。

B. 将来潜在的立功嘉奖。

事实上，小玉龙日后被如来佛祖“封为八部天龙马”。

观世音菩萨强调说，当分管领导给下面交待任务给政策，必须注意具有以下一些特点：

第一，交待任务明确。整个项目组的任务是什么，各人的职责是什么，言简意赅，十分明了。

第二，政策十分到位。不仅有一般政策，还有特殊政策、特别政策。如给唐三藏传授的紧箍咒就是特殊政策，给孙悟空的“叫天天应、叫地地灵”和三根救命毫毛就是特别政策。

第三，必须要有依据。我交代任务给政策，基本上都是依据如来佛的法旨和授意。比如，给唐三藏的袈裟、锡杖和制服孙悟空的紧箍咒，都是如来佛祖授予的。当一名分管领导，手中没有终极兑现的权力，必须要以具有终极兑现权力的上级领导的承诺、授意作为依据，这样在事后才不至于使自己陷入尴尬、为难、扯皮的境地。

第四，发挥主观能动性。我在交代任务给政策中，体现出充分的主观能动性精神，这表现在两点上：一是亲力亲为。把自己的必要参与作为政策的有机组成部分。比如，对悟空说："十分再到那难脱之际，我也亲来救你。"二是融入领导者个人的无形资产。给悟空的三根救命毫毛就是我的法力，这是我宝贵的无形资产。

三、排忧解难施援手

观世音菩萨在讲座中说，一个好的分管领导，应当不是一个甩手掌柜式的领导，而是一个具有高度事业心责任感的领导；不是一个坐而论道的领导，而是一个亲力亲为的领导；不是一个才能平庸的领导，而是一个法能通天彻地的领导。我虽然没能完全做到这一点，但是我认同这一点，也努力地试图这样去做。唐僧师徒在西天取经的路上，遇到大困难、大危急、大麻烦时，我也要求自己，下面不容易，要有求必应，有应必成。下面总认为"领导一出手，样样都能有"。我们当领导的不能辜负了他们的盼望，即使不能使他们事事都如愿以偿，也要尽力而为，不使他们太失望。

观世音菩萨是这样想的，这样说的，也是这样做的。

（一）普度众生出苦海

观世音菩萨首先出手普度孙悟空、猪八戒、沙僧、小玉龙脱离灾难苦海，如从五行山下、斩龙台上将他们一一解脱出来，拉开了参加团队前往西天取经的帷幕。

（二）屡次出手救危急

"该出手时就出手！"西天取经路上危急丛生，其中有几次是观世音菩萨适时出手才化险为夷。

1. 势力单薄时，出手伏熊精

开始时，唐僧、悟空、白龙马势单装简。当行至观音院后，被黑熊精盗去了袈裟，悟空与黑熊精多次交手，常常战到要紧处被黑熊精化作一阵清风遁去。观世音菩萨帮悟空制服了黑熊精。

2. 力所难及时，出手捕鱼精

唐僧在通天河被灵感大王抓入水中，猪八戒、沙僧与他在水底只斗了个平手。悟空在岸上等着妖怪被引出水面再痛下杀手。灵感大王吃亏后，潜入水底

天际千仙万佛大聚会，庆典西天取经成果，
然后，隆重推出系列活动：

坚守不出。悟空面对急流汹涌的通天河，只能望而兴叹。观世音菩萨来到通天河，抛下篮子，念动真言，捕钓到金鱼精变成的灵感大王。

3. 万般无奈时，出手败婴妖

圣婴大王红孩儿是个十分厉害的妖怪，他在号山枯松涧捉了唐僧，用三昧真火烧得孙悟空死去活来。没办法，悟空再次请出观世音菩萨用大法力治伏了红孩儿。

4. 山穷水尽时，出手医灵根

唐僧师徒来到万寿山五庄观，悟空负气推倒了人参果树，被镇元大仙施法困住。悟空为了医好果树救出师父和师弟，与镇元大仙约时寻求医树仙方。他去求福禄寿三星，无有；到蓬莱求帝君，无方；至瀛洲求九老，无策。“山穷水尽疑无路，柳暗花明又一村。”最后，求到观世音菩萨，菩萨责备了悟空一番后，出手医活了人参果树灵根。

5. 事到迷茫时，出手指路径

唐僧被毒敌山琵琶洞的蝎子精摄去，悟空、八戒在与妖精打斗中被蝎子精扎得疼痛不已。正在茫然不知妖怪来历时，观世音菩萨主动变化前来告诫他们。悟空等经菩萨指点，请出昴日星官，马到成功地诛灭蝎子精。

6. 瓜熟蒂落时，出手收犼魔

悟空正用紫金铃放出红火、青烟、黄沙来烧赛太岁时，那妖走投无路，观世音菩萨赶来，说明此妖乃是观世音菩萨坐骑犼，并喝令孽畜还原，收回南海。

观世音菩萨坦诚地说，当然，我也有出手解不开的结。假猴王六耳猕猴与悟空混在一起，菩萨竟也难辨真假。这虽然只是个别特例，也说明了我道行还不够深，还要进一步通过修行提升、打造自己。

（三）联结上仙施警示

观世音菩萨说，唐僧师徒并小玉龙聚集后，为了提高他们的素养，教化他们的邪念，我主动出手请出黎山老母、普贤、文殊菩萨，联袂变化成母女四人，坐山招亲。面对色诱，唐僧、悟空和沙僧“考试过关”，八戒却色胆过戒，撕破脸想做倒插门的女婿，结果出乖露丑，受到惩戒。

观世音菩萨在众仙、佛开怀大笑之后，深有感触地说：巧妙出手教育，引导部属，这也是分管领导的一项重要职能和管理手段。

天际千仙万佛大聚会，庆典西天取经成果，
然后，隆重推出系列活动：

四、法力无边服能"猴"

当分管领导，很重要的是敢于服能人，善于服能人。

一个分管领导，手下没有能人可用，出不了绩效，完不成目标任务；遇到危机，没有能人撑持、依托，弄不好要捅娄子、出大事。手下有能人而管不住，"大吏不服曰崩"，当领导的只能看能人的脸色行事，这不但十分败兴和窝囊，而且也同样很危险。

观世音菩萨选择的保唐僧取经人员中，悟空是个能人，超级神猴。然而，悟空又是一个不肯轻易低眉服软的能人。对他，观世音菩萨有怎样的一套令他心服口服的招儿？这是前来听讲座的众仙、佛领导最想知道的事、最想听的话。

观世音菩萨说，在座的各位领导都有一套服能人的法力手段。我在这方面的招儿是：

（一）一套咒语

一套紧箍咒，终于使野性十足、桀骜不驯、武艺高强的孙悟空在手无缚鸡之力的唐僧面前老实本分起来，循规蹈矩起来，也自然地再也不敢在我面前犯犟撒泼了。

（二）一席承诺

我承诺悟空保唐僧西天取经，功成名就后，修成正果，加职晋升，抱个大金娃娃。这样，使悟空有了奔头、盼头、干头，也有了服管的内在觉悟基础、内在自我要求和内在积极驱动力。

（三）一瓶海水

说实在的，我让悟空心服口服的不全是领导职权和手段，主要的还得靠博大精深、无边无垠的法力。

孙悟空屡被火云洞的红孩儿三昧真火烧得死去活来，见火丧胆，只得前往南海寻找我。我为了灭三昧真火，用宝珠净瓶装了整整一海的水，悟空拿不动。我说穿了：你哪有架海的气力。我走上前，右手轻轻地将净瓶提起托在左手掌中。

孙悟空也是神通广大、见过大世面的太乙上仙。如今，在我与净瓶面前不但显得幼稚无知，而且法力相差甚远。一个装满一海之水的净瓶，悟空无论如何也拿不动，我却有架海的能量！这样的广大无边法力，他孙悟空又如何能不服？

（四）一通言辞

悟空在观音院弄丢袈裟，前来数落我只收香火，不管贪僧、妖怪。我立马责备他不该在心术不正的小人面前逞强卖弄。悟空见我无所不知，心如明镜，就十分折服了。

（五）三根毫毛

我用三片杨柳叶变作三根救命毫毛，赠予悟空。后来，悟空靠这三根毫毛的变化，得以死里逃生。他从生死劫难中深切感受到我法力的厉害，简直不可思议！

观世音菩萨总述说，折服悟空靠的是能耐、智慧和权柄。尤其是那闻所未闻、见所未见、神奇管用的能耐，是折服悟空的根本性资本。

菩萨体会深刻地说，一个领导，要"不去做别人能做的事"，"别人能做的事，交给别人做"，才能摆脱"瞎忙"；别人不能做的事要亲自作示范性操作，这才做到点子上。这样做，领导才有方有纲有权威，才能摆脱事务主义的日理万机，才能使下属得到实践、锻炼和提升的时间及空间。

五、明辨是非化矛盾

观世音菩萨认为，一个团队中难免会产生这样那样的矛盾，积极而又适时地化解这些矛盾，团队中的成员之间才会产生凝聚力，有了凝聚力，才有力量，有了力量，才能完成目标任务。团队中一些矛盾，如不及时加以解决，就会产生内耗，成员之间离心力与日俱增就会削弱整体力量，甚至会闹出乱子来。团队之中的矛盾，有的是自身能够钝化、解决，有的则通过领导才能解决。尤其是那些团队负责人与团队主要骨干之间的一些是是非非、恩恩怨怨，必须领导出面、出手，加以评判、协调，才有可能冰释嫌隙。运作中，要注意两点：一点是对领导要保护威望与提高素质相结合；一点是对能人要教育管理与信任使用相结合。化解团队矛盾，是领导，特别是分管领导的一项重要职能。

观世音菩萨曾多次出手调解唐僧师徒中的一些矛盾，其中，有两次是调解唐僧与孙悟空之间的矛盾。

第一次出手，解决了徒弟要服从师父管的问题。

唐僧从五行山解脱孙悟空后，悟空打死了“眼见喜”、“耳听怒”、“鼻嗅受”、“舌尝思”、“意见欺”、“身本忧”六个强盗。一心向善的唐僧忍不住教训悟空几句。原来这猴子一生受不得人气，他见唐僧只管絮絮叨叨，按不住心头发火，就不服管，还开小差！于是，观世音菩萨出面传授唐僧紧箍儿和紧箍咒，唐僧设下套子让悟空戴上了紧箍儿，念动紧箍咒，制服了悟空。后来，观世音菩萨又在蛇盘山鹰愁涧做了一番说服与开导工作，提高了悟空的觉悟和品味，使他树立了“正果”意识，从而解决了悟空甘心服唐僧管的问题。

第二次出手，解决了师父要善管徒弟的问题。

悟空在取经路上，为保唐僧，打死了许多强盗恶贼，唐僧先是念紧箍咒处罚悟空，接下来又铁了心将悟空开除出取经团队。这时，取经团队虽然行程过半，但队中危机四伏，孙大圣有不睦之心，八戒、沙僧也有嫉妒之意，师徒都面是背非。这当儿，六耳猕猴又乘机假扮悟空打昏唐僧，唐僧对悟空深恶痛绝，八戒、沙僧对悟空也一腔仇恨。面对这种尖锐复杂的矛盾，观世音菩萨出面了：首先，教育悟空，说他犯了“过当”的错误。除妖有功，但打死那么多罪不当死的草寇“不仁”，违背取经宗旨。其次，教育沙僧，说他误解了悟空，打昏唐僧的是妖精。沙僧见到假悟空后，在铁的事实真相面前意识到冤枉了悟空，深感惭愧。第三，教育唐僧要尊重悟空。观世音菩萨奉如来佛旨意，送悟空归队，严肃地告诫道：“唐僧，当日打昏你的，乃假行者六耳猕猴也，幸如来知识，已被悟空打死。你今日须是收留悟空，一路上魔障未消，须得他保护，才得到灵山，见佛取经，再休嗔怪。”三藏叩头道：“谨遵法旨。”过去，唐僧不大理解、也不尊重悟空，每当悟空除妖斗凶时，唐僧就横加干涉；一旦认为悟空有错，就念咒、开除，这个问题长期得不到解决。这次，菩萨出面警告唐僧，你随便处罚开除悟空，有滥用权力之嫌。一个团队的负责人舍弃能人是完不成任务的。你把妖精的账记在悟空头上，有失察之过。菩萨的态度，使唐僧受到教育和震动。从此以后，唐僧师徒“都照旧合意同心，洗冤解怨”。唐僧开始自我约束，注意理解、尊重悟空。唐僧的态度一变，八戒、沙僧对悟空的态度和感觉也随之改变，悟空在和谐宽松的团队中，心性变爽，积极性变高。打那以后，师徒之间再也没有出现大的矛盾和隔膜了。

事实说明，在解决、消除团队内部矛盾中，分管领导具有不可替代的权威和作用。这是因为，分管领导处于领导地位，他出面调解矛盾具有裁判性、定论

性、服从性，效果好。分管领导处于领导地位，他看问题的角度具有超脱性，往往看事比较客观，评判比较公正，矛盾的当事人听起来入耳入脑，心悦诚服。分管领导处于领导地位，他不但听到双方当事人的一面之词，还能广泛聆听到方方面面的意见、看法和声音。这样，在解决矛盾时，就可以拿出符合实际的办法和手段，拿出各方面都能接受的意见、办法和手段。这些招儿一出，矛盾往往就会迎刃而解，至少是为彻底解决矛盾而铺垫了坚实深厚的基础。

观世音菩萨深有感触地说，其实化解团队中矛盾学问大着呢，比如职场中一些人脉关系潜规则，如不能苛求100%的公平呀，能人不能得罪平庸的同事呀，给上司预留指导空间呀，不在背后议论别人软肋呀，用脑子听话呀，等等，我今后要关注这些。

有许多分管领导，遇到矛盾绕过去，面对是非不表态。这样做，主观上想不得罪人，实际上极大地得罪了正直的人。还有的分管领导，明知被分管团队中的负责人有错，却不敢批评指正，对头头骨干中的问题放任迁就，这就大错特错了。这样做，领导成了老好人，没威信；下属有恃无恐，歪风很快盛行；群众见上面无原则地包庇袒护一些人和事，就会滋生出消极怠工之心理。当然批评指正要注意方法，那是另外一回事。

正因为如此，观世音菩萨这一段是非分明化矛盾的讲座，对许多分管领导启示很大。

六、四通八达广交际

部属常常会遇到一些棘手的问题，请求领导予以支持、关心和帮助。任何一名领导，支持、关心和帮助部属都是必须的，这不仅是提高自己威信和形象的需要，也是一项分内职责。领导凭什么支持、关心和帮助部属？职权，个人素质，这些当然是基本的。然而，许多时候，仅凭这又有些力不从心、无济于事。怎么办？

观世音菩萨交际广泛，纵横上下，四面八方，同佛界、仙界、人间，甚至妖界等都有十分通达、老到的交际。交际，是菩萨的无形资产。借此无形资产，观世音菩萨无所不能地支持、关心和帮助唐僧师徒解决了各种各样的矛盾、困难和问题。这其中包括了一些原本菩萨也感到难办的事。

比如，靠交际，菩萨向玉帝求情，解救了小玉龙，解决了唐僧取经的脚力问题。

比如，靠交际，菩萨借得托塔李天王的三十六把天罡刀，用此缚伏红孩儿。

比如，靠交际，菩萨请动黎山老母和文殊、普贤菩萨，演出了一幕“四圣试禅心”的绝妙活剧，告诫取经人，“黎山老母不思凡，南海菩萨请下山，普贤文殊皆是客，化作美女在林间。圣僧有德还无俗，八戒无禅更有凡。从此静心须改过，若生怠慢路途难！”

观世音菩萨交际无禁区，对于妖魔也有交际。那就是在降伏黑熊精、红孩儿之后，普度皈佛，改邪从善，成了正果。这一下弘扬了度人弃恶从善的佛法大旨，对接了佛妖之间善恶转化的交往通道。

观世音菩萨的广泛交际，有时候是亲自出马，有时候是派员前往，也有时候是指派部属行走。在道破蝎子精根底之后，菩萨就令悟空上天去请昴日星官下界降妖。

交际，是观世音菩萨一笔丰厚的无形资产。菩萨用这笔无形资产给予了唐僧师徒有形的、无形的、巨大的、反复的帮助。

观世音菩萨在讲座中侃侃而谈交际的理念、运作、效能、感受，众仙、佛领导引起了强烈的共鸣！

七、下属面前保尊严

观世音菩萨是个大慈大悲的菩萨。然而，在被分管的部属唐僧师徒面前，菩萨又十分自重，始终保持着尊长、威严的形象。

观世音菩萨说，我对唐僧的态度和口气是：指令式。当唐僧第二次赶走悟空时，我教训唐僧：“你今须是收留悟空，再休嗔怪。”我认为，作为分管领导，我对唐僧是上级对下级作指示，下任务，提要求，毋庸置疑，必须不折不扣执行，雷厉风行落实。特别是悟空，是我亲自选定的“安全保卫部长”，你唐僧知人论事不看“背景”、“来头”，如同瞎子一般轻率地反复地驱逐他，不看僧面看佛面，这是对分管领导的不尊重，是对我慧眼识人的否定。不仅如此，选悟空入队也含有如来佛的法旨。当初如来佛交代菩萨选一个神通广大的妖魔保唐僧西天取经。如妖魔调皮，就让他套上紧箍儿，迫使他皈依佛门。选择孙悟空加入取经

团队正是体现了如来佛的法旨。唐僧把悟空赶走，岂不让如来佛法旨落空？所以，我自然心中不爽，严肃地教训唐僧，这也是自然的了。这一教育，显示了我在团队带头人面前的尊严。

对八戒、沙僧和小玉龙，我的态度和口气是：教育式。对猪八戒，我教导他说："若要有前程，莫做没前程。你既上界违法，今又不改凶心，伤生造孽，却不是二罪俱罚？"又说：你可跟取经人"往西天走一遭来，将功折罪，管教你脱离灾瘴"。孙悟空被唐僧二次赶走后，假猴王打昏唐僧，沙僧误认为是悟空欺师行凶，在我面前揭发指责悟空，我立马教导沙僧："悟净，不要赖人。"对小玉龙，我自然也教导一番了。这样做，使分管领导居高临下，又显露尊严，与八戒、沙僧、小玉龙之间形成了悬殊的心理落差，八戒等对我毕恭毕敬，甚至有点诚惶诚恐。比如，当我告诉往水帘洞寻取包袱回程的八戒，假猴王被如来识破被悟空除之，"那呆子十分欢喜，称谢不尽"。我认为，这样做也是需要的，是正常的。

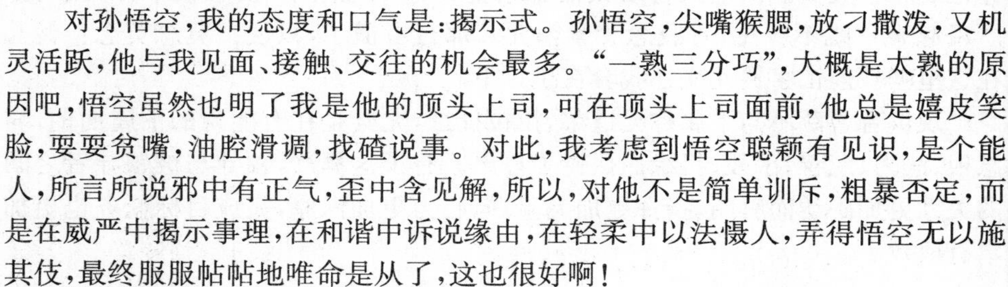

对孙悟空，我的态度和口气是：揭示式。孙悟空，尖嘴猴腮，放刁撒泼，又机灵活跃，他与我见面、接触、交往的机会最多。"一熟三分巧"，大概是太熟的原因吧，悟空虽然也明了我是他的顶头上司，可在顶头上司面前，他总是嬉皮笑脸，要要贫嘴，油腔滑调，找碴说事。对此，我考虑到悟空聪颖有见识，是个能人，所言所说邪中有正气，歪中含见解，所以，对他不是简单训斥，粗暴否定，而是在威严中揭示事理，在和谐中诉说缘由，在轻柔中以法慑人，弄得悟空无以施其伎，最终服服帖帖地唯命是从了，这也很好啊！

比如，我路过五行山，对被压在山下的悟空说："你这厮罪业弥深，救你出来，恐又生祸害，反为不美。"大圣道："我已知悔了。但愿大慈大悲指条门路，情愿修行。"在这段对话中，我理直气壮地教育悟空；悟空既在矮檐下，怎能不低头，在心理上已经处于我的从属地位。在这种情景下，我让人解救孙悟空出山，便夯实了在悟空面前保持领导尊严的心态基础。

又如，在观音院，悟空弄丢了唐僧的锦襕袈裟，便来找我讨说法。我针锋相对地揭了悟空不良言行的老底，吓得悟空慌忙改口，只求菩萨"助我去拿那妖精"。这次，我靠自己的慧根灵感反将了一军，折服了悟空。

再如，悟空在万寿山五庄观推倒人参果树，闯下大祸，被镇元大仙困住的悟空到处求医树灵方不得，最后只得来求我。我先教训他一通，接着又说："你怎么不早来见我，却往岛上去寻找？"我还告诉悟空："当年太上老君曾与我赌胜，他把我的杨柳枝拿去，放在炼丹炉中，烤得焦干，遂来还我。我拿了插在瓶中，一昼夜，复得青枝绿叶，与旧相同。”因此，相信这净瓶底的甘露水，善治得仙树灵苗。我的所言所行，既教训了悟空，又帮悟空破解了难题。从而，在悟空面前又提升了尊严档次。

还如，我的坐骑犼下界为妖，强掳朱紫国金圣宫娘娘为夫人，惊吓朱紫国国王大病三年，这一次，悟空以为我落下了话柄。谁知见面后，我抢先主动说了一番原由，说犼去朱紫国作孽是帮“朱紫国国王消灾也”。孙悟空再怎么巧舌如簧，这时也只能张口结舌。悟空还想要一点面子，要打几下犼，这一打，当分管领导的就没面子。于是，我干脆摊牌：“悟空，你既知我临凡，就当看我份上，一发都饶了罢，也算你一番降妖之功。”行者不敢违言，只得把面子卖给我。最后，悟空还想私吞紫金铃，这个我不答应。悟空，你这小子也真是，顶头上司的宝贝你也敢昧！大概是悟空太喜欢太需要紫金铃这个宝贝了，要赖说不知，我马上严肃起来：“既不曾见，等我念念紧箍咒。”那行者慌了，只说：“莫念莫念！铃儿在这里哩！”连忙将铃儿交还我套在犼颈下。

观世音菩萨不与下属称兄道弟，拉拉扯扯，尤其是在有能耐的下属面前，靠慧根、法力、慈善、手段、机缘而保持了尊严。有了这尊严，领导与被领导者之间的关系更加确切而鲜明，指挥更加灵验，向心力更加深厚，完成目标任务也更加卓有成效了。

八、执行佛旨不含糊

观世音菩萨在讲座中强调说，一个分管领导，能力再强，功劳再大，地位也总是在最高领导之下。聪明的分管领导立才不立权，总是忠心顺从地为最高领导当好助手、“打好工”。这样，可以得到最高领导的信赖与支持；同时，也可以在同僚面前得到人格形象的认同，得到同僚的敬重与关注；还可以在部属面前做出示范，上行下效，从而赢得下级的尊崇与服从。事实上，在这一方面，观世音菩萨做得非常到位。

观世音菩萨是佛界中地位显赫、形象光辉的尊者。然而，对于佛界中领袖、顶头上司如来佛，观世音菩萨是不折不扣紧跟照办，言听计从，一丝不苟，雷厉风行快捷落实，并时时、事事、处处都充满崇敬和虔诚。

天际千仙万佛大聚会，庆典西天取经成果，
然后，隆重推出系列活动：

如来佛有三藏真经，一藏，谈天；一藏，说地；一藏，度鬼。想送上东土，劝人为善。为此，要到东土寻一个取经人。观世音菩萨意识到这是如来佛想做的一件意义重大的宏伟之举，马上自告奋勇地揽下差事。如来佛交代一番，并给了五件宝贝。观世音菩萨按照如来佛旨意，很漂亮地办完了差：首先，找到了"善信"之人陈玄奘为西天取经团队的带队人。并把袈裟锡杖授予唐僧使用。又用紧箍儿套住了神通广大的妖猴，度他皈依佛门。还用另外两箍儿套住黑熊精、红孩儿，既为唐僧取经扫除了障碍，又为佛门传承了宗旨，扩展了声望。

取经途中，悟空被唐僧第二次逐出团队，发生了真假美猴王事件。面对假猴王，如来佛合掌道："观音尊者，你看那两个行者，谁是真假？"菩萨道："前日在弟子荒境，委不能辨。他又至天宫地府，亦俱难认，特来告拜如来，千万与他辨明辨明。"如来笑道："汝等法力广大，只能普阅周天之事，不能遍识周天之物，亦不能广会周天之种类也。"接着如来佛揭穿了假猴王本是"六耳猕猴也"。这一段话，观世音菩萨对自己很低调，对上级领导如来佛很谦恭，对如来佛的深邃法力、慧根充满了崇拜之意。观世音菩萨把自己定位在能手上，把如来佛尊崇为无所不知、无所不能的"博士"。如来佛对观世音菩萨用谦恭、坦诚来反衬佛祖的高深、圣哲非常满意。当如来佛制服妖猴、被悟空一棒打死后，悟空乘机撒刁，先就妖猴的事向如来佛抢白了几句；后又违背如来佛让他"快去保护唐僧来此求经"的旨意，不愿回去，想撂挑子不干。如来佛好言劝诫，并要观世音菩萨送他回去。那观世音菩萨在旁听说，即合掌谢了圣恩，领悟空办差去了。

设置灾难磨炼唐僧师徒，这是如来佛的意图，佛祖要他们"苦历"之。菩萨积极筹办之。这样做，尽管会招致悟空等被分管者怨恨，甚至咒骂，菩萨还是矢志不移照佛祖意图办，弄了个八十一难，达到了"佛门九九归真"的范本典案。

观世音菩萨讲了这八点，便要结束讲座。这时，坐在一边的王母娘娘说，还有第九点，我替菩萨说了吧：

九、相宜得体会做神

当年，齐天大圣美猴王先搅乱了蟠桃大会，偷桃偷酒偷仙丹，后又大闹天宫，十万天兵拿他不住，是观世音菩萨保荐玉帝外甥显圣二郎真君打败了大圣。想观世音菩萨法力广大，出手定可治伏大圣。可菩萨偏偏保荐显圣二郎真君出

天际千仙万佛大聚会，庆典西天取经成果，
然后，隆重推出系列活动：

手露脸，偏偏让如来佛出手压服大圣。菩萨碰到机遇让领导、让后辈扬名立万，自己持重不发，做得十分老到。

观世音菩萨当了西天取经团队的分管领导后，说话处事益发相宜得体。比如，在如来佛面前，总显得略逊一筹，亦步亦趋；让唐僧出手做好事，解救孙悟空入队，从而加深了师徒间的感情基础。如此等等，使人感觉到菩萨每时每事每处总"相宜得体会当尊"。

观世音菩萨谢了王母娘娘对自己的褒奖。菩萨说，其实，这也不是什么相宜得体，而是领导学、权力论中的"太极推手"法。不是说自己能的事，都让自己揽过来，要有所为有所不为。好处多推给别人，担子多推给下属，机会多推给同僚，面子多推给上峰，我看这没有什么不好。当然，给下面压担子后，一旦见下面担不动还要出力分担。

一个分管领导，上有天，下有地，凡事注意相宜得体很要紧。所谓激情过度，反成害处；适可相宜，恰到好处。有时，要迅猛出手，锋芒毕露；有时，要独当一面，敢于拍板，善于决断；有时，要才华横溢，足智多谋；有时，要沉默静观，"冷眼看世界"，引而不发，跃如也；有时，要早汇报，先请求，再策划；有时，要装聋作哑，王顾左右而言他；有时，要买来鞭炮让人放；还有时，要勇作自我牺牲，保卫整体形象和利益。总的来说，一个好的分管领导，要能够并善于自我调控，成熟而不轻浮，进取而不张扬，适度而不过分，忍耐而不爆发，吃亏而不贪婪，随和而不媚俗。

王母娘娘最后说：综上所述，观世音菩萨分管领导西天取经这个大项目工程，最终取得了圆满成功。西天取经的成功，折射出菩萨分管领导工作的出色。敬观菩萨的分管领导风范，其成功之要诀是：慧眼识人建团队，交代任务给政策，排忧解难施援手，法力无边服能"猴"，明辨是非化矛盾，四通八达广交际，下属面前保尊严，执行佛旨不含糊，相宜得体会做神。一个分管领导，应当从中得到鉴戒，用心体会，深刻省悟，促使自己茅塞顿开，推动所分管的工作，提升一个新高度。

天际千仙万佛大聚会，庆典西天取经成果，
然后，隆重推出系列活动：

神仙们的精神世界

“饭后一支烟，快活似神仙。”

神仙快活，做神仙好！

那么，神仙好在哪里？

《红楼梦》有一个跛足道士，口内念着几句言词道：

世人都晓神仙好，惟有功名忘不了；

古今将相在何方？荒冢一堆草没了。

世人都晓神仙好，只有金银忘不了；

终朝只恨聚无多，及到多时眼闭了。

世人都晓神仙好，只有娇妻忘不了；

君生日日说恩情，君死又随人去了。

世人都晓神仙好，只有儿孙忘不了；

痴心父母古来多，孝顺儿孙谁见了？

看来，神仙好，并非好在功名、金钱、娇妻、美女、儿孙上，那么，神仙到底好在哪里？

一部《西游记》，列示出众多神仙，人们可以看出，神仙的确是好，好就好在精神世界上！

在“西天取经成果增值升华”活动中，玉皇大帝在九天之上，亲自主持万仙大会。佛、教尊者当列万仙大会的仙班之中。

在祥光瑞气、笙歌笛音之中，玉皇大帝走上万仙大会神坛，金口玉言：

在西天取经之中，诸多神仙登台亮相，展示风采，一显精神。今天邀聚万仙，听上仙列示他们的精神世界。

所谓上仙，太乙上仙真神也。

为什么限由太乙上仙真神列示他们的精神世界？这是因为，在众多的神仙之中，太乙上仙的精气神好，而那些毛神土仙的精神世界未必就好。因为，他们同样被许多烦心不爽的事缠绕困惑着，“使我不得开心颜”，他们乐不起来。因此，精神世界也“酷”不起来了。比如，五庄观土地被悟空拘来，横加责怪，也只能小心翼翼地赔笑脸；号山的山神被红孩儿手下小妖欺侮勒索；车迟国的土地老爷被三个妖道驱使着做坏事。试问，这些神仙精神世界能好得起来吗？

为此，万仙大会只能列示太乙上仙们的精神世界。

太乙上仙有名，有位，有职，有势，有法，有智，有文，还有山头府第，他们该有的都有了，不该缺的都不缺，自然，其精神世界也由此而十分的好哇！

在西天取经途中，现世露脸的太乙上仙主要的有玉皇大帝、如来佛、王母娘娘、燃灯古佛、东来佛祖、元始天尊、太上老君、真武大帝、太白金星、托塔李天王、哪吒三太子、二郎真君、镇元子、福星、寿星、禄星、东华大帝君、二十八星宿、火德星君、水德星君、黎山老母、毗蓝婆菩萨、文殊、普贤、观世音菩萨、灵吉、紫阳真人、太乙救苦天尊、太阴星君等。

玉皇大帝强调说：

所谓“列示”：是上仙自己“摆”与他仙为其“抖”相结合。

列示太乙上仙精神世界的目的是：升华神仙中白领阶层精神文明；向毛神细仙示范上仙们的精神文明，使其感悟跟进，从而优化神仙职场精神品味。并由此，大幅度地提升仙界职场精神底蕴，加速仙界精神文明建设。并由此，将天界精神文明折射人间，带动人间乃至全宇宙精神文明建设。

接下来，上仙们依万仙大会安排，纷纷登坛列示精神世界了！

一、令人眼花缭乱的上仙精神

上仙不是一个人、一类人，而是一个群体，既然是群体，就有差异，差异就是个性化。那么上仙们的精神个性化是什么样式？

1. 资深望重、养尊处优

养尊处优，大概是所有上仙一个共同的精神特征。

而资深望重、养尊处优，又是上仙中顶尖一类的超一流上仙的精神境界。在这一类上仙中，只有玉帝、如来、东来、燃灯古佛、元始天尊、太上老君等为数不多的几位。

资深望重、养尊处优类上仙的精神世界的基本特征是：位尊而法权无边，资深而寰宇礼拜，名高而神人共知，望重而无所不能。

天际千仙万佛大聚会，庆典西天取经成果，
然后，隆重推出系列活动：

元始天尊说，西天佛祖如来，就是一个法力无边、无所不知、无所不识、无所不会、无所不能的伟大尊佛。孙悟空，一个搅得天翻地覆，闹得上天、人间、海底、幽冥都不得安宁的神猴，被如来佛施大法力压在五行山下五百年，如果不得如来佛同意，孙悟空真是永世不得翻身了。如来佛制服了孙悟空，得到了无量的崇敬、尊荣、恭维、馈赠。王母亲摘蟠桃献上。玉帝为庆谢如来佛功德，特地搞了一个大会筵，众仙向如来佛前拜献，请如来佛为会筵立名，西天佛祖便将会筵立名为“安天大会”，又换来了众仙异口同声赞誉，真是出尽了风头。大鹏金翅雕，连武艺高强的孙悟空也斗他不过。被如来佛施以法力、智慧，终于收服。真假猴王打上雷音胜境，如来佛合掌道：“观音尊者，你看那两个行者，谁是真假？”菩萨委实不能辨，如来佛笑着说破了假猴王是六耳猕猴，掷起钵盂盖住。如来佛是我们这一类太乙尊仙佛中的佼佼者。如来佛说，过誉了，过誉了。其实，讲无量天尊无量佛，无量法力无量德，这也是相对的。我如来也有不说破妖的时候，那是怕惹麻烦，但我知道妖怪老底，有收服他的后续手段。我如来也有被琵琶精蜇伤的时候，但无伤佛体，并可下佛旨搜捕剿灭她。我如来也有诸如走脱黄鼠精的事宜发生，但我可差灵吉菩萨去羁他。

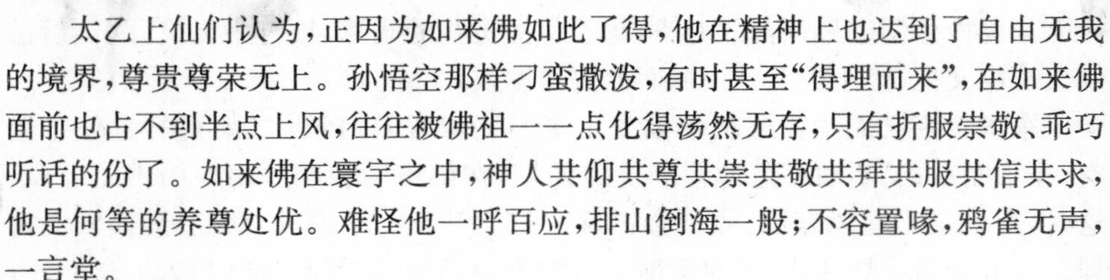

太乙上仙们认为，正因为如来佛如此了得，他在精神上也达到了自由无我的境界，尊贵尊荣无上。孙悟空那样刁蛮撒泼，有时甚至“得理而来”，在如来佛面前也占不到半点上风，往往被佛祖一一点化得荡然无存，只有折服崇敬、乖巧听话的份了。如来佛在寰宇之中，神人共仰共尊共崇共敬共拜共服共信共求，他是何等的养尊处优。难怪他一呼百应，排山倒海一般；不容置喙，鸦雀无声，一言堂。

太上老君是一位天宫中资深望重的养尊处优者。太上老君说，我的养尊处优的精神世界表现在如下几点之上：一是大事之中有作用。像收服孙悟空这样的天宫大事，太上老君不仅参与谋划，而且，在运作中一定要起到作用。当孙悟空闹得无法无天、不可收拾之时，观世音菩萨保荐二郎真君大战孙悟空，眼看孙悟空在赌斗中处于劣势。一起观战的观世音菩萨对太上老君说：“贫僧所举二郎神如何？果有神通，已把那大圣围困，只是未曾擒拿。我如今助他一力，决拿住他也。”佛教尊者观世音在玉帝前保荐二郎真君收服孙悟空，很有功德：既显示了佛家慧眼识人，又改善了玉帝与外甥二郎真君的关系（因舅甥之间原有些

天际千仙万佛大聚会，庆典西天取经成果，
然后，隆重推出系列活动：

过节），从而，使佛家在皇家面前很有面子，很有贡献，进而密切了皇、佛之间的关系。我太上老君这时在想：如果再让观世音助二郎真君拿住孙悟空，作为道教领袖人物的我：太上老君，何以自处？在天宫中还有什么位势？这是断断不能忍让的事！于是，我故意问道："菩萨将用什么兵器？怎么助他？"观世音说："我将那净瓶杨柳抛下去，打那猴头，即不能打死，也打个一跌，教二郎小圣好去拿他。"我说："你这瓶是个瓷器，如能打着他便好，如打不着他的头，或撞着他的铁棒，却不打碎了？你且莫动手，等我老君助他一功。"其实，我当然知道，观世音的净瓶是个能装一海之水的宝瓶，岂能碰着铁棒就碎。只是我变出话来说，不让观世音再出手露脸，要自己放手争头功罢了。我估摸观世音心中不服、不快，菩萨当时曾故意问我："你有什么兵器？"我生怕观世音不听我的建言，忙说："有，有，有。"捋起衣袖，左膊上取下一个圈子，说道："这件兵器，乃钢抟炼的，被我还丹点成，养就一身灵气，善能变化，水火不侵，又能套诸物；一名金钢琢，又名金钢套。当年过函关，化胡为佛，甚是亏他，早晚最可防身。等我丢下去打他一下。"我毕竟是道教掌门人，辈分在上，观世音也不好再争说什么了。我也当仁不让，话毕，自天门往下一掼，滴溜溜，径落花果山营盘里，可可地着猴王头上一下。可怜孙悟空只顾苦战七圣，却不曾提防我的暗算，被打中天灵，跌倒后被细犬又咬又扯，终于被七圣一拥而上按住擒获。

东华大帝君说："我道教领袖太上老君老谋深算，既助二郎真君拿住了悟空，立了明功；又不动声色地盖了佛家的帽，在佛道两教明争暗斗中占了上风。这时，太上老君春风满面，收了金钢琢，请玉帝同观音、王母、众仙等，俱回灵霄殿。观世音出了灯油钱，站在黑地上。吃了哑巴亏，只能怨自己与太上老君比，辈分不尊了！"

太上老君接着说：二是天尊之前有面子。我太上老君助真君拿住悟空，维护了"尊"的位势，可我并不满足。尊优位势，往往如逆水行舟，不进则退。我还要抓住一切时机，乘势前进，不断巩固发展其尊优位势。于是，当悟空被押上斩妖台之后，刀砍斧剁，枪刺剑刳，莫想伤其身。火不能烧，雷不能劈。玉帝一筹莫展。我再次上前，要求将具有金刚之躯的孙悟空交与我放在八卦炉中，用文武之火炼出金丹，烧为灰烬。天师张道陵评说："这里，太上老君不经意中说出了道家之优：第一，八卦炉优于天庭各种兵器和手段。第二，孙悟空能变成金刚之躯，有道家金丹成分，可见道家金丹之功效、威力。第三，通过八卦炉的烧炼，可以还原金丹，一旦没有道家金丹护体，神猴就无能为力了，只能化为灰烬。于是，玉帝准奏。太上老君多神气风光，多有面子。”

太上老君接着说：三是遇到求讨施恩惠。悟空为了救活已死三年的乌鸡国国王，来到三十三天离恨天宫，我太上老君得知悟空来意后，以尊长的身份赐分悟空一粒九转还魂丹，叮嘱说：“止只此了，拿去拿去！送你这一粒，医活那皇帝，只算你的功果罢。”四是失误之时善辩解。俗话说，面子是别人给的。可我太上老君有时理亏失误之时，也振振有词，为自己辩白一番，争个面子，以满足自己养尊处优的精神需求。手下二童子变作金角大王、银角大王去为妖作孽，给唐僧师父造成了很大伤害。当悟空费尽千难万苦，就要除去这二妖时，我出来了，说明这二妖是我的两个童子，悟空责备我管理无方，走失人口，我说这是受观世音菩萨的请托，还说是帮唐僧师徒凑满劫数而成正果。有上仙问，这究竟是害人？还是助人？说我为了养尊处优，也真能编排辩解哩！唉，让别仙去说吧，我坚持走自己养尊处优的路。五是理缺词穷态度好。我的坐骑青牛下界为妖，弄得唐僧师徒及众仙、佛一筹莫展，悟空找到我，责问：“似你这老官，纵放怪物，抢夺伤人，该当何罪?”我知道自己这次事情闹大了，影响不好，便忙打马虎眼，介绍青牛精所用的圈套的功能厉害，又表态自己手中有扇子，可以制服他，哄得孙猴子不再纠缠计较，我由此保全了“尊优”。太上老君这时不无得意地想：青牛为妖，还有一个玄机，让众仙、佛、道看看，我道家的一个畜生为妖，你佛家的十八罗汉也无可奈何！这在道、佛争尊中，我又收获了大大的面子！这是始料不及的额外的“尊果”。

盘古大帝说：由此可见，太乙上仙因资深望重而处优越位势，又因位势优越而受尊崇。受尊被崇不仅是一种功德、名望的资本回报，更是一种心理需求，得到了这种心理需求，感觉真好，就产生了意满心足的精神享受。太上老君、元始天尊等尊长辈，是我们的前辈老干部，老干部有养尊处优的心理需求，我们应当理解、给予满足。对老干部不仅要老有所养，老有所乐，老有所学，老有所医，老有所居，还要老有所尊。对养尊处优问题，老干部很敏感，这方面你做好了，他就会很满意，很赞赏你；这方面你做不好，他就会有“人老如丝瓜、又空又不值钱”的想法，产生自卑感，同你没个完，小事情也会没完没了，一句话也会长期牵扯不完。家有一老，如有一宝。尊老，是天上人间的美德。你把“老”当做财富，你就得到了财富；你把“老”当做包袱，你就背上了包袱。

2. 威严凛然，盛气荡溢

托塔天王李靖是玉帝所倚重的太乙上仙。他靠显赫功勋而获天王爵位，又是以治军严厉著称的武将出身，因此，养成了威严盛气的精神境界。其基本特征是：长官意志，唯上是从。严厉高傲，气势逼人。称王称霸，一意孤行。顺我者昌，逆我者亡。太重名节，少恩寡惠。犯有过错，服软求解。托塔天王李靖说，当年，儿子哪吒闯下了杀害龙王三太子的大祸，我怕招来祸患，竟逼迫七岁哪吒自杀谢罪。孙悟空在无底洞拿到了老鼠精供奉托塔天王父子的牌位，上天告我的御状，一向自负托大、盛气凌人的我——托塔天王，见到孙悟空，因五百年前被孙悟空屡次败阵，记旧仇而生新怒，勃然大怒，摆出天王的谱，意气用事，头脑发热，竟令手下巨灵神等一拥上前，捆了孙悟空，并不顾金星正言警戒劝阻，丧失理智，胆大妄为，竟要先砍了孙悟空再见驾回旨。当哪吒说破天王是有一个干女儿在下界为妖时，我才自知闯了大祸，连向悟空赔罪，忙请金星说情。位高权重的太乙上仙常常以仗势欺人为精神满足。像我托塔天王这样的上仙，如果不是遇到孙悟空这样的厉害角色，即使欺人太甚，又能拿我怎么样？我这样的上仙，在孙悟空面前，也终于露出了雷公老爷打豆腐，欺软怕硬的精神情趣。这其实是一种低级趣味！

3. 孤芳独赏，深居简出

太乙上仙中，有一些不位列朝班的散仙，他(她)们“无意苦争春，一任群芳妒。零落成泥碾作尘，只有香如故”。这类散仙的基本特征是：与世无争，不屑官位。龙行天下，卓尔不群。冷眼观察，热心出手。以此表明：不是没能耐，而是不想示能耐；不是没价值，而是不想争价值；不是不出手，而是不想轻易出手。

助孙悟空收服百眼魔君多目怪的毗蓝婆菩萨就是这样一尊心高气傲的神仙。

毗蓝婆在万仙大会上说，是的，如果不是悟空求请显世出手，我不知还要隐世沉寂多久哩。黎山老母赞扬说，毗蓝婆不同凡响，她一出手，不仅显得热情诚恳，而且用了一根非金非银非铜非铁的宝贝绣花针，针落魔伏。还主动地给唐僧、八戒、沙僧赠送了三粒解毒丹，真是菩萨心肠。

天际千仙万佛大聚会，庆典西天取经成果，
然后，隆重推出系列活动：

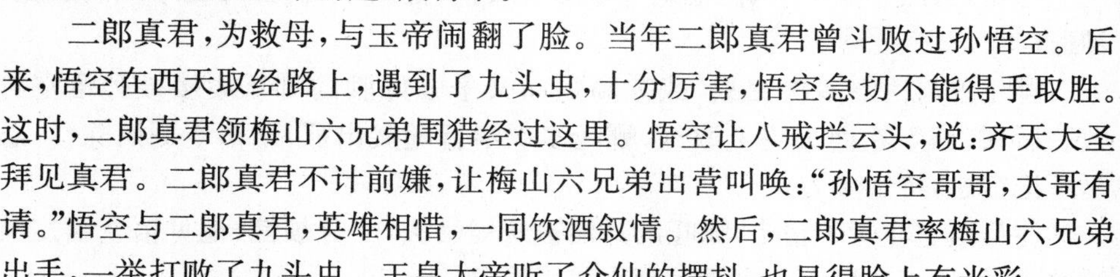

4. 豪情侠义，豁达潇洒

西天路上，有一批太乙上仙，英气勃发，风流倜傥；侠骨柔肠，豁达奔放；豪气冲天，情真意切。拿得起，放得下。

二郎真君，为救母，与玉帝闹翻了脸。当年二郎真君曾斗败过孙悟空。后来，悟空在西天取经路上，遇到了九头虫，十分厉害，悟空急切不能得手取胜。这时，二郎真君领梅山六兄弟围猎经过这里。悟空让八戒拦云头，说：齐天大圣拜见真君。二郎真君不计前嫌，让梅山六兄弟出营叫唤："孙悟空哥哥，大哥有请。"悟空与二郎真君，英雄相惜，一同饮酒叙情。然后，二郎真君率梅山六兄弟出手，一举打败了九头虫。玉皇大帝听了众仙的摆抖，也显得脸上有光彩。

奎木狼星君，为了与披香殿宫女私情约定，犯天条下界为妖，与下凡投胎后为百花羞公主的天界宫女，做了十三年夫妻。奎木狼是性情中人，所谓"无情未必真豪杰"。他们的行为诠释了："问世间情为何物，只叫人生死相许。"奎木狼犯戒被悟空制服，被押至天庭后，受到玉帝让他带薪劳改的处罚。时间不长，就解除了处罚。后来，奉旨帮悟空诛拿辟暑大王、辟寒大王、辟尘大王等三个犀牛精，十分卖力，干得漂亮，与悟空关系也很和谐融洽。

广寒宫捣玄霜仙药的玉兔，私自开玉关金锁走出宫来，下凡假冒天竺国公主，情系唐僧。被悟空识破，一路赶打。老太阴星君算出玉兔目下有伤命之灾，特来救她性命，并"望大圣看老身份上饶她罢"，真是有情有义。

这些上仙的如此精神情怀，令众仙荡气回肠。

5. 舒展圆道，坦荡宜人

太乙上仙金星是个文曲星君。他的精神世界内涵深广，富有韵味。

仔细想来，金星与悟空交往深久，极有缘分。你看他，两次建言，劝玉帝满足孙悟空要求，封他做弼马温、齐天大圣。西天取经路上，金星不辞劳苦地为悟空传递信息。特别是托塔天王与悟空闹僵了的时候，金星以他娴熟老到的素养、技艺、话语化解了二人的矛盾，使悟空擒妖之事有了顺利完满的结果。

文曲星君说：金星的言行举止中透发出极为美妙的精神世界：

见解深远而不咄咄逼人，甚受宠信而不矜持傲物，与人为善而不讨好买情，和睦相交而不飞扬跋扈，尽职勤勉而不张扬渲染，调和矛盾圆通有术，面对粗俗坦荡包容。温柔之中大事搞定，儒雅之下关系融洽。

天际千仙万佛大聚会，庆典西天取经成果，
然后，隆重推出系列活动：

武曲星君认为，金星精神世界的核心、本质是舒展坦荡。

6. 童心纯朴，阳光灿烂

哪吒，虽然年岁不大，但他是三坛海会大神，他出生时，曾降九十六洞妖魔，神通广大。

哪吒曾与悟空多次交战，武艺高强而又争强好胜的哪吒屡屡被孙悟空打败。后来，悟空在西天路上取经，哪吒多次奉旨随父出征，助悟空剿妖除怪，总是不记宿怨，特别卖力。

在帮悟空斗青牛精中，哪吒的兵器被妖怪套去，十分烦恼，他见悟空嬉皮笑脸的，忍不住嗔责悟空。真是一副小孩子形象。

为老鼠精事，托塔天王误惩悟空，哪吒立即站出来披露事情真相，一点也不给父亲过失遮掩藏盖，不搞子为父掩这一套。

太乙真人说，哪吒的这些表现，是令人喜爱、敬佩的返璞归真、童心光明的精神境界。

7. 知足常乐，随和安逸

上仙福星、禄星、寿星是一个精神上的乐天派。他们“童颜和悦更无忧，每向人间赠百福”。

悟空为寻找医树之方来到蓬莱仙岛，白云洞外，松阴之下，福、禄、寿三星正在下棋，见悟空来到，称兄道弟，畅舒友情。后来，三星受悟空之托，来到万寿山向镇元大仙求情宽限悟空寻方时日，见着八戒时，嬉笑说闹，其乐融融。后来，寿星与悟空等在比丘国相遇，八戒乘机向寿星讨要火枣，又说笑一阵。福、禄、寿三星和大合小，令人神往。福、禄、寿带给环宇欢娱和谐的精神食粮。

8. 闲云野鹤，悠游自在

紫阳真人、八仙等都是游山玩水的闲云野鹤，悠然飘逸的真正上仙。

你看那紫阳真人，在赴佛会途中，优哉云游，见到赛太岁霸占了朱紫国国王的金圣宫皇后，立马出手赠予金圣宫五彩霞衣，使金圣宫免受玷辱。当悟空制伏了赛太岁，金圣宫回到国王身边时，紫阳真人飘然而至，收去金圣宫身上的长为毒刺的五彩霞衣，使国王夫妻得以团聚，然后腾空而去。

9. 乐善好施，超凡脱俗

在黄风岭上，悟空遇到了黄毛貂鼠精，被那妖吹了一口风，只见“冷冷飕飕

天际千仙万佛大聚会，庆典西天取经成果，
然后，隆重推出系列活动：

大地变，无影无形黄沙旋。穿林折岭倒松梅，黄河浪泼彻底浑。一轮红日荡无光，满天星斗皆昏暗。盘古至今曾见风，不似这风来不善。乾坤险不炸崩开，万里江山都是颤”。悟空被吹得站立不住，眼珠酸疼。在金星点化下，悟空到须弥山找到了灵吉菩萨。灵吉菩萨即刻带着如来佛所赐定风丹与飞龙杖，随悟空来到黄风岭降妖。灵吉菩萨让悟空引出妖怪，将飞龙宝杖丢下去，念动咒语，那杖化作八爪金龙，一把抓住妖精，将其掼出原形。

后来，悟空在火焰山被铁扇公主一扇扇飘五万多里，飘到须弥山，遇到灵吉菩萨，大倒苦水。灵吉菩萨将如来赐予的一粒定风丹送了大圣，悟空有了定风丹，铁扇公主再也扇不飘他。

广目天王说，如来佛赐给灵吉菩萨的两件宝贝，他都用来帮助、赠与悟空。许多太乙上仙，十分珍视自己的宝贝，不肯轻易与人。你看那太上老君，悟空向他讨要一粒金丹也要磨破嘴皮。灵吉菩萨把定风丹这样的具有特别功能的大法宝随意给悟空，体现了他助人为乐、思维开放的精神世界。

10. 居高临下，滑稽有趣

唐僧师徒聚齐后，观世音菩萨为了搞好对他们的色戒教育，坚其心志，去其邪念，竟邀请黎山老母、普贤、文殊等四仙，化作母女四人，坐山招亲。唐僧、悟空、沙僧立场坚定不忘戒，意趣高洁不享乐。猪八戒经不住“糖衣炮弹”的袭击、诱惑，厚颜无耻、死皮赖脸地要当倒插门女婿，结果是狗咬猪尿泡，空欢喜，鸡飞蛋打一场空。不但被上仙戏弄一番，还被上仙的珍珠衫绷勒了一夜，疼痛难禁。这让八戒羞愧惊悚。

众仙认为，观世音菩萨等四尊上仙，教化人的手段奇特，滑稽荒唐，欢娱中包夹着捉弄、严惩，彰显了上仙居高临下、十分严厉的精神世界。观世音菩萨说，快别说居高临下了，这事其实有点无厘头。

11. 奉旨办差，实现价值

二十八星宿，曾多次奉玉帝旨意前来帮助、解救孙悟空。他们尽心竭力，勉为其难。精神世界中充满了事业心、责任感和归宿心理。比如，悟空被黄眉怪困在金铙中，他们使枪的使枪，使剑的使剑，使刀的使刀，使斧的使斧；扛的扛，抬的抬，掀的掀，撬的撬，弄到三更天气，莫然能动，就是铸成了囫囵的一般。亢金龙把身变小了，那角尖儿就像针尖儿一样，顺着钹合缝口上，钻将进去，可怜用尽千斤之力才穿透里面。悟空让亢金龙忍着疼，将金箍棒变作一把钢钻儿，将他那角尖上钻了一个孔窍，把身子变得似个芥菜子儿，拱在那钻眼里蹲着叫："扯出角去！扯出角去！"这亢金龙又不知费了多少力，方才拔出，使得力尽筋柔，倒在地上。亢金龙拼命解救悟空，显示了其自我价值，具有高尚的情操。

还有很多上仙，如东来佛祖、燃灯古佛、太乙救苦天尊、大圣国师王菩萨、小张太子，以及悟空的师父名须菩萨祖师等，有的传道布德，有的公正朴实，有的和蔼可亲，有的深藏不露，他们一个共同的精神特征，就是追求上仙的自我价值、自我升华、自我实现。

玉皇大帝提问说，太乙上仙的精神世界真是丰富多彩，那么，上仙的精神世界是怎么来的？

二、上仙的精神从哪里来

太乙上仙们认为，宇宙太空，绝没有无源之水，无本之木。

树的根在土里，雨的根在云中。仙班白领们的精神世界，生植于深厚的源头沃壤之中：

缘于资历名望。玉皇大帝，如来佛祖，太上老君等仙、佛、道中领袖人物，他们的精神境界并不完全产生于权位，而在很大程度上来之于他们的资历名望。他们凭着自己的资历名望，而产生无比尊崇的精神优越感，这是名至实归的结果。

缘于位势业绩。宰相出于州县，将帅拔于卒伍。托塔天王李靖，没有任何背景，他硬是凭自己的赫赫战功而争得朝堂一席之地。他的威严、盛气、寡情之精神特质，都与他的阅历、位势有着千丝万缕的关联。二郎真君杨戬之所以形成那样的精神特征，也与他的位势有着内在的联系。

缘于职责、智能。太白金星李长庚位列仙班重臣上卿之列。他本人智商高、学识丰、儒养深，所以才有令人心驰神往的精神情怀。

缘于仙风道骨。太乙救苦天尊的高洁气度，就是由此而生。

缘于优质心理。东来佛祖，大肚能容，容天下难容之人；笑口常开，笑天下可笑之人。东来佛祖慧眼睿智，精神放达而圣洁，这是佛祖优质心理的外露。

缘于仙道轨迹。燃灯佛祖、哪吒是也。这一老一少，一个冷眼看世深邃，一

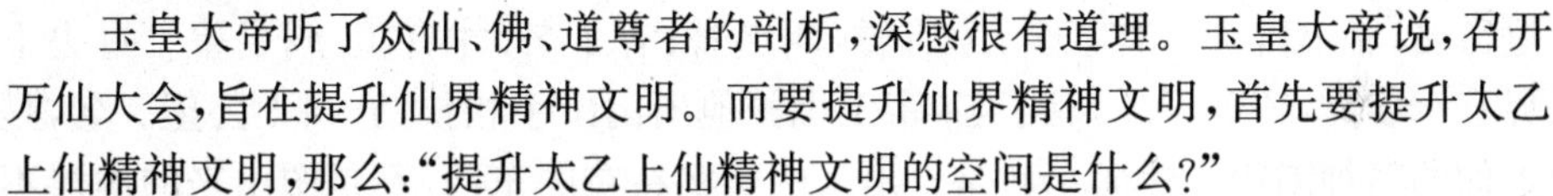

个涉世不深天真。他们步入仙道都是在正义、热忱、阳光之下运行的，因而，他们精神上都蕴含了公正无私、正派坦诚、清朗公开的宝贵特质。

缘于独特个性。五庄观万寿山的镇元大仙，见悟空请出观世音菩萨医好他的人参宝树时，他又与悟空八拜为兄弟，热忱洋溢地招待众上仙与唐僧师徒。镇元子是地仙之祖，连观世音菩萨都让他三分，福、禄、寿三星是他的晚辈，正因为如此，镇元子形成了“争强好胜，意志坚挺”的精神特质。他的所作所为、所言所行，都是缘于他的这种精神特质。

玉皇大帝听了众仙、佛、道尊者的剖析，深感很有道理。玉皇大帝说，召开万仙大会，旨在提升仙界精神文明。而要提升仙界精神文明，首先要提升太乙上仙精神文明，那么：“提升太乙上仙精神文明的空间是什么？”

三、提升上仙精神的新境界

太乙上仙们热议纷呈，渐次聚中，都认定上仙们精神世界总体是光明靓丽的，但也有一些中性和灰暗成分，甚至还潜隐着一些邪乎的东西。提升上仙的精神境界，必须要激浊扬清，除了弘扬文明的精神，还要廓清精神垃圾，着力解决仙班白领阶层之中如下的十大问题：

急功利。太上老君说，有所作为，这是仙班白领们一个普遍的意愿。因为，有所作为，才能实现神仙们的自我价值。有所作为，是神仙们的高层次心理需求，上仙们也有智能来有所作为。不仅后起之秀想通过有所作为来显示自己的“政绩”，以求升迁发展向上爬，就是像我们这样的老资格上仙也企图通过有所作为来维护已有的名望。这方面想得多了，看得重了，就在实践中出现了急吼吼的现象，有点急功近利了。于是，一朝权在手，便来乱作为。不经调查研究，不搞科学论证，不进行专家“头脑风暴法”和反“头脑风暴法”，仙班白领就一哄而起，长官意志，发号施令；领导高明，随心所欲。大搞宏伟立项，大搞政绩工程，大搞畸形开发，大搞失衡试验，其结果是翻烧饼，乱折腾，劳民伤财，负面效应，隐患无穷，后遗症不绝。我不赞成“正其谊不谋其利、明其道不计其功”的说法，作为仙班白领，有点功利主义精神，这是无可厚非的，但大可不必近乎疯狂，像我这样的更不必近乎失态癫狂。位列仙班白领，春天拍脑袋，夏天拍胸脯，秋天拍屁股，这大可不必嘛！等浪费了人力、物力、财力、资源，做出了近乎犯罪的后果，被戳脊梁骨，“一失足成千古恨，再回头已是百年间”，再自责也枉然，精神必然十分郁闷了！因此，仙班白领理智地对待功利、政绩，这是提升精神文明的一大要点。

图虚名。一位青年诗人得到伟大诗人爱默生赏识，在爱默生关照下，这位年轻人声誉日隆，后来青年诗人声称要写长篇史诗，并由此得到许多虚浮性吹捧、恭维，他由此而飘飘然，也不再埋头辛勤笔耕。最终，这位年轻人成了昙花一谢的过眼烟云式人物。东华大帝说，扬名立万之心，仙班白领人皆有之。仙过留名，雁过留言。有了名，才有誉，叫名誉；有了名，才有望，叫名望。过去下界有个姜尚，即姜子牙，有了名，帝王也望他出山出手相扶助，叫太公望。名，是上仙的精神渴望。然而，名，是干出来的实实在在的东西，不是图出来的虚浮不实的东西。在仙班白领中，图虚名、招实祸大有仙在，这是仙班白领中提升精神文明必须要解决的一大问题。

东华大帝接着剖析说：在仙班白领中，有的为了名，削尖脑袋，委身投靠，攀附骥尾。其实并没有什么关系、缘分，硬要死皮赖脸地挤进去，贴上去，充当什么有名望者的门生、亲友，像老鼠精认李天王为父，认哪吒三太子为兄一样，以此找靠山的方式显名。有的为了名，挖空心机，弄个名士头衔，明明胸无点墨，却要采取种种卑劣手段，比如说请枪手，搞剽窃抄袭，打招呼特批，做手脚蒙混过关，弄个什么硕士、博士学历，弄个什么教授级高工、教授、院士、高级什么什么师头衔，弄个什么学术官身，你连外语都认不识，你那个硕士生、研究生、什么什么教授是怎么得来的？你还当上了博士生导师，这究竟是怎么回事？有的为了出名，一门心思著书立说发表论文，写文章。如果真有点文水，著书立说发论文、写文章，固然可敬。然而，你本不是著书立说发论文、写文章的“料”，硬要附庸风雅，装扮成文人学士，让别人写，自己利用职权之便，在现成的文字成果上署上大名。或者文不够，钱来凑，买个版面，通点关系，文稿发了，问世了，这样，名是出了，究竟又有多少滋味？其实，文章是个最值得斟酌的东西。许多时候，文章就是个抄品，写文章者，就是一个文抄公，天下文章是一家，我抄你来你抄他；天下文章一大抄，就看你会抄不会抄；下界“文化大革命”时期，就是小报抄大报，大报抄“梁效”。许多时候，文章是个废品，没听说“百无一用是文章”嘛！有识之士说，行万里路，读万卷书。最令人信服的驳斥是实践，最令人佩服的是

实用！真正的上仙并不赏识那些遇事胸无一策的“寻章摘句老雕虫”。文章即使华美，也只是一个绣品，供人欣赏欣赏而已。聪明的权势者，死后连个绣品也不搞，弄个无字碑！所以，对于一心想靠写文章出名的想法和做法，值得怀疑。还有的为了名，生拉活扯，拼凑功业建树，以得到上级领导的批示、赏识，铺平往上升展的路途。比如说，搞个什么十大功绩，三三三工程，一二三四工程，四三一工程等等，其实这“十”啊“三”啊，有什么好的？天生一拳石，玲珑出自然，自然形成自然好，硬拼凑就有点别扭、蹩脚了！下界清朝的乾隆，文治武功是不错，可他一定要弄个什么十全老人，就有点不伦不类了。你想当十全老人，以此来彰显你十全十美的人生，这个想法做法本身就不完美。因为，天际人世间从来就没有什么十全十美、完美无缺的人和物嘛！月圆而亏，月缺而圆！就说乾隆，为了把“文治”撑起来，题了很多词，写了很多诗，有四万多首。题词写匾嘛，因为乾隆的书法不错，不看内容，还说得过去。这个诗词嘛，这么多就没有什么流下来的。一首咏雪的诗倒是因为这件故事本身有趣而传下来了，那是“一片二片三四片，五片六片七八片，八片九片连十片，飞入梅花都不见”。要知道这首诗好就好在有了最后一句的画龙点睛之笔，可这最后的画龙点睛之笔，却是一个文士的。更有甚者，有的为了名，搜索枯肠，想出歪邪点子，专搞恶作剧，净出劣质产品，竟想出了在金星太白身上掏名挖金的点子，真可谓：“李杜文章在，光焰万丈长，蚍蜉撼大树，可笑不自量！”

东华大帝说了要扫除上述之类的“图虚名、遭实祸”后，上仙们都赞同这是提升上仙精神文明的必由之路。

爱追风。墙头上一棵草，风刮四面倒。地仙之祖镇元子说，仙班白领中目前还存在着追风族。追风族不是靠船下篙，而是见风把舵。搞什么潮流经济，风向人事，时髦信息化。上面敲什么锣，下面打什么鼓；外面刮什么风，他这里下什么雨。军随将令草随风，上行下效，令行禁止，这没有错。贯彻落实上级精神，参考借鉴外面的行情，总得一切从实际出发，必须根据符合本单位的实际，否则，上面的精神是真理，那你教条主义的贯彻就是谬误；外面的做法是乱忙，你盲目的跟仿就是忙乱。你绝不可因为“下动上不动、动了也没用”而不作为，也绝不能一味跟风潮而不断地变卦，不停地扭角度。少主见，章程不定钱送命，这是一种精神轻浮、心气浮躁的表现。当在改变之列。追风，当追清风，清风明

天际千仙万佛大聚会，庆典西天取经成果，
然后，隆重推出系列活动：

月伴我行！追风，当追时代潮流之风，站在潮头唱大风！

无事忙。有一位老人留了一尺多长的花白胡子。一个5岁小孩问他晚上睡觉时，胡子是放在被子里还是放在被子外？晚上睡觉时，老人想起小孩的话，先把胡子放在被子里，感到不舒服；再把胡子放在被子外，又觉得不称心，如此折腾了一夜，始终不解胡子到底应该放在哪里最适宜。毗蓝婆菩萨说，天下本无事，庸人自扰之。在上仙白领中，有的成天忙忙碌碌，紧紧张张，可问他忙什么？又说不出什么了不起的大事，净是些芝麻绿豆子，日常性事务，甚至在“炒冷饭”。那个玻璃窗户，你一天擦它三次干什么？上级来了又不是来看你一天三次擦玻璃窗的啊！那个电动车，还不是擦得干净锃亮如新而招惹品行不端的小仙细妖来偷呀！随意冒出个点子，立项搞课题，居中指挥，威风八面，就是为了个文字小成果。这简直就是无事忙嘛！我那庭院从不亲自打扫，找几个蜘蛛来打扫不就得了！对于忙碌的上仙白领，我再问下去，终于弄清了他们忙就忙在精神上拎不清。有的居于领导职位的上仙，在忙本属于下级职权范围里的事，一把手变成一把抓，他以为这样做是事业心强、有责任感，像个当家的形象，殊不知这样忙，忙个专权专制，忙掉了下面的积极性。一个领导者，一竿子插到底，事无巨细一把抓，还不是忙不胜忙？有的居于某个领导层面的上仙白领，对自己分内的事漫不经心，而对于别人手里的活，感到有油水，看得眼馋心热，千方百计地伸手去抓去抢去夺！这不是忙事而是忙利了！也有的上仙白领为了表示自己“能者多劳”，智慧前卫，尽干那些“前不见古人、后不见来者”的事儿，搞什么八卦之类的事，编前测后，说盘古开天地之前怎样怎样，说若干时光以后的事如何如何，这有必要嘛，有准星吗？客气一点说，人无远虑必有近忧。不客气一点说，这是大忽悠。存在决定意识。还没有影子的事，你在那里“测”得活灵活现，以一鳞半爪的资料析得头头是道，以尺高的平台述那丈高的妙论，这不是现代算命先生又是什么，充其量是个罩上科学光环的现代迷信，这样的忙是瞎忙。还有一种忙，是将本来的风平浪静忙出轩然大波。本来，大家工作干得好好的，日子过得美美的，你又心血来潮，在经济收益、人事管理、机构设置等诸多方面，重新洗牌，这不是搅局嘛！一个老虎遇上了黑熊，大打出手，聪明的老虎败阵后，躲到一旁休息、恢复气力了，而愚蠢的黑熊得胜后，为了表示自己余勇可嘉，竟然跑去拔树，树倒是一排排地拔掉了不少，可是这种无事忙又有什么

天际千仙万佛大聚会，庆典西天取经成果，
然后，隆重推出系列活动：

意义？等黑熊拔树拔得精疲力竭之时，恢复体力的老虎扑上来吃掉了这只笨熊。毗蓝婆菩萨倡导上仙们要尽快尽早地走出无事忙的精神象牙塔，抓大事，办急事，做实事，干自己职权中的事，从中找到精神乐趣！绝不做播下龙种而收获跳蚤之类的傻事！

善作秀。作秀，有什么好？有一个山人，看见两只老虎打架，从山头上滑到山脚下，都摔死了。这个山人把两枝箭分别插到两死虎的虎头或虎屁股上，对人说，这两只虎是自己射死的。于是，这山人经过自己的一番作秀后，成了神箭手，打虎英雄。一伙绿林强盗要打劫一个村庄，庄主请打虎英雄前来保护。打虎英雄自知自己能吃几碗饭，又不能说破自己的作秀而加以回绝。于是，要求庄主在“打虎英雄”住的屋里点上烛，用石子挡住门。强盗们为了防“打虎英雄”的神箭，都在屁股上挂上钢盔。强盗来了，瞥见“打虎英雄”躺在烛光下的床板上纹丝不动，他们不知道这个作秀的打虎英雄已吓得动弹不得了，大骇，慌乱挤推中，一人屁股后面的钢盔碰响了挡门的石，众人以为是“打虎英雄”的神箭射来了，纷纷夺路逃命。“打虎英雄”在缓过气来后，也悄悄地逃回了家。英国33岁男子德克·鲁尼获得英国独立电台“撒谎节目秀”，赢得1 375英镑大奖。结果，输掉了整个生活，被朋友视为高明骗子，连未婚妻也以他为耻。

二郎真君说，上仙中也有作秀的现象，比如，封路、戒严、管制，让身居领导岗位的上仙去锄个草、种棵树、扫个路、然后登报、照相、出镜上电视台。一些有贪污受贿的上仙，退出小礼金，隐匿大额钱。还有一些上仙，让别人调查统计搞材料，然后让秘书把材料抄在自己的笔记本上，把数据记在自己的头脑中，向上级汇报起来，如同己出，口若悬河，从而在上级领导心目中立起了一个勤政的形象。也有些上仙，热衷于搞试验田责任地，自己从来不去，只是挂个虚名而已。还有一些上仙，平时高高在上，专挑上级来检查的时机加班加点、现场办公、深入实际。更有甚者，有些上仙利用自己手中权力作秀，搞什么这个节那个会，大张旗鼓地造势，“善攻者，运兵于九天之上，善守者，藏兵于九地之下”，大轰大嗡，搞轰动效应，一哄而起天下知。而实际效果很差，甚至产生负面效应。诸如此类的作秀，是一种精神误区，必须要从中走出来。

好清高。关武大帝说，清高是德，好清高是失。清高，是上仙的一种精神品味，一种清誉、清气、清流的自然外在表现。但是，清高这种精神特质，不能太过，过犹不及。入乡随俗。不能为清高而不讲世俗之情，不讲世俗之习，不讲世俗之礼，不容世俗之见。面对凡夫俗子摆谱孤傲，一副不屑一顾的神情。甚至六亲不认，忘本变质，数典忘祖。不能为清高而一味搞门户之见，看身份、看门第、看官阶，把自己搞成"精神孤岛"。身负重任者，更不能一味地讲清高。想我关羽当年守荆州疆土，清高孤傲，孙权要与我结为亲家，我自视清高，竟说我虎女怎能配你孙权的犬子？这有点过了，丧了孙权的感情，结下了梁子，结果受到被激怒了的孙权的算计，我败走麦城，破坏了诸葛亮的"东联孙权、北拒曹操"的战略方针，带来了不可挽回的错误和损失。现在细想起来，这种清高有点意气用事了。有清高资本的人太清高固然不好，而根本就没有什么清高资本的人，装清高就更没有什么意思了。从血管里流出来的总是血，从喷泉里喷出来的总是水。一肚子男盗女娼，硬要装成清廉形象，能装得像吗？假的就是假的，伪装应当剥去。至于有些上仙白领用清谈来显清高，更是一种精神误区。清谈误国，清谈误事，搞经院哲学的清谈者永远成不了具有清高本质的清流之士。

喜恭维。太阴星君说，上仙白领中，普遍存在着一种崇拜心理。尤其是女性上仙，被称誉几句诸如"美"、"温柔"、"心眼好"之类的甜言蜜语，就飘起来了。有一种称誉其实就是抓住仙家的崇拜心理进行恭维。上仙白领既习惯恭维尊者，又希冀受到别仙、别人恭维。恭维，其实就是戴高帽子。帽子稍高一点，可以的；帽子高过一尺，就不成其为帽子了。恭维，常常不是真诚的，是一种战略上的诡计。因此，上仙白领们要警惕过分的恭维，拒绝别有用心的吹捧，这样，才能保持清醒理智的头脑，不至于被灌了恭维牌的迷魂汤而丧失本性，让其借自己的手干邪恶之事！

玩深沉。燃灯古佛说，有的上仙城府很深，心机很酷，爱玩深沉。比如，揣摩上峰心理投其所好；设局摆圈使同僚入套；精细运作违法犯规而太平无事；王顾左右而言他，令人捉摸不定。这类的玩深沉，玩得自己精神困倦，玩得别的仙家精神紧张。上仙白领们，大可不必耍小聪明，打小报告，做小动作。黄土狼子泥墙，小手小脚的，那可不是上仙白领的精神品格。

摆架子。托塔李天王说，侯门深似海。凡人。做仙家后，步入上仙品流，往往更是以精神贵族自居。我以前就是有这个毛病，不认为这有什么不好，还认为这是一种威。其实，大可不必。俗话说，狗肚子里装不下四两油。麻雀子蹲

在屋梁上，官(冠)不大，架子不小。架子，就是抖威摆谱拉大旗。东来佛祖的资望品位比我高，为什么还总是和大合小的。看来，威，不是靠端、摆才会有的。我以前想用摆架子的手段增强距离感、神秘感，以体现自我价值和品味，这其实是大错特错的。今后，我要从平易近人着手，提升我的精神品味。

假正经。王母娘娘说，上仙白领中，也有的心理不那么健康，却表面上道貌岸然。说金钱如粪土，却拼命捞；说美女如祸水，却拼命缠；说官瘾要淡化，却拼命爬。有的发生过失，甚至触犯天条，可还装成正人君子，表面上摆出一副清廉风范的派头。"既要当婊子，又要立牌坊。"直至东窗事发，还强作镇静，巧舌如簧地往脸上贴金。自古以来，头上三尺有神灵。即使上仙白领，也不能自欺欺神，也不能自欺欺天。提升上仙白领的精神情操，就要横扫伪君子的精神碴子。

玉皇大帝听了众上仙的高谈妙论，龙颜大悦，传旨：披露上仙精神世界新升华，要求天上、人间要参悟上仙的精神世界。

四、参悟上仙的精神世界

玉皇大帝传旨喻众细神小仙：

仰慕上仙，就是追求上仙的精神世界。那么，如何能够追求到上仙精神世界的真谛？

求真务实。追求上仙精神世界中真善美的精神因素，升华自我精神。

相宜得体。上仙精神风格，有的学得上，有的不适宜自己仿效。要根据自己的具体情况学习某种风格的上仙精神。谁不想飘逸荡洒？可有的神仙就是飘不起来洒不了。不要去勉强做自己不可能做到做好的事，以免画虎不成反类犬。

扬长抑短。其实，每个小仙的自我中都有良好的精神素质和精神垃圾，追求上仙精神风范，行之有效的办法，就是认知上仙的精神品味，来弘扬自己精神中的积极因素，消除自我精神中的不健康成分。扬长抑短，还包括抑制上仙精神世界中不良的因子。

玉皇大帝责成千里眼、顺风耳向天际下界的人间发布信息，要求人类世界：品味上仙精神世界的妙趣。

妙趣在欣赏。上仙们的精神世界，不但富有品味，而且个性鲜明，五彩纷呈，是一幅清奇古怪的上乘精神水粉画、精神油彩画。江苏苏州某地有四棵松柏树，有的郁郁葱葱，有的年深日久，有的根枯枝荣，有的造型奇特。乾隆皇帝下江南见到后，将其概括为清、奇、古、怪。上仙们的精神世界中，有的深沉而圆通，有的孤僻而热忱，有的滑稽而怡然，还有的尖刻而包容。认知上仙们的精神世界，犹如欣赏一幅精神画卷。

妙趣在参悟。认知、了解、熟悉上仙的精神世界，可以参照、顿悟自我精神世界。生活中有些角色，有身份没修养，有财富没品味，有地位没德性，有追求没智能，有职权没素养。他自我感觉良好，但在世人眼中不屑，这是个可悲的现象。这类角色所出现的现象，病根在于没有良好的精神内涵。改变这种现象，可以从上仙的精神世界中得到参顿，从而，培植自己改善自我精神世界的内在驱动力。

妙趣在仿效。上仙的精神世界中，许多是精神世界中的上品，人类精神世界中精华的展现、折射，要使自我人格得到美化、优化、善化，仿效上仙的优秀精神情愫不失为一条好途径。

妙趣在舍弃。上仙精神世界上一些灰暗、消极的精神，即使放在上仙的身上，也会使仙家形象大打折扣，黯然失色。这像一面精神反光镜，照亮人类的眼睛，照清人类的意识，让人类认清上仙精神中的缺失之点，毫不含糊地舍弃之，并自觉地摈弃自己身上含有的上仙的精神缺失因子。

妙趣在升华。从品味上仙的精神世界中，潜移默化，扬长克短，扬清激浊，可以提升自我精神境界。生活中有一些人，在创造物质财富中，或者由于偶然事变，或者由于盲目冲动，或者由于机缘巧合，或者由于意志魅力等等原因成功了，可他们精神上还是一片荒凉沙丘，文化素养上还是盐碱之地。他们中的一些人，没钱的时候在家吃野菜，有钱的时候在酒店吃野菜；没钱的时候想结婚，有钱的时候要离婚；没钱的时候装有钱，有钱的时候装没钱。也有一些人想提升自己的精神素养，幻想能像创造奇特的事业、财富一样成为精神奇士。从而步入上品清流的“绅士”行列，成为举世瞩目、历史记录的雄伟精神殿堂中的一员。为此，他们作出了许多努力。这是一种可喜的现象。但要路子对头，方法得当。我们的任务是过河，首先要解决桥或船的问题。如果单凭发散思维中的奇思怪想，或者逆向思维中的悖论倒行，很容易在得到一点闪光点后，滑入思绪

天际千仙万佛大聚会，庆典西天取经成果，
然后，隆重推出系列活动：

的怪圈，把自己在物质世界打拼中创得的成果拖入危险的泥潭。要避免这种遗憾的景况出现，又要达到升华与物质收获相应的精神品味，欣赏、熟悉、仿鉴上仙的精神世界，当不失为一个奇招妙招！

天际千仙万佛大聚会，庆典西天取经成果，
然后，隆重推出系列活动：

唐三藏的主持招数

西天佛祖如来策划了西天取经项目，唐三藏是这个项目的主持人。

他这个主持人干得怎么样？

唐僧以师父的身份带着孙悟空、猪八戒、沙僧，以及小玉龙，前往西天取经。经过十四年的漫长岁月，历经十万八千里山山水水，饱受九九八十一个磨难，终于在贞观二十七年时，取回了五千零四十八卷真经。

西天取经成功固然有天上玉帝神仙、佛门观世音菩萨、人间帝王、苍生等方方面面的关心、支持、帮助，取经项目组成员悟空、八戒、沙僧以及小玉龙等也自然功不可没。然而，作为西天取经项目的第一责任人，团队主持人唐僧，无疑居功至伟。主持人主持有功。肯定有值得称道的奇招妙法。唐三藏到底有哪些令人神往的主持之道？

在“西天取经成果增值升华”的活动中，如来佛亲自倡导召开了一个万佛大会，由旃檀功德佛唐三藏登坛，作示范性的项目主持汇报演讲。以此弘扬佛门弟子无量功德，以此传承项目主持的真谛。

西天极乐世界瑞云祥光，金霞银辉。旃檀功德佛唐僧坐上莲花宝坛演讲西天取经项目的主持招数。

一、勇登平台实现自我价值

唐僧，小名江流儿，法名陈玄奘。自幼为僧，只喜修持寂灭。通过潜心修学，对千经万典佛法教义，无所不通，无所不会，达到了当时中华佛学的最高境界，博得了仙音佛号。被唐太宗赞誉为“诚为有德行有禅心的和尚”。皇帝赐他“左僧纲、右僧纲、天下大阐都僧纲之职”。

唐僧说，正当我光华八面地谈小乘教法之际，变化了的观世音菩萨前来，宣称十万八千里外的大西天天竺国雷音寺佛祖如来处，有更高级的大乘教法。志当佛学第一人的我立马要结缘求学大乘佛法，以便从中进一步升华自我，最大限度地实现自我价值、慧根和佛缘。

天际千仙万佛大聚会，庆典西天取经成果，
然后，隆重推出系列活动：

唐僧说：项目，就是一个平台。当项目主持人就是借用这个平台实现自我价值。所以，当唐太宗遍问众僧："谁肯领朕旨意，上西天拜佛求经?"话音刚落，我便从旁边闪出，帝前施礼，迫不及待地说："贫僧不才，愿效犬马之劳，与陛下求取真经，祈保我王江山永固。"并发誓"如不到西天取回真经，即永堕沉沦地狱"。

由于有了追求自我实现的强大精神支柱，强大精神动力，所以，在西天取经路上，总是充满了坚定与坚信，在艰难困苦中存聊以卒岁之想，在生死存亡边缘溢参悟坦荡之气。我历经千难万险，快要到达西天之际，又被艾叶花皮豹子精捉去，眼看凶多吉少，直到此时，仍念念不忘自我价值的实现。

苦尽甘来，14 年后，在我锲而不舍的顽强主持下，终于同徒弟们合力取回了真经。

我的实践说明，主持任何一个事宜、项目，尤其是一个名垂千古的高危工程项目，第一要务是选择一个对此工程项目深刻理解，认清意义并自愿为之矢志拼搏，誓死追求的人当主持人。主持人选对了，就能与项目融为一体；就能通过其主持，将所有项目组成员与项目融为一体，那样，完成这个工程项目就有了基本的可靠的组织保证和人力基础。

二、包装后闪亮登场

我知道，主持团队西天取经，需要包装，才能闪亮登场，畅通无阻。这是因为：只有包装，才能发放光华，吸引人眼球，有效地提高主持人的威望，更好地管理好部属。有些项目主持人，是上面指定、确认的。上面赏识，未必能让下面人服气、服从。要让手下的人服服帖帖，根本之道还是通过包装提升主持人的外质内秀。主持人外表形象靓亮了，内在无形资产多了，手下的人看他是羊群里跑马，高出一头，也自然认同他、服从他了。只有包装，才能显得主持人大有根基、来头，神仙诸佛才乐意支持、尊重、帮助主持人及其所率的取经团队，除妖灭怪，解危救难。只有包装，才能在前往西天的陌生疆域，异国他乡迅速升温，从而为取经创造一切有利的物质、文化、交通等方面的条件。我自然明了个中玄机，所以，主动而积极地予以包装配合。

于是，观世音菩萨与唐太宗李世民不约而同地对我进行了一番包装：

神化。我陈玄奘，原来只是唐朝一名得道高僧，经过观世音菩萨一番神化包装，则成了西天如来佛的二弟子金蝉长老，成了九世轮转而真阳未泄的圣僧，成了观世音菩萨亲自送下凡投胎的佛门尊者，成了如来佛所期望的理想的善信之人。经过观世音菩萨的一番妙手包装，我身上裹上了一层层神秘的光环。

优化。我陈玄奘在大唐国内知名度很高，可是，往西天取经，要经过几十个陌生的国度和州郡，在那些疆域之内，谁知道陈玄奘是何许人也。陈玄奘总不能自吹自己是如何如何德高望重的大和尚吧。让手下徒弟们吹，也会被人讥为徒弟往师父脸上贴金。怎么办？唐太宗很聪明，他与我结为兄弟，于是，我摇身一变而成了"御弟圣僧"。这个"御弟圣僧"是一张简单明了而叫得响的名片，我走到哪里，只要说出我是"御弟"，人们立即就能掂出我的地位、分量，不必多言，就会对我尊崇有加。太宗还赐了我三藏的雅号，又可以佐证我与皇帝亲密、多重、厚实的关系。与上邦大国皇帝关系不同凡响，在异国他邦出行，就便利得多了。

美化。观世音菩萨与唐太宗联手赐给我锦襕袈裟和九环锡杖。这两样是如来佛祖亲手赐授有德高僧、取经信使、取经团队主持人的信物。我身披锦襕袈裟，手执九环锡杖，不仅外表光彩照人，更重要的是证明了我这个唯一的正宗的西天取经善信之人的身份。唐太宗又赐赠我一个紫金钵盂，以便途中化斋之用，此乃皇家之物，与袈裟、锡杖联合一体，相得益彰，进一步显示了我的身份尊崇而特别。

我深谙团队主持人需要包装。于是，默默认同，主动配合，以致后来有意无意地对这些包装加以渲染和利用。

通过这些包装，我不仅外表华贵，而且内质深厚，身蕴深不可测的神秘无形资产。包装虽然有作秀成分，但很有价效。通过包装，我不仅巩固、稳定了主持人的地位，使一拨身手不凡的能人怪杰心甘情愿地尊我为师，为我卖命，供我驱使，而且，使寰宇之中，天上人间，神佛、帝王、官吏、民众都与我亲和友善，给我大开方便之门。这些反过来又使我这个主持人的底气更足了。

我的实践说明，任何一个项目主持人，都需要四面八方的认同、支持，都需要项目组全体成员口服心服。要想达到这样的效果，其奥秘就在于搞好对项目主持人的包装打造。

天际千仙万佛大聚会，庆典西天取经成果，
然后，隆重推出系列活动：

当然，包装不是伪装。一时髦女士不识外文，穿了一件上面印满了英文“请吻我”的文化衫，结果在一群知识分子面前把自己弄得很尴尬。

三、掐准佛祖意图运作

西天取经，其实就是西天佛祖如来与东土大唐皇帝唐太宗李世民之间的一个传佛布道的合作项目。这个合作不是甲方乙方的平等式，而是天上人间的落差式关系。要使这个合作项目有个最佳结果，主要的不是取决于唐太宗的兴趣有无、高低，而是取决于如来佛的感觉、态度和满意度。如来佛满意了，取经只是个时间问题，如来佛皱眉头，取经之事就会横生枝节。如来佛如果产生反感情绪，那取经成否就会成为一个未知数。要提高如来佛的满意度，至关重要的是西天取经项目组主持人要摸准如来佛的底牌，带动整个项目组成员按佛祖的意图办。

那么，如来佛的意图是什么？

原著第八回写了如来佛策划西天取经项目的意图：弘扬佛法，光大佛教，教化于人，劝人向善，苦难取求，显示经贵。

由于观世音菩萨向我透底漏风，加上我的参悟，我在西天取经路上八九不离十地自觉不自觉地带领项目组成员按照如来佛的意图去实践。

1. 万水千山只等闲

观世音菩萨从空中抛下的柬帖上，写得明白，西天取经“程途十万八千里”。对于前往西天取经，路途遥远，千辛万苦，千难万险，甚至吉凶难测，我是清楚的，也是有思想准备的。所以，在西天取经中，我历经九九八十一难，甚至在狮驼岭被放到蒸笼里蒸了，都等闲视之，从不因此而动摇退缩，从不因此而怨天尤人，从不因此而玷污佛法，至多流泪伤感而已。尤其到后来，当得知有些苦难是菩萨人为制作出来的时候，悟空还咒骂了几句，而我对佛却一如既往地虔诚崇敬。这样做，提高了西天佛经的含“金”量，展示了西天佛经的珍贵性，升华了西天佛经的美誉度。同一样东西，由于工艺路径、程序不同，价值也大相径庭。一把紫砂壶，大师手工作品，与机械模具造就，其收藏价值自然大不相同。西天佛经，让人送到东土，或者让悟空代表大唐从西天拿回来，与悟空等保我这样一个凡胎俗子历山苦海难后求取回来，其价值、贵重自然不一样了。我亲历亲为、不

天际千仙万佛大聚会，庆典西天取经成果，
然后，隆重推出系列活动：

辞辛苦求取真经，大合如来佛初衷，很得佛祖首肯。

2. 佛光普照西天路

我知道，天底下没有白吃的宴席。到西天取经，不是辛辛苦苦地游山玩水一遭，到了西天把经拿到手再返回长安城。事情没有那么简单。西天取经的过程，就是一个宣扬佛法的过程，就是一个为佛门增光添彩的过程。于是，聪明的我，把一路西行取经变成了佛光普照一路。第一，一路西行一路除妖降怪。不必说横扫群妖如卷席，单说斗伏牛魔王，就惊动了天上人间，其结果不仅是剪除了一方妖孽，而且造福一方黎民。斗服六耳猕猴，惊天地，泣鬼神，向寰宇中的一切人、神、仙、鬼、佛、妖展示了佛法无边，佛家无量天尊。开始，我是被动地支持徒弟们降妖除魔，后来主动积极地支持，指示徒弟们降妖除怪。比如，在通天河、宝象国等，我都主动地、放手地让徒弟们降妖除怪。第二，一路西行一路提升佛教。比如在车迟国，国王尊道欺僧，原来是妖道能呼风唤雨，僧者白吃饭没本事，于是，我让悟空与妖道们一场恶赌，不但剿灭了妖道，而且使佛门坐大为尊。在比丘国，我与妖道国丈进行了一番佛、道孰尊孰卑的争论。我据理力争，不屈于妖道，一心维护佛门的体面。在灭法国、祭赛国、玉华州等地，我与徒弟们都凭借深厚的内质，非凡的手段，使佛家大露其脸，从而大幅度地提升了佛家在这些地域中的地位。第三，一路西行一路救援同道。在祭赛国、灭法国等地我师徒出手救援了一大批遭贬罚而弄得狼狈不堪的和尚、僧人，使他们重新获得了自由、安全与尊严。这些做法，与如来佛策划西天取经的原意十分吻合，如来佛对此尤为赏识。

3. 一心向善种福田

我坚守佛家一心向善、广种福田的教义。在西天路上，一路走一路行善施惠。在比丘国，救了 1 111 个小童性命；在朱紫国，得知悟空的手段后，支持徒弟们治好了国王的病症；在乌鸡国，指令徒弟们救活了国王的性命；在凤仙郡，又让悟空向上苍告诉求雨；在通天河，赞成悟空、八戒变化除妖，解救受害童男童女；甚至被豹子精捉了去后，身陷险境，还教化开导被绑在一边的樵夫。后来自己得到解救，还不忘带出一同受磨难的难友樵夫，让他与家人团圆。这些，都得到了如来佛的青睐。

当然，我的慈悲之心也有被妖怪利用的时候。我对强盗也一心讲善，有点

姑息养奸。当悟空惩罚强盗过了头，便无情地责罚悟空，这有点极“左”了。这是美中不足的地方。

从总体上看，我是把握住、努力地贯彻和实践了西天佛祖的意图，正因为如此，佛祖认同我、帮助我，让我最终功德圆满，取回真经，修成正果。

四、抓住项目组成员的共同利益才能鞭打快牛赶慢牛

项目组是一个利益共同体。做好了，大家都能够从中得到一份自己所需要的利益；做砸了，大家都白辛苦一场，乃至血本无归。

西天取经项目组就是一个利益共同体。大家的共同利益就是通过完成西天取经的任务，消除自己身上的深重罪孽，从而修成正果。我需要借助西天取经的载体，历练修行成正果。孙悟空需要借助西天取经的载体，炼掉身上的魔气，修成真正的仙佛。猪八戒也只有通过西天取经载体，才能进行一番脱胎换骨的改造，修成正果。沙僧只有通过西天取经载体，才能修成正果，否则，永无出头之日。小玉龙是个犯重罪的待诛之龙子，只有西天取经成功，才能由地狱升上天堂。

我十分清楚大家的共同利益需要，我在主持西天取经项目中，紧紧地抓住了这个共同的利益需要，因势利导地开展教育管理工作，从而，最大限度地挖掘了项目组全体成员的内在潜能，卓有成效地调动了每个人的积极性。

我的具体做法是：

当好偶像。我不但是佛家认可、皇家认同的西天取经主持人，而且铁了心取经，有信心，意志坚，拒腐蚀，愿吃苦，能自律。是全体项目组成员心中的偶像。大家感到跟着这样的主持西天取经，大有希望。在我这个偶像的感染下，项目组成员无论处于什么样的艰难困苦之时，无论处于什么样的希望渺茫之际，都不死心，都不放弃。在宝象国，我被黄袍怪施妖法变成老虎囚于笼中。此时，悟空已经被我早些时候赶回了花果山，沙僧被黄袍怪捉去，猪八戒被妖怪打得藏头夹尾。眼看西天取经事业就要中途夭折，在这山穷水尽之际，令人意想不到的是，小玉龙白马竟然挺身而出了。这是为什么呢？因为他意识到，现在项目组已经到了最危险的时刻，起来，站出来，不愿放弃取经事业的小玉龙！他

还知道，只要把我救出来，就会柳暗花明又一村了。于是，他冒着极大的风险，挺身而出了。试问，如果我不是他心中值得追崇的偶像，如果他对我没信心，他能在这个时候奋不顾身地拼死一搏吗？小玉龙先变成宫女行刺黄袍怪，结果受伤败下阵来。又开口说话，苦苦劝导八戒前往花果山，请来美猴王孙悟空，降妖除怪，解救了我。

只争朝夕。我们师徒西天取经，一路上苦辣多、酸甜少。常常餐风宿露、半饱半饥，甚至几日不见水米。有时候，我们师徒，做了积德行善的事，施主真心诚意地殷勤款待，我不贪恋流连这美好日子，而是抓紧时间，断然踏上征途赶路。比如，在通天河陈家庄，由于悟空八戒变化成童男童女，救了陈家儿女。陈家庄施主真心招待我们师徒，而我急着赶路，冒险踏冰冻过通天河。在寇员外家，我也是谢绝了好吃好喝好招待，急着登程。我这种争分夺秒的事业心、责任感深深打动了徒弟们，连猪八戒这样懒散的人，也积极勤奋起来。在荆棘岭，一块石碣上写着 14 个小字："荆棘蓬攀八百里，古来有路少人行。"八戒见了笑道："等我与他添上两句：自今八戒能开破，直透两方路尽平。"八戒来了劲头，他变出了有 20 丈高下的身躯，变出有 30 丈长短的耙子，奋力披荆斩棘开路。整整平了一天，开了 100 多里路，至晚上，连我都心疼八戒，劝他歇歇，明天再干，哪知八戒呆劲上来，趁着夜空月色明朗，连夜努力大干不止。

维护大局。我当主持，一切都以是否有利于取得真经为是非取舍的标准。凡是有利于取得真经的，就支持、宽容、认同；凡是不利于取得真经的，就惩戒、反对、计较。谁想砸取经的牌子，我就先开他的缺。我曾两次赶走悟空，细究起来，都是怕悟空的做法违背了佛家从善的教义，妨碍取经大计。我这样做，客观上维护了取经组成员的切身利益，所以得到了大家的理解、谅解与支持。沙僧平时与悟空的关系是不错的，对悟空很佩服、很尊重也很维护。每当八戒在我面前编排悟空时，沙僧总是设法维护悟空。可是，当悟空打死强盗，被我赶走后，来了一个妖猴变化成悟空打伤我，不明事情原委真相的沙僧认为悟空的做法损害了取经项目组成员的共同利益，他无条件地站到了我一边，立刻仇视悟空，当着观世音菩萨的面与悟空翻了脸，满腔怒火地击打悟空。当菩萨点破了真相后，他知道误会冤枉了悟空，又着眼共同利益，在我面前为悟空排解。这些事说明，我有意无意地维护了项目组成员们的利益。从而，我的主持得到了大

家真心实意的拥戴。

变更自我。悟空打死强盗，我赶走悟空。观世音菩萨送悟空回归项目组，对我说："你今须是收留悟空，一路上魔障未消，须得他保护你，才得到灵山，见佛取经，再休嗔怪。"我叩头道："谨遵教旨。"我感悟到，如果再不改变自我的理念、感觉，拒绝悟空，不但违背了佛门旨意和教诲，而且完不成求取真经的任务，从根本上伤害了项目组全体成员的共同利益，很可能这个团队分崩离析，从此解体。于是，我立马对悟空的态度来了一个一百八十度的大转变，洗冤解怨，从此合意同心。我当主持，拿得起、放得下。能屈能伸，既能严格要求别人，又能改变自己，体现了以共同利益为重的大局观理念。

五、靠人格魅力服众

我主持西天取经，一靠地位权力，二靠人格魅力。

我的人格魅力主要展示在以下几个方面：

1. 三重道德

美德有如名香，愈燃烧或压榨而其香愈烈。

我的崇高道德表现在三个方面：

有进取性道德。所谓进取性道德，就是充分发掘和使用自己的聪明才智，锐意进取，拼搏不息，顽强努力，勇往直前，以求取某种事业的成功，以实现自我人生价值。我开始时所说的誓死自我实现，就是这种进取性道德。

有协调性道德。所谓协调性道德，就是通过助人为乐、团结友爱、利他主义、无私奉献、公而忘私等道德精神，来对待和调整各种各样的社会关系、人际关系和矛盾、冲突，从而达到和谐融洽的结果。我一心向善，随时施恩布惠。救人为乐、助人为乐。在比丘国、乌鸡国，与徒弟们一起救小儿、救国王。诚实温和、克己复礼。在五庄观，劝徒弟们：出家人不打诳语，实话实说，偷吃了人参果，就向童子们赔个不是就是了。如此等等，体现了伟大的协调性道德精神。

有职业道德。我精通本职业务，按职业道德规范自律自我的思想言行，自觉地利用本职业务服务于人。比如，在双叉岭伯钦家，我欣然满足其为亡父念经文的请求。那伯钦父亡灵，得到我念经做佛事超度，在阴司里脱了苦难，消罪业后超生，阎王差人送他上中华富地长者人家托生去了。伯钦全家从梦中知道这个消息后，欢喜不已，一家子对我千恩万谢，具白银一两诚心感谢，而我分文不收。

唐僧的三种道德精神，使听他演讲的仙佛们看到了唐僧崇高的善。

2. 严于律己

我自觉严守佛门戒规，吃，从不沾荤腥；喝，禁酒；廉，一路西行，遇到无数次赠赐，从不贪受一两纹银；色，戒。对妖女，固然坚戒之，对西梁女国王，也坚持洁身自爱，好自为之。我身上有一种"富贵不能淫、贫贱不能移、威武不能屈"的高尚道德精神。尤其是我不戴虚伪的人格面具。所谓人格面具，是说人们常常在公共场合给人一种面孔，而在暗下私下又是另一种面孔。我不是这样，无论何时何地，都坚持表里如一，光明磊落，自觉清修。在双叉岭，跟随我的仆人被妖怪吃了，我孤身一人在伯钦家，没有监视的眼睛，可我仍一如既往，宁可饿肚子，也坚持不吃用沾有荤油的锅做出的饭菜。做了好事又坚持不收酬谢礼金。一片诚心可对天。

其身正，不令而行；其身不正，令而不行。正因为我注意为人师表，带头循规蹈矩，所以，在悟空等徒弟心目中形象很高大。大家平时敬我，遇事信我，有难帮我。出了西梁国，我被蝎子精女妖摄去，悟空、八戒等私下议论，师父如果守身如玉，就奋力救我，否则，散伙了事。事实上，我定力非凡，面对国色天香、柔情似水的女妖，就是软硬不吃，油盐不进。悟空等对我益发敬重，斗妖更加卖力。

3. 学识渊博

我一生好学不倦，孜孜以求。在乌斯藏界，虚心地向乌巢禅师学诵《多心经》。在乌鸡国宝林寺禅堂中，我不顾白天旅途疲劳，夜间灯下念经至三更。由于我学而时习之，所以人们说我博学多才，精通佛学，在大唐国中为精通佛学第一人、佛学领袖、佛学行家里手，我知道这里面有恭维的成分，但同时又说明我佛学内行，悟空、八戒、沙僧是外行。我主持西天取经，是内行领导外行。我承认，知识面很广阔，知识就是力量。正因为如此，我能在比丘国朝堂气魄凛然地与国丈宏论佛道优劣高下，在木仙庵从容飘逸地与妖翁们谈经做诗，在布金寺潇洒通达地论古谈今。这些，平添了我几分人格魅力。

4. 风度宜人

有人说我外秀内质。不但长得俊美，外表威仪，而且气度尊贵儒雅，本质富蕴温良恭俭让，仁义礼智信。我每到一国、一郡、一州，那些显官达贵，饱学尊长，都无不惊呼、羡慕、折服于我唐僧的仪表堂堂、斯文。在布金寺，寺中一概人等都来参见我们师徒。有知识的赞说三藏威仪，好要子的都看八戒狼吞虎咽般地吃饭。八戒吃饭犹如食火鸡，性贪食，味不辨而吞食，馒头、素食、粉汤一搅直下。沙僧看得眼酸，暗暗提醒八戒"斯文"，八戒竟说"斯文斯文，肚里空空"。其实这斯文不是装出来的，也不是逼出来的，而是一个人的知识水平，文化修养的自然流露。我的风度正是我文明修养的外在折射。

5. 心理健美

我历来崇尚，一个人不仅要心灵美，而且要心理素质好，内心精神充实，意志坚强，性格乐观开朗而持之以恒，有自控力，处变不惊，面对死神镇定沉稳，非常之际浓情厚意。在车迟国，悟空与羊力大仙赌下滚油锅，悟空为了要弄妖仙，变作一个枣核钉沉入锅底，大家却以为悟空已尸骨无存了。眼看妖仙气焰嚣张，我等在劫难逃。这时，八戒破口大骂悟空，而我却高叫："陛下，赦贫僧一时。我那个徒弟，自从归教，历历有功，今日冲撞国师，死在油锅之内，奈何先死者为神，我贫僧怎敢贪生！正是天下官员也管着天下百姓，陛下若教臣死，臣岂敢不死？只望宽恩，赐我半盏凉浆水饭，三张纸马，容到油锅边，烧此一张纸，也表我师徒一念，那时再领罪也。"这番话，连那昏君国王也佩服道："也是，那中华人多有义气。"听讲者们这时也感到，唐僧泰山压顶不弯腰，面不改色心不跳，如此气节，如此有君子之风、丈夫气概，不仅是德厚，也是过硬的心理素质的必然反映。

为什么我这个西天主持当得不错？从我这些人格魅力中找到了一些答案：

佛祖、菩萨、皇帝的法旨、钦封，使我当上了主持，而我的人格魅力使我当顺了主持。

六、挖空心机让大伙抱成团

只有内部和谐一致，同心协力，才能完成西天取经任务。我当然明白这个道理。所以，在主持中，我注重增强团队内部的凝聚力。

1. 施恩布惠

散财聚人。施恩布惠是凝聚人气的重要手段，我对包括小玉龙在内的四个徒弟都有恩惠。所以，大家知恩图报，死心塌地地追随着我。在两界山，我揭下山顶的六个金字符咒，救出悟空，从此，他拜我为师，跟定我西行取经。猪八戒、沙僧、小玉龙，都是犯有罪过、错误之人，我将他们收为徒为马，给了他们改过自新的平台。他们自然感恩于我，心甘情愿地保我西天取经了。

我有恩惠于众徒，也很自然地成了团结的核心，于是，西天取经团队便团结在以我为主持的周围了。

2. 大仁高义

在车迟国，我以为悟空在滚油锅里已伤命，不顾自己安危，为悟空祭奠祈祷。

在狮驼岭，悟空前去与妖魔苦斗，我在山上撮土为香，望空祈祝说："祈请云霞众神仙，六丁六甲与诸天。愿保贤徒孙行者，神通广大法无边。"

我的这些做法，对徒弟们热忱体恤，深情厚谊，不仅悟空本人深受感动，更加努力，其他的徒弟也深受感染，在这个团体中，和谐团结的氛围浓烈了。

3. 言教身传

我带头身体力行佛门各种清规戒律，率先垂范。一路上，我不吃荤，大家也跟着不吃荤；我不吃酒，却同意徒弟们饮些素酒。这样，生活虽然清苦些，但一队人却很和睦。一路上，我谦虚、谨慎、儒雅，徒弟们比较粗鲁，尤其是猪八戒，非常鲁莽粗俗，我只是提醒大家注意一些，收起丑陋嘴脸，还主动地向施主介绍徒弟们的强项、专长，淡化他们的短缺。这样做，既坚持了制度规矩，又维护了团队整体形象，得到了大家的理解、认同，不伤和气。

我还瞅准机会勤勉干小事，在盘丝洞，我亲自出面化斋化缘，虽然能力有限，效果不佳，但我不摆师父的架子，有与大家同甘共苦、扑下身子一起摸爬滚打的心，赢得了大家的敬重。这个团队中不知不觉地平添了几分和气。

4. 体贴关心

我当主持，对徒弟们出征斗妖回来，当差办事回程，总是问长问短，认真倾听；嘘寒问暖，体贴入微。在荆棘岭，八戒奋勇开路，干了一天，夜晚还要干，一向急于赶路的我心疼八戒劝他休息，明天再干。我这样做，使大家心里热乎乎的，关系更加融洽亲密了。

5. 不吝赞美

天际千仙万佛大聚会，庆典西天取经成果，
然后，隆重推出系列活动：

爱听赞美之言是人的天性。我当主持，见到徒弟们一点一滴的功绩，闪光点，都会马上予以赞誉。“十句好话能成事，一句坏话事不成。”虽说是“空话甜和人”，但是，徒弟们却对此看得很重，听得开心，认为师父很公平公正，只要付出了努力辛劳，就有论劳论功受赞誉的回报。

比如，我赶走了悟空，在宝象国被黄袍怪变化成虎。八戒上花果山激悟空下山降伏了妖怪，施法力恢复了我的本相后，我挽住悟空，感谢不尽地说：“贤徒，亏了你也！亏了你也！这一去，早诣西方，径回东土，奏唐王，你的功劳第一。”“功劳第一”有点戴高帽子味道，但管用哇！

又如，我们师徒欢欢喜喜，离开凤仙郡，我在马上对悟空说：“贤徒，这一场善果，真胜似比丘国救儿童，皆你的功劳也。”沙僧说：“比丘国只救得1 111个小儿，怎似这场大雨，滂沱浸润，活够了万万千千个性命。弟子也暗自称赞大师兄的法力通天，慈恩盖地也。”八戒笑道：“哥哥的恩也有，善也有。”

我在团队中表扬赞誉大家，是调动积极因素，引导大家比学赶帮，向光明美好、先进看齐。于是，团队中形成了见贤思齐的良好气氛，好人好事有人夸，不良习气有人抓。正气一抬头，和谐因子也就上扬了。

6. 包容宽恕

观世音菩萨邀请黎山老母、文殊、普贤菩萨设局试禅心，猪八戒色心未退，被菩萨戏耍了一场，吃了苦头，悟空恨铁不成钢，不睬他。我出来打花脸，让沙僧将八戒救下，八戒羞愧认错。

在车迟国，那监斩官竟说：悟空其实已死，这是小和尚来显魂。悟空闻言大怒，抓过监斩官，着头一下打做肉团，说：“我显什么魂！”这一下长了佛家威风，灭了妖道气焰。我看在眼里，暗喜心中，也不再说什么了。

大家听了这些，感到唐僧还是个圆通之人，能担待的时候会担待的。

7. 听从劝告

我当主持，有主见，也能听人劝，放弃初始主张。这样做，也改善了不少师徒关系。

在木仙庵，悟空认出那些迷惑我的树精藤怪，要斩草除根。我心慈不忍，想放他们一马。悟空坚持除恶务尽，我也不再阻止。

8. 闻过则改

天际千仙万佛大聚会，庆典西天取经成果，
然后，隆重推出系列活动：

在西天取经途中，我也犯有这样那样的错误、过失，但知错认错改错，不搞文过饰非，不搞强词夺理，不搞诿过于人，不乱找客观原因。我曾两次赶走悟空，都有过错性质，事后，我诚恳地向悟空致意打招呼，坚决改正错误。我面对狡诈的妖怪，不听悟空劝阻，多次乱发慈悲，出手救助，都上当受骗。事后，我诚挚地检讨认错。在小雷音寺，我不听悟空劝阻，中了黄眉老怪的陷阱，被捉去，当悟空前来相救时，我坦诚地对悟空说："向后每事但凭你处置，再不争了！"我虽然有错，但能够知错就改，大家便能谅解我。一些因我犯错而受到委屈的徒弟，也一笑了之，并未因此而产生积怨，隔阂。

七、项目管理中有玄机

当主持人，重中之重就是搞好项目管理，有人说我在这一点上做得很出彩。

1. 搞好人事分工

分工，是管理中的最基础、最重要、最急迫的一环。分工明确，各司其职，就会迅速正常而流畅地运转起来。分工准确，人尽其才，扬长避短，就能最大限度地发挥整体的力量，事半功倍。

当悟空、八戒、沙僧和小玉龙都到齐之后，我便对诸人进行了分工。当然，这分工，有的是观世音菩萨已经安排过了的。我只是进行了进一步确认和维护。

我根据观世音菩萨的意图和项目组成员的优长短缺，特点特色，进行了以下分工：

唐僧，主持人，负责取经团队的主持、决策、指挥、协调、组织、计划、控制和重大外交。每到一国一地，倒换关文，沟通交际，都是由我亲自出面。

孙悟空，师父的主要助手，途中负责降魔除怪。

猪八戒，做悟空降妖灭怪的助手，途中开道、挑担。

沙僧，为替补帮手，牵马、管后勤。

白龙马，驮负我去西天，驮负圣经还东土。

当然，在运作中，大家分工不分家，分工合作。在非常时期，具体个别的成员做出了超常努力，突破了我的基本分工。如小玉龙白马变宫女刺妖救师，这是好的。

实践证明，这个分工效果是最好的，因而，是正确的。

2. 使用特别手段

项目管理，要管人、管物、管时间、管质量、管法纪、管设备，等等。其中，核心就是管人。人，是变数最大，最难管理的。人管好了，其他管理就有了基础和保证。

我当主持，管理的重心放在管人上，而且放在管能人上。孙悟空是项目组中手眼通天的大能人，管住了孙悟空，其余人等管理便不在话下。如果孙悟空不服管，那么，其他人也是管不住的。他们会说师父是雷公老爷打豆腐，欺软怕硬。那样，整个团队就会崩盘。

管人，管能人，不仅要想管、敢管、善管，还要有特别的手段。

我是个手无缚鸡之力的人，要管武功盖世的孙悟空，主要靠的是紧箍咒。这是观世音菩萨授予的。

而观世音菩萨的这个紧箍及咒儿又是从如来佛那儿“批发”来的。

可见，这紧箍及咒儿是如来佛设计、策划的。由观世音菩萨和我实际运作，用来管制孙悟空的特殊法宝和手段。

孙悟空行，那是在别人那里。可他在我这里，我让他不行，他就不行，不服也不行，因为我有查他头的药嘛！所以说呐，能人就怕领导的紧箍咒。以后，我就在悟空不听管教时念念紧箍咒，或者发狠要念咒儿，这一招也真管用，把悟空管得俯首帖耳。在悟空推倒五庄观人参树时，我与悟空约定三天，寻回医树仙方，否则念咒。悟空出发后，感到时间偏紧，怕我念咒，只好求福禄寿三星前往五庄观向镇元子大仙和我求情，请宽限时间。在乌鸡国，我要悟空上天宫求丹药救活已死三年的国王，否则念咒。悟空只好乖乖地去办差。当然，我有时也瞎念咒。悟空三打白骨精，我竟然把悟空咒得死去活来，真不应该。但不管怎么说，通过念咒，我终于管住了孙悟空，这就行！

3. 责任明确到位

在观音院，悟空在院主老僧面前夸口逞能，抖出了锦襕袈裟，被老院主死乞白赖借去后房细看。结果老僧起了奸心，放火烧禅房，企图烧死我师徒，白得宝裟。最后，袈裟竟然被趁火打劫的黑熊怪得去。我拉下脸来，责成悟空负责一定要追回袈裟，否则，就念咒。悟空情知此事因自己而起，不敢辩解、懈怠，满口应承让自己来摆平此事。悟空费尽心机，最后请出观世音菩萨，终究讨回了袈裟。

4. 实施层次节制

猪八戒在西天取经途中，经常偷懒耍滑，散漫惜力。我对八戒没有咒念，最多只是责骂几句，有时有点效果，有时起不到多大作用。我就叫悟空教训和管辖八戒。盐卤点豆腐，一物降一物。八戒怕打，又不如悟空精明，只得老老实实做人，规规矩矩做事。在平顶山，悟空让八戒巡山，八戒一路走一路骂我和悟空，沙僧，走了七八里路，便倒在草丛中睡大觉。这些，都被跟随而来的悟空看得一清二楚。八戒被悟空变出的鸟和虫捉弄一番后，编造了一通谎话来欺骗我。这些，被悟空当面揭穿后，悟空便要责打整治八戒。八戒从中得到了教训。

5. 牢记项目宗旨

我西天取经，牢记项目的"善信"宗旨，把虔诚信佛、施善布惠贯穿取经管理全过程。比如，在凤仙郡，为了求得雨水，解除经年干旱，我让悟空反反复复上天入地，多次排解、交涉，终于消除了玉帝的怨气和怒火，使凤仙郡得到了一场久违的大雨。

6. 维护清规戒律

我是清修僧人，处处自觉而乐意地按照佛门清规戒律约束自我的思想和言行。而悟空、八戒和沙僧等都是半路出家的妖魔，他们口无遮拦，行为放荡。特别是八戒，贪色好吃，很不习惯佛家的那一套戒律。没有规矩，不成方圆，我在主持中，十分注重抓好维护、坚持佛门清规戒律的管理，把佛门清规戒律制度化、程序化、日常化。平常要守律，特殊情况下也不得破戒。我在双叉岭的刘伯钦家，在蜘蛛洞、琵琶洞、无底洞被妖精捉去后，都坚持素食。在灭法国，我师徒化装成贩马客商，以避免官家迫害时，仍坚持吃素，不吃一点荤腥。由于我把住关，悟空带了头，八戒也只好跟着清修律己了。

7. 坚持令行禁止

我当主持，坚持言必行、行必果。不容徒弟们讨价还价，不容徒弟们说三道四，不容徒弟们懒懒散散，不容徒弟们辩白扯淡。天长日久，大家摸透了我的说一不二的脾性，对于我的指令也就一切行动听指挥，没有叽叽喳喳的噪声杂音了。从而，提高了管理的通畅性和执行力。

天际千仙万佛大聚会，庆典西天取经成果，
然后，隆重推出系列活动：

8. 抓紧时间节奏

我在西天取经路上，能快则快，能紧则紧。餐风宿露，不避寒暑。有时候来到繁华都市，或是遇到了乐善好施的施主，我们也不贪图吃喝享受。比如，在凤仙郡也是办完善事后，谢绝官民招待，立马开拔。我们这样做正是因为把时间看得比金钱贵，效率看得比生命重。

9. 项目质量第一

我们师徒辛苦一趟，被勒索"人事"(即送礼受贿)未成的阿难、伽叶做了手脚，传了无字之经。我只道是佛祖祯祥，未曾提防，一路奔归。被燃灯古佛差白雄尊者赶上去，掼碎经包，抛落尘埃。我发现卷卷经书都是无字白纸。立马回转大雷音寺面见如来佛，求取有字真经。从而，保证了项目的质量。

10. 临机圆通处置

当我回到大雷音寺，向如来佛祖禀明情况后，如来佛竟然说："他两个向你要人事之情，我已知矣。但只是经不可轻传，亦不可空取。"还说，"经卖贱了，教后代儿孙没钱使用。你如今空手来取，是以传了白本。白本者，乃无字真经，倒也是好的。"这番话，给追求纯洁无瑕的我上了一课，我终于明白了：世界上没有白吃的午餐。取经就必须放血，这是天经地义的，是如来佛的意思，是佛门潜规则。当然，如来佛要我花代价，是为了提高经的价值，提高佛教的尊贵，增强佛的分量。而阿难、伽叶要人事，则显然是以权谋私，以职勒索。这是两个性质不同的问题。但，如来佛容忍、原谅着他们。这就使二人有恃无恐。所以，当我再次遵照佛祖旨意，换取真经时，阿难、伽叶还是公然索要人事。我终于明白了，世界上没有绝对的纯，佛门也不是完全的净地，不纯才成为世界。我顿悟了，任何项目要想得到最后的成功，都必须付出一定的相应的代价。求取真经是最高最重要的目标、目的。为此，一切都可以通融、变通。我入乡随俗，见佛随缘吧！我的主持管理理念飞跃到了一个新的境界和高度。于是，虽然无物奉承，但面对佛门执意要人事的声音，仍命沙僧取出紫金钵盂，双手奉上，还说了一大堆谦卑之语，请求笑纳之辞。"火到猪头烂"。我终于在这样不情愿的交易中完成了求取真经的任务。

天际千仙万佛大聚会，庆典西天取经成果，
然后，隆重推出系列活动：

八、铁心优化外部环境

我主持西天取经，在与外部方方面面的交往和相处中，处处谦虚，事事礼让。常说感谢之话，多讲恭维之辞。见尊长主动参拜，遇麻烦自我约束。这样做赢得了良好的口碑。从而，为取经事业营造了卓越的社会环境。

摧眉折腰，虔诚敬人。我一路西去，遇到观世音菩萨、天神、仙家、皇帝，甚至普通神人散仙，都一概顶礼膜拜，对土地山神之类的小神细仙敬重有加。特别是对那些前来出手相帮的太乙上仙，如托塔李天王、哪吒三太子、二十八星宿等更是万分虔诚尊敬。这平添了几分亲密度，平增了几许亲热劲。仙佛界把我们师徒西天取经的事都当成了自己的事。太白金星李长庚数次出手帮助我们，他甚至对悟空说，只要你开口，带个信给玉帝，也能派来十万天兵相助。

菩萨心肠，主动救人。我一路西行，救小儿、救和尚、救贫民，人们把我尊为慈悲心肠的活菩萨。我在通天河，支持悟空救了陈家庄两童儿；在比丘国，要悟空救下了 1 111 个小儿；在祭赛国灭妖救人；在乌鸡国救国王。人去留名，雁过留声。救人多了，善名响了，信誉广了，天下归心。所以，我们师徒畅行天下，人们乐意为这一行慈善之人奉献、服务，提供方便。

和大合小，温顺处人。我在平民百姓面前，并不以佛祖弟子而凌人，并不以皇帝御弟而傲人，我注意低调做人，和蔼可亲，童叟无欺。在通天河，我与陈氏老人等攀谈华宗；在双叉岭，我为伯钦父亲周年做佛事。主人好似有朋自远方来，不亦乐乎？在其乐融融中，可爱的平头百姓自然乐意为我们排斋备饭，铺床烧水，宾至如归。

有错自责，息事宁人。悟空在万寿山五庄观偷吃了镇元大仙的人参果，还推倒了人参树，惹下大麻烦。面对徒弟们的过错，我虔诚自责，又责令悟空速去寻觅医树之方，救活仙根。事后，不仅镇元大仙与悟空结为兄弟，而且众仙，我们师徒与庄中人等还沾光吃了镇元子大仙奉赠的人参果。这一段佳话在天上人间广为传播，成为千古美谈。

九、主持也有缺失

有人说，唐僧不识妖，还责罚除妖有功的孙悟空，做出亲痛仇快的事情，昏

天际千仙万佛大聚会，庆典西天取经成果，
然后，隆重推出系列活动：

聩得可以。

有人说，唐僧没有本事斗妖，有能耐念咒，在妖怪面前是条虫，在孙大圣面前是条龙，外战外行，内战内行，令人讨厌。

还有人说，唐僧刚愎自用，主观自专，悟空叫他不要走出圈他偏要走出圈；叫他不要去化斋他偏要去化，结果被妖怪捉了，真是成事不足，败事有余。

的确，我当主持。犯有这样那样的错误，出现这样那样的过失。尤其是我肉眼凡胎，看不出妖魔真面目，又不信火眼金睛的悟空的真情实话，每每中了圈套，被妖怪蒙蔽欺骗，甚至，意气用事，一怒之下，两次驱逐忠心耿耿、能力超群的悟空。致使西天取经团队出现严重危机，几乎断送伟大事业，令人震惊，让人遗憾。

听众们认为，唐僧所说的这些缺失，不是本质不好、品行不端所致，而是好心办坏事，或是能力不足办砸事。心情可以理解，动机可以原谅。可办坏了，知错就改，许多时候还是他纠偏改误，并且以后不再重犯。这还是值得称道的。人非圣贤，孰能无过？即使是圣僧，也难免有失。绝对正确是世界上没有的。平心而论，当西天取经项目主持，唐僧的功绩是主要的，缺失是次要的。

最后，如来佛对旃檀功德佛唐三藏的演讲进行了评点。

唐三藏抱着追求佛教最高境界的心志，借助带领团队的平台，怀着誓死实现自我人生价值的胸襟，履行了西天取经项目的职责。在这个过程之中，他积极配合包装，增加无形资本和有形威仪后，闪亮登场。唐三藏深谙项目主持玄机，自觉地领会并贯彻西天佛祖意图，紧紧抓住维护项目组全体成员根本的切身利益这个要害，运用自身的人格魅力，增强团队凝聚力、向心力。然后，通过放手管理，优化外部环境，灵活处置随机出现的多种意想不到的新情况和突发性问题，从而，照着既定的伟大线路和目标，有组织、有计划、有协调、有控制地最终完成了西天取经的不朽项目工程任务。唐僧在主持西天取经过程中，也犯有这样那样的错误，出现过这样那样的失误，这些，使他能够进一步清醒地审视自我，反思过去，通过改过、自省、顿悟，而升华素养，变得更加成熟了。

天际千仙万佛大聚会，庆典西天取经成果，
然后，隆重推出系列活动：

唐僧师徒的深厚感情

人，是有感情的高级动物。

感情，就是人对客观事物的态度的一种反映。

感情是一个美好而奇妙的名词，在人的生活中起着十分重要的作用。

千百年来，人们围绕感情二字，创造了无数的神话、传说、故事、诗词歌赋、格言警句。令人回味，令人感慨。

一个团队之中，感情是一个万分金贵的精神产品，高尚纯洁的感情既是完成目标任务的心理基础，又是团队建设质量的重要标志。

一部《西游记》，从头到尾，叙述着天上人间可歌可泣的感情传说；字里行间，流溢着唐僧师徒的感情轶事。是非恩怨，动人心魄，真情实意，启人心扉。

在“西天取经成果增值升华”活动中，领导小组委托太白金星召开了一个记者招待会，向《天都报》、天庭电视台、天音广播电台、天朝门户网站等知名报刊、电台、电视台、网站记者发布了《唐僧师徒的感情》，并现场答记者问。然后，通过传媒宣传净化心灵，提升神、仙、佛、道职场感情，改善关系。

在记者招待会上，主持人太白金星说：《西游记》中，用了大量的篇幅，花了大量的笔墨，叙述描写了唐僧师徒的感情，读来犹如淳厚美酒，令人心驰气爽，津津有味。下面首先让旃檀功德佛唐僧发布他与徒弟们感情的情状。

一、唐僧与徒弟们的感情

唐僧说，尊敬的主持人，各位记者朋友们：平心而论，我对众徒弟是有感情的，但对每个徒弟的感情又是不尽相同，各有特质。对大徒弟孙悟空的感情：真；对二徒弟猪八戒的感情：铁；对三徒弟沙僧的感情：诚；对小玉龙白马（如果也算是我徒弟的话）的感情：深。

A. 我对大徒弟孙悟空的感情：真。

我对孙悟空的感情最为丰富，爱恨情仇，哄骂咒赞，都是真真切切的。我为人真诚，常教诲徒弟们，出家人不打诳语，甚至，我被妖精捉弄去时，也是实话实

天际千仙万佛大聚会，庆典西天取经成果，
然后，隆重推出系列活动：

说，从不要花肠子玩滑头。唯独对悟空，却玩弄了一次哄骗欺诈的手腕。那是在初收悟空为徒的时期，悟空不听我教训，不辞而别。观世音菩萨要我利用紧箍咒来管制悟空。为了让悟空戴上紧箍，便设圈套哄悟空上当。这个哄，是我对悟空的真实感情的流露，既爱悟空，又恨悟空。既对他无可奈何，又想收服他。在西天取经路上，我三番五次念紧箍咒：在观音院，悟空弄丢了袈裟，我念咒；悟空打死了白骨精，我念咒；悟空打死了强盗，我又念咒。这些念咒，都是我气、恨悟空的真实感情表现。而在宝象国，悟空伏妖救我，让我从"老虎"变回了本相，我由衷地感谢悟空，说回朝后奏明圣上，悟空功劳第一；后来，又称赞悟空救比丘国小儿，为凤仙郡求雨，功不可没。在狮驼岭，悟空被狮子精一口吞进肚中，从八戒口中知道这个信息后，我"睡在地下打滚痛哭"。这些赞誉、痛哭，也都是纯真的感情。

记者们认为，唐僧对悟空感情真，是唐僧为人真诚的品行所决定的，也是由于孙悟空言行举止出于天性自然的必然结果。孙悟空精明聪悟，不吃虚伪的那一套。唐僧对悟空感情真，这是力争师徒相处好的最佳上策。

B. 我对猪八戒的感情：铁。

唐僧接着说，在几个徒弟之中，我最喜欢的不是悟空，也不是沙僧和小玉龙，而是猪八戒。这时记者群中一阵躁动。唐僧说，你们虽然也有些诧异、不解，但事实就是这样。我对猪八戒的感情最铁，关系最密，照顾最周，谅解最多。在平顶山，八戒借巡山睡大觉，还编出一套谎话来欺蒙我。这被揭穿后，气得悟空要打他"五棍记心"。八戒慌得扯住我说："师父你替我说个方便儿。"我果然就为八戒说情打圆场。在狮驼岭，悟空捉弄八戒，在八戒与妖魔打斗失败时，急回头叫："师兄，不好了！扯扯救命索，扯扯救命索。"悟空闻言，反把绳子放松了抛出去，八戒因此被绊倒了一跌，被白象精赶上捉去。我在山坡下看见，心疼八戒，心恼悟空。八戒一遇到挫折、失败和不利情况时，就灰心丧气，吵闹着要散伙，分行李，回高老庄当女婿，而我总是宽容他，最多责骂几句。我如此关爱八戒，八戒心里也清楚"师父平时总是偏护着"。连悟空都忍不住直言说，对八戒"师父也忒护短，忒偏心！罢了，像老孙被拿去时，你从不挂念，左右是舍命之材；这呆子才自遭擒，你就怪我。"

这时，天仙报记者忍不住问：你为什么对八戒的感情如此的"铁"？

天际千仙万佛大聚会，庆典西天取经成果，
然后，隆重推出系列活动：

唐僧说，大致有以下几个原因：

一是门第。在那政教一致的唐朝，我是御弟，头脑中有很深的正统观念。悟空是妖仙野猴出身，而八戒是上天正神“天蓬元帅”下凡，我自然对八戒在感情上亲近一点。

二是可靠。八戒有本事，这个本事不如悟空那样神通广大。我心里清楚，凭八戒那点本事，还不至于与师父分庭抗礼，他那点本钱不够。八戒的本事只有在师父主持的这个取经平台上才能卖个好价钱。因此，我总觉得八戒靠得住，用得上。一个领导，一旦信任、依赖部属，就会很自然地对他产生好感了。这就叫，说你行，你就行，不行也行；说你不行，你就不行，行也不行。不服不行。

三是制衡。在日常生活之中，八戒总是顺着师父，呛着别人，特别是当其他人与师父发生争辩时，八戒更是无原则无条件地站在师父一边，嚷嚷着维护师父，打压别人。尤其对悟空，八戒敢顶敢争敢辩。当师父与悟空发生争执，看法不一时，沙僧往往采取沉默的态度，而八戒则总是迫不及待地跳出来，为师父争体面，即使无理无辞，也要强争三分，蛮缠一番，胡搅一气。在西天取经路上，有一天，我扬鞭指道：“悟空，那座山也不知有多高，可便是接着青天，透冲碧汉。”悟空说：“古诗云只有天在上，更无山与齐。但言山之极高，无可与他比肩，岂有接天之理！”本来悟空的说法是无可厚非的，但悟空的这个见解明显比师父略胜一筹，抹了师父的面子。这时，八戒不干了，他为了给师父争点面子，跳出来“抬杠子”了。八戒说：“若不接天，如何把昆仑山号为天柱？”悟空作了解释后，沙僧看出八戒是“醉翁之意不在酒”，忙插话打马虎眼，把谈论话题岔了开去。假猴王冒充悟空打了我，这使我异常仇恨悟空，八戒趁势火上浇油，他咬响口中牙，发起心中火，道：“耐这泼猴子，怎敢这般无礼！”无论大小领导，哪怕是一个小小头目，对自己发号施令，指挥的权威和执行力度，都看得很在意。在西天取经的团队中，悟空有大吏不服的倾向，而沙僧又总是息事宁人，沉默是金，不说好，不讲坏，谁也不见怪。如果八戒再不旗帜鲜明地站出来维护，树立师父的权威，我就有被架空的危险。很可能出现失控的局面。因此，当八戒顶悟空、尊师父时，我就感到了团队中领导与被领导者之间力量均衡了，而只有力量制衡，领导才能实际地运作权力、号令。于是，我从心底里高呼“猪八戒真够意思，万岁，万岁，猪悟能。”我对八戒心怀感激之情，感情上自然也就“铁”了。

天际千仙万佛大聚会，庆典西天取经成果，
然后，隆重推出系列活动：

四是恭维。当领导的都爱部下崇拜、尊重。恭维，其实就是一种尊崇。吹吹拍拍、谄媚，也是一种恭维，只不过是一种低级庸俗的恭维罢了。猪八戒很谙此妙，他常常不失时机地对师父报以吹捧，甚至近乎拍马溜须般的恭维。我对此心里也是美滋滋的。我们师徒行进佛地时，看见前面有一座寺，悟空看的是“布金禅寺”。我在马上沉思道：“布金布金，这莫不是舍卫国界了么？”八戒乘机拍了上来，他说：“师父，奇啊！我跟师父几年，再不曾见识得路，今日也识得路了。”阿谀逢迎，溢于言表。我听了心情酷爽，乘机心情愉快地细细说明原委：“不是，我常看经诵典，说是佛在舍卫城祇树给孤园。这园说是给孤独长者向太子买了请佛讲经。太子说：我这园不卖。他若要买我的时，除非黄金满布园地。给孤独长者听说，遂以黄金为砖，布满园地，才买得太子祇园，才请得佛尊说法。我想，这布金寺莫非就是这个故事？”我说了这段话，在徒弟们面前很风光，但这个脸是八戒搭了平台让师父露的。天庭记者惊叹说，人称猪八戒是呆子，呆子其实不呆。大凡精明的部属总能顺其自然地给顶头上司留下一个表现“领导高明”的空间。猪八戒在这里就很巧妙地给唐僧登台露脸了！难怪后世下界的毛泽东先生说猪八戒的智慧胜过一般的常人。难怪如今有一个公司文秘人员揣摩参悟猪八戒，故意在一篇大华章中把副厂长的“副”写成“付”，给总经理一个“纠正”的机会，以显示“高明”，而使自己在领导心目中增加了好感。

五是理解。圣人说，食色性也。在色性方面，我一路上受到性骚扰最多。爱美之心，人皆有之。记者们知道唐僧是个志存高远的佛教徒。他为了达到清修最高境界，人为地搞禁欲主义。可他内心中何尝没有欲望？唐僧拒色禁欲，需要很强的意志力。这方面唐僧做得很到位，但他需要有人理解，有人欣赏，以得到精神上的慰藉与补偿。唐僧说：“孙悟空是个石猴出世，一个五百年都不想那事儿的性冷淡者。他对我戒色感受理解不深，只是设法让我摆脱那种性骚扰而已。有时还会开玩笑咂味哩，这就大大地冲淡了我的高雅人品。对此，我自然心中感到若有所失。而沙僧，对此也总是不置一词。唯有八戒，是个性饥渴者。其实，这也是人之常情，只不过皈依佛门，与佛戒相左，再加上八戒以前有过这方面的不良前科，这才每每显得刺人眼球耳膜。平心而论，猪八戒在西天路上，虽然色胆包天，到头来也总是狗咬猪尿泡，空欢喜一场，馋猫一次也没沾上腥。说起来猪八戒所言所想所为，也没有造成什么不良后果，充其量有点心存色念，口头腐化而已。但是，猪八戒这样的表现，反衬了我唐僧的圣洁。猪八戒人性化的色欲理念、语言，也穿透到我心灵深处，引起了我内心的一些共鸣。移情，是一种普遍的心理现象。由于我在情欲方面与八戒有共鸣之处，我也就会把因强抑色欲而引起的不快，化作了某种感情移植到‘知音’猪八戒的身上了。”

C. 我对沙僧的感情：诚。

我对沙僧有一种诚信的感情。每当危难、关键时刻，我就把重要的任务很信赖地交给沙僧。在平顶山，银角大王变作跌伤了腿的道士，我发慈悲，要救他。便让道士骑马，道士借故推脱，我就不假思索地叫沙僧驮着道士，显示出对沙僧的诚信。我对沙僧诚，是因为我与沙僧都是诚信不欺、诚实可靠之人。

D. 我对小玉龙的感情：深。

小玉龙化作白马，一路上不辞劳苦，要快就快、要慢就慢地驮着我到西天，更神奇的是，小玉龙白马曾在山穷水尽之时，化作宫女斗妖救我。在朱紫国又献尿医好国王病症，因此，我很喜爱小玉龙，对他有很深的感情。

记者招待会主持人太白金星说，上面是唐僧师父说的对徒弟的感情，下面由徒弟们说说对师父的感情吧。

二、徒弟们对师父的感情

悟空等徒弟们对唐僧的感情集中地体现在一个“忠”字上：悟空对唐僧精忠，八戒对唐僧虚忠，沙僧对唐僧恒忠，小玉龙对唐僧痴忠。

悟空对唐僧精忠

已成为斗战胜佛的孙悟空向记者们讲述了大量的生动事实，表达了对唐僧的赤胆忠心、坚贞不二的感情。唐僧那样反复念咒折磨悟空，而且许多时候，咒得毫无道理，念得莫名其妙，做得大错特错，悟空都能忍耐，都能谅解，都能淡忘。特别是唐僧几次贬逐悟空，更显示了悟空对唐僧的精忠。尸魔，即白骨精，三次变化接近唐僧，都被悟空火眼金睛识破，一次又一次地不顾师父念咒制约，硬是忍着剧痛，放胆出手打死了尸魔。唐僧写下贬书，发下毒誓，坚决驱逐悟空。悟空见事已难挽回，只得离别，临行时，请唐僧受一拜，唐僧转身不睬，嘴里还叽里咕噜：“我是个好和尚，不受你歹人的礼。”悟空见他不睬，又使个身外法，

天际千仙万佛大聚会，庆典西天取经成果，
然后，隆重推出系列活动：

把脑后毫毛拔了三根，吹口仙气，叫“变”！即变做了三个行者，连本身四个，四面围住师父下拜。那唐僧左右躲不脱，只好也受了一拜。悟空离去后，唐僧被妖怪变化成一只老虎，有情有义的悟空闻讯下花果山降妖救师。当悟空打死了几个强盗后，第二次被唐僧念咒赶走。悟空离去后，六耳猕猴冒充孙悟空，打伤唐僧，抢走行李。唐僧和八戒、沙僧都误会仇恨悟空。悟空闻讯后，不计前嫌，奋力除妖，坦诚归队，仍然尊师而卖力。在车迟国，悟空弄术让师父露脸。在比丘国，悟空变化成唐僧被挤兑剖腹掏心，血淋淋、骨碌碌地滚出了一大堆红心、白心、悭贪心、名利心、计较心、好胜心、望高心、侮慢心、杀害心、狠毒心、恐怖心、谨慎心、邪妄心、无名隐暗之心，种种不善之心，并无一个黑心。悟空的讲述，使在场的记者们都感受到悟空对唐僧精忠的感情。

猪八戒对唐僧虚忠

已成为净坛使者的猪八戒说，很惭愧，我对师父虽然也忠，但有点虚。我对唐僧处处尊重、维护，甚至吹捧，红花总让师父戴，挨了师父的骂也能忍耐，还敢顶撞悟空以保全师父的颜面，这的确很忠了。但是，我的忠，表面上是尊师父，实际是为自己，我通过“忠”来博得师父的欢心，让师父偏袒、纵容我，其实是在利用师父。“忠”于师父常常是建立在为人处世不地道、不厚道的基础上的，为了讨师父欢心，对同事采取贬低、攻击，无理狡辩的态度和手段，显得有点恶俗。尤其当师父不答应、不满意我的一些个人需求时，便对师父发泄不满情绪，絮絮叨叨，没完没了。唐僧师徒来到天竺国，离朝思暮想的灵山指日可待了，师父急于谒佛的心情可想而知。碰巧，这时遇到了诚心事佛的寇员外，他心诚意恳地留我们三四天，师父辞行时，寇员外仍有相留之意，师父担心在外久了，回去见不到唐太宗了，这是最大的遗憾。这种心情是符合“士为知己者死”的传统道德精神的。因此，他归心似箭，一天也不愿在外多耽搁。师父多么希望此时徒弟能顺着他的话一起做说服寇员外放行的工作啊。可是偏偏此时，我却忍不住高声叫道：“师父也忒不从人愿，不近人情。老员外大家巨富，许下这等斋僧愿，今已圆满，又况留得至诚，就是住年把，也不妨事，只管要去怎的？放了这等现成好斋不吃，却往人家化募！前头有你甚老爷、老娘家哩！”这番话不但与师父心思不合，而且毛刺刺地拂了师父的面子，师父十分恼火，喝道：“你这夯货，只知要吃，更不管回向之因，正是那槽里吃食、胃里擦痒的畜生！你等既要贪此嗔痴，明日我自家去罢。”悟空见师父生气，打了我一顿。后来，寇家老妪又来相留，我又趁势向师父发难，急得师父无名火气。这些说明，我对师父的心态并不清楚，对师父的忠是有目的，有条件的，甚至有点别有用心的味道。这其中有虚伪不健康的因子。因此，是虚忠。我现在已入佛门清修有时日了，现在把话说出来，心里亮堂。

沙僧对唐僧恒忠

已经成为金身罗汉的沙僧说，我沙僧在西天取经路上遇到艰难危机之时，虽然也有过动摇的现象，但是由始至终，我对师父是持续不断、持之以恒的忠诚。自从跟了师父，一路上替师父牵马引路，唯师父马首是瞻。一路上保护、侍候师父，唯师命是从。对师父取经事业从不怀疑，对师父意见也从不相左。甚至为了忠实于师父，不惜与平时关系紧密的悟空翻脸。我在南山时误以为师父已经被妖精吃了，还忠心耿耿地为师父祭奠守庐墓哩。

小玉龙对唐僧痴忠

小玉龙自从被观世音菩萨从死亡线上救出来送与唐僧当坐骑后，虽然平时不言不语，但心里对师父的忠诚之情达到了痴迷的程度。他日复一日、年复一年地驮着师父西行，爬高山、登峻岭、渡沼泽、过沙漠，立下了汗马功劳。而且更变成宫女斗妖救师，忽然口吐人言劝八戒上花果山请大师兄前来救师父。当已成为八部天龙马的小玉龙说了这些后，记者们都认为小玉龙对师父的痴忠十分经典。

三、徒弟之间的感情

1. 孙悟空与师弟的感情

(1) 悟空对八戒：打打闹闹总最爱

悟空从高老庄开始，对八戒就打打闹闹、骂骂咧咧，在高老庄时悟空揪打过八戒，那是擒妖捉怪。八戒加入取经团队后，悟空也没少打骂八戒。在陈家庄、平顶山、花果山、寇员外家等处，悟空都打骂过八戒。但那种打骂是大师兄管教小师弟的性质，包含着一种恨铁不成钢的关爱之情，目的是为了帮助八戒修成正果。在天竺国，八戒动了色欲心，忍不住跳到空中，抱住月中嫦娥说：“姐姐，我与你是旧相识，我和你耍子儿去也。”当初，猪八戒就是因为调戏嫦娥，被玉帝

贬下凡的。因菩萨点化，皈依佛门，随唐僧取经苦修，眼看功成名就，修成正果，今天见到嫦娥又不能自控而失态，眼看将要铸成大错，使清修苦炼毁于一旦，造成再失足成万古恨。悟空看在眼里急在心头，忙上前揪着八戒，打了两拳骂道："你这个村泼呆子，此是什么去处，敢动淫心！"随即把八戒揪落尘埃。这一打一骂一揪，是悟空关心爱护帮助八戒的真情实意的自然流露。悟空说到这里，八戒激动地说，猴哥啊，多亏了你我才悬崖勒马，成了净坛使者，否则，又要重新失足了。

(2) 悟空对沙僧：实实在在总是亲

在万寿山五庄观，悟空偷了人参果，便对八戒说：这个果子也莫背了沙僧，可叫他来一起尝尝。西天路上，悟空以大师兄身份，真心实意地关照沙僧，让他干力所能及的事情，有机会让他立功露脸，有好处不忘带沙僧一道分享。沙僧说："不错，师兄的恩惠我是没齿难忘。"

(3) 悟空对小玉龙：真真切切总是情

悟空在天宫当过弼马温，管过天马，因此，马见了他都有些害怕。小玉龙变成白马后，对悟空也有一种惧怕之情。但悟空对小玉龙却很和蔼可亲，从不粗暴苛求。在朱紫国悟空为国王治病，需要小玉龙马尿合药。八戒闻言，便去马槽踢起龙马，索要便溺，那马不愿意。原来，小玉龙尿金贵，随便撒尿，可能引来麻烦，遭到上苍责罚。悟空当然明了，也很理解。便耐心地说："此间乃是王宫，与国王治病需咱兄弟们同心协力，医得好时，大家光辉，不然，恐俱不得善离此地也。"悟空这话，通情达理，体现了对小玉龙的理解和关切之情。于是，小玉龙努力地奉献出半盏尿来。

小玉龙这时也说，大师兄自是仁心君子，是我的好大哥。

2. 猪八戒与师兄弟的感情

(1) 八戒对悟空：折服之后生情感

猪八戒说，我在天河做天蓬元帅时，孙悟空才是个养天马的小官弼马温，因此，我心中对悟空当大师兄有点不服气。当悟空三打白骨精后，被师父贬逐时，悟空说，"去便去了，只是你手下无人。"师父便发怒道："那悟能、悟净就不是人？"悟空听了很伤心，我却心里偷着乐哩。可是，当悟空离去后，师父与我们来到宝象国，国王请我们除妖打怪，我逞能变化，得意洋洋，然而，与黄袍怪一交手，便败下阵来。沙僧被捉去，师父又被黄袍怪施法术变作老虎。这时才知道，看人挑担没四两重，自己挑担有千斤。我无计可施，只得上花果山请大师兄出手降妖救了师父。我由此感到自己那两下子与师兄比起来差远了。在车迟国，悟空与妖道赌斗，被砍下头来，又长出一颗，我看得眼直。对沙僧说："沙僧，哪知哥哥还有这般手段。"接着，悟空又剖腹，下滚油锅，我大开眼界，情不自禁地咬着指头，对沙僧说道："我们也错看这猴子了。平时间谗言讪语，斗他耍子，怎知他有这般真实本事！"八戒说，我也是一个好大想尊的角儿，轻易不服软，悟空的真材实料折服了我，于是我对悟空产生了由衷佩服的情感。

(2) 八戒对沙僧：多承帮手生情窦

八戒说，沙僧埋头苦干，不争强好胜。对师父孝敬，对悟空崇敬，对我尊敬。特别在水中作战，这是悟空的短缺，也是沙僧的拿手好戏，每当这时，沙僧总是心悦诚服地为我当帮手，衬下手，在黑水河，通天河等处我率沙僧下水与妖怪作战，沙僧十分顺从卖力，我很满意。平时，沙僧也自觉自愿地把自己定位在我之后，处处尊着、让着我。在师父那里受着教训，在大师兄那里受着管束，可在沙僧这里得到了尊重与放松，有了做师兄的尊严，心情很爽。我由此对沙僧产生了诚挚情感，平时交流沟通多，遇事二人嘀咕起来就有话说，有时还很投机。

(3) 八戒对小玉龙：事到急时生情愫

在宝象国，小玉龙白马在八戒孤单无助的千钧一发之际，忽然开口劝八戒上花果山，请大师兄下山除妖救师父，在小玉龙坚持之下，八戒终于上了山请出悟空，西天取经因此死灰复燃，八戒也因此立了一大功。直到现在，八戒说起来还对小玉龙心生谢意哩。

3. 沙僧与师兄弟的感情

(1) 沙僧对悟空：佩服之余结情义

沙僧说，我自从加盟西天取经团队之后，心中十分清楚，大师兄神通广大，是这个团队的顶梁柱。对于悟空的神通，我是没有怀疑的。当年悟空大闹天宫，大败十万天兵天将，当时我是灵霄殿上卷帘大将，当然知道这事。来到悟空身边后，我才知道，师兄的本事有多大，我怎么估计也不过分，不但会七十二变，武艺高强，而且还能砍头、剖腹、下油锅，更能行医治病。在灭法国一夜之间剃光了皇帝及文武百官的头，这一件件事看得我眼花缭乱，从心底里佩服悟空，对

天际千仙万佛大聚会，庆典西天取经成果，
然后，隆重推出系列活动：

悟空产生了深情厚谊。尤其是六耳猕猴冒充悟空打伤师父后，我误会、仇恨悟空，在观世音菩萨面前破口大骂悟空，动手击打悟空，当真相大白后，我知道自己冤枉了大师兄，十分愧疚，以后，更加敬慕悟空，处处服从，维护悟空，以实际言行寄托了对悟空的浓情蜜意。

(2) 沙僧对八戒：和谐共事有情怀

沙僧说，我常常很自然很亲切地称八戒为二哥、二师兄。我与八戒和谐共事，并肩作战，和平共处，对八戒怀有诚挚的兄弟情谊。当然，我有时也会在八戒的错误信息诱导下，吃了苍蝇，也只是当时很生气责骂八戒一句两句，又马上转过来淡化窝囊事，帮八戒迅速解脱出尴尬的处境，事后也不再抱怨叽咕。在狮驼岭，八戒回报说悟空被妖精吞下肚子，师父闻讯后，伤心地躺在地上痛哭，我跟着八戒分行李准备着散伙呢。这时，悟空制伏了妖精，出现在师父和我们面前，我抱怨八戒："你真是个棺材座子，专一害人。"这是我在取经途中责骂八戒最重的话。除此，连抱怨八戒的话也很少。悟空当时打了八戒一巴掌，我也很惭愧，连忙遮掩，收拾行李，扣背马匹。这既是为自己解脱，也是暗中帮助八戒赶快走出这火爆危险的氛围之中。

(3) 沙僧对小玉龙：朝夕相处情未了

沙僧说，我一路上，牵马侍候师父，小玉龙与我很配合，很顺从，在完成取经任务中，我俩都很出色，我由此得到如来佛的破格授职，加升大职正果，为金身罗汉。我自然对小玉龙心生厚情。小玉龙也因在取经途中立下汗马之功而被佛祖加升正果，为八部天龙马。取经项目结束了，我沙僧对天龙马却情怀未了。

4. 小玉龙与师兄们的感情

(1) 小玉龙对悟空：信服之中出念情

在鹰愁涧，小玉龙也曾吃过孙悟空的苦头，被悟空打得力软筋麻，深潜涧底，任其谩骂，只推耳聋。悟空不依不饶，又逼得小玉龙出水苦斗，斗不过，变化水蛇逃命在旦夕。小玉龙说完了这一段话后，语锋一转，说，自从加入取经团队后，天长日久，感到大师兄悟空是个值得依赖的台柱子。所以，当师父在宝象国落难时，我念念不忘对悟空的情怀，劝说孤身只影、无计可施的八戒上花果山请有情有义的大师兄出山降妖救师父。在朱紫国，我又顺从悟空要求，奉献龙尿和药。我师父及师兄几次连人带马被妖怪捉去，每次悟空设计逃脱时，我都按大师兄要求，不声不响地配合团队一起行动。

(2) 小玉龙对八戒：突发异常寄激情

在宝象国，身受重伤的小玉龙突然开口说话，吓了八戒一跳。当时我激情洋溢地缠着八戒，要他上花果山搬救兵。这个激情，为师父，为团队，信悟空，也寄蕴着对八戒的厚望和信赖。

(3) 小玉龙对沙僧：相随多年通人情

在十四年西天取经的漫长岁月之中，沙僧牵马我随从，互相关照，从不别扭。俗话说：人无千日好，花无百日红。十四年，是四五个千日，我与三师兄和睦相伴，实属情浓。

记者们听了唐僧师徒的发言，从中明白了：一个团队要成功，就要和谐；在职场之中，要集体出彩，上下相互之间就要有感情。

接下来，进入了记者提问程序，《天都报》、天音广播电台的记者问："西天取经团队中在感情方面有没有出现过什么问题呢？"

旃檀功德佛唐僧说，在我们师徒西天取经团队中，也曾发生过一些感情纠葛，甚至很严重，比如，我两次贬逐悟空。这两次贬逐，表面上看，是悟空与师父意见相左，发生矛盾冲突所致，其深层次的问题是团队中师徒之间、徒弟们之间感情上出了问题。第一次我贬逐悟空，是在我们师徒刚聚齐不久，大家还处在磨合期。这时，大家都以我为核心。悟空收服了八戒、沙僧、小玉龙，又出面请出观世音菩萨医好了镇元大仙那棵被推倒的人参树，按理说，对如此能人、强人，大家应该尊重他、爱护他，可事实不是这样。"你之所以不行，就是因为你太行了"，木秀于林，风必摧之。这时的大家，感情上很脆弱，甚至很疏远，很反感。是"蒲包里装枣核钉，个个想出头"。谁也不服谁。硬件上比不过，就在心中生嫉妒，搞小动作、放冷箭。扇阴风点鬼火，搞挑拨离间那些鬼名堂。所以，当悟空认出变化成村姑的白骨精一棒打下后，那白骨精留下一具尸体，逃走了。她送的斋饭也变成了青蛙、蛤蟆。经悟空一点说，我也相信被打的村姑是妖魔。这时八戒却气不过，他硬说这是悟空怕念咒，而使障眼法欺蒙师父。第二次，悟空棒打变化成老妇人的白骨精，被唐僧念咒，痛苦不堪，八戒不仅没有半点同情心，反而编排悟空不肯离队，是想分行李。当悟空第三次出手打变化成老公公的白骨精时，这老公公立即化作一堆骷髅粉，脊梁上现出一行字：白骨夫人。悟

天际千仙万佛大聚会，庆典西天取经成果，
然后，隆重推出系列活动：

空一点拨，我也相信这老公公是个尸魔。这时，猪八戒在旁边唆嘴说："师父，他的手重棍凶，把人打死，只怕你念那话儿，故意变化这个模样，掩你的耳目哩。"我果然中唆，念完咒又写贬书，赶走悟空。我第二次赶走悟空是在西天取经行程近半时，这时，"孙大圣有不睦之心，八戒、沙僧亦有妒忌之意。师徒都面是背非"，悟空打死了几个强盗，我便借机发作，先念咒，后责骂，再驱逐悟空离队。我两次贬逐悟空，第一次是颠倒是非，第二次是矫枉过正。两次贬逐，深层次都是感情上出了问题。这两次因感情上的问题发生了贬逐事件，导致了团队危机，几乎使取经事业中途夭折。

记者们听了，议论说，这种现象不奇怪，能人往往吃不开，被孤立。听说有个博士生，很敬业，能露两手，结果抢了领导风头，被斥为"妄狂"，走人了事。这事告诉人们，领导对能人要有点度量；能人要悠着点，善于自我保护才好。

天朝门户网站记者提问，"团队中影响感情的基本要素是什么？为什么感情上会出现问题？"

唐僧师徒分别回答，互相插话补充，归纳起来有以下几点：

1. 事业左右感情

孙悟空因打死许多强盗被唐僧第二次贬逐后，跑到南海参见观世音菩萨，菩萨听悟空说完事情的经过后说：唐僧坚持奉行佛教"善信"，以此为凭取经。悟空草菅人命，不合佛家"善信"，妨碍取经事业，所以他不能宽容。唐僧第一次贬逐悟空，其实也是怕悟空坏了他取经大事。唐僧以事业定亲疏，不仅对悟空是这样，对八戒也是如此。西天取经途中，唐僧一直偏护八戒，但到了天竺国，当唐僧急着要上灵山谒见佛祖时，八戒想多留些时日在寇员外家贪吃贪喝，担心迟缓了事业节奏的唐僧立即对八戒翻脸无情起来，怒责谩骂不已。

在取经团队中，不仅是唐僧，沙僧也是如此。把事业作为维系感情的最重要基础。他平时与悟空不错，当他误认为悟空欺师毁业时，他当着观世音菩萨的面就要与悟空拼命！

在人的感情之中，看来事业是其长消、厚薄、有无、亲疏、顺逆的最重要基础和支点了。所谓，道不同不相为谋，而志同道合情缘深。

2. 位势异化感情

孙悟空被唐僧从两界山中救出来的那阵子，师徒两个相依相伴，曾有过一段很不错的感情。后来，团队成员增多了，唐僧又掌握了可以制服悟空的紧箍咒。随着位势的巩固和提高，唐僧对悟空的感情发生了微妙的变化。他不但不再像以前那样依靠、亲近悟空，而且动不动就念咒折磨、惩罚悟空。尤其是在悟空三打白骨精之后，唐僧固执地认为悟空逞凶不善，任凭悟空百般解释、哀求，就是得不到半点同情之心，铁了心肠写下贬书，断绝师徒之情，定要驱逐悟空离队。甚至说出了没有悟空，我与八戒和沙僧也照样可以到达西天取经的话，把悟空的作用完全抹杀了。悟空由此十分伤感，止不住伤情凄惨地对唐僧诉说自己吃尽千辛万苦，可师父你“今日昧着惺惺使糊涂，只教我回去，这才是鸟尽弓藏，兔死狗烹！”

悟空这段话十分尖锐深刻，他提示了这样一种现象：有的人一旦有了地位、权势之后，就会迅速蜕变，骤生官气，态度骄横，轻视人才，亵渎感情，寡恩少惠。别人的业绩忽略不记，部下的努力视为理所当然。地位权势啊，你常常是损伤感情的腐蚀剂！

悟空，这样的德、才、勤、绩兼优的大徒弟在唐僧有了位势后，很快就被排挤出了取经团队之中。如果不是以后唐僧遇到生不如死的麻烦，如果不是八戒、沙僧面对妖精无能为力，那么，在唐僧的昏庸淫威之下被贬逐的悟空就会永无归期。

3. 才能移动感情

一个人的才能不被认同，甚至被误解，会减弱人们之间的感情，有时还会造成反感。一个人的才能得到人们的赏识，会增进大家的感情。孙悟空三打白骨精，为什么劳而有过？就是因为他的火眼金睛这一特别识妖才能，不能被师父认同，反而被八戒诬蔑为障眼法，弄手段欺师。孙悟空在灭法国一夜之间剃光了君臣的头发，为什么得到大家的赞赏和欢愉？就是因为大家相信他有这一手段，这一手段负面作用小，又给大家解决了一大麻烦课题。

4. 理念亲疏感情

孙悟空的理念是：积德行善与除妖除盗除恶是相辅相成、辩证统一的。“见蛇不打三分罪”，除恶务尽。而唐僧则奉行佛门行善。他不但对强盗、不孝之子之类的恶人心怀慈悲，连面对货真价实的妖精也想放他们一马。由于理念不同，难免在看法上做法上发生激烈的冲突，感情上也产生了严重的伤害。比如，

天际千仙万佛大聚会，庆典西天取经成果，
然后，隆重推出系列活动：

悟空在木仙庵指出树精藤怪后，唐僧竟认为他们虽然成了气候，但没有伤害自己，而想“枪口抬高一寸”，而悟空则主张不如现在就剿除妖怪，免得日后为灾。八戒挥耙斩除这些树精藤怪后，唐僧嘴上没有再说什么，心中对悟空能快活吗？悟空对妖怪不放过，对恶人也不留情，对强盗、不孝子就率性打死，这有些过了，“左”；而唐僧对此也看得太重了，一定要贬逐悟空，“右”了。一左一右，水火不容，闹到了绝情的地步，师父非要与徒弟分道扬镳不可。

5. 情趣抑扬感情

唐僧情趣儒雅，赢得了人们的仰慕；孙悟空情趣圣洁，赢得人们的尊崇；沙僧情趣纯真，赢得了人们的喜爱；小玉龙情趣浪漫，你看他变化宫女，去为黄袍怪斟酒，竟能使出逼水法，把酒斟出十三层宝塔一般，喜得妖怪连连称奇，哄住了妖怪，为刺杀妖怪创造了条件，从而，流传成了千古美谈；而八戒情趣低俗，满脑子就是吃喝懒睡，一有机会就想馋猫沾腥。直到西天取经快结束时，还是恶习不改，想赖在寇员外家多吃些时日，见到月中嫦娥就忍不住性骚扰，真是丢人现眼不争气。这只能让人们轻视他。虽然，在徒弟之中，他的排位靠前，但名望却是最后。

6. 性格制约感情

性格是个人对现实的稳定的态度和习惯化了的行为方式。在一个团队之中，人们性格不同，这往往是普遍现象，比如，有人性格急躁轻浮，莽撞粗暴；有人性格沉稳宽和，冷静缜密；有人厚重谦逊，有人刻薄计较；有人干脆利索，有人黏黏糊糊。性格不一致，不至于影响感情，但是，如果性格不一致得不到认同，并因性格差异引起争辩，就会制约感情；尤其是因为性格不一致，话不投机半句多，进而产生了互相反感，就会感情破裂，以致历史上形成的多种好感迅速淡化，乃至荡然无存。一旦因性格而导致感情破裂和断绝的，要想重新恢复起往日的情感，重新培植起今天的新感情，往往是很难的，几乎不太可能。猪八戒的那种懒散、粗鲁、计较的性格，不但制约了他与悟空、沙僧亲密无间的感情，而且还因为他的这种性格，像搅屎棍一样，搅乱了团队中的是非和思绪，搅得唐僧和悟空翻了脸，造成师徒间严重不和、感情决裂。

7. 成见妨碍感情

唐僧潜意识中一直认为孙悟空是个桀骜不驯的妖猴，所以，每当悟空做出

天际千仙万佛大聚会，庆典西天取经成果，
然后，隆重推出系列活动：

除妖壮举时，他总是戴着有色眼镜来审视悟空，怀疑他老毛病又犯了，口无遮拦地直言不讳地算他的功史旧账，揭他当妖仙时的伤疤。唐僧这种一成不变的看人方式，不但影响了自己与悟空的感情，也给八戒、沙僧传递了一个悟空冥顽不灵的错误信号，以致八戒有恃无恐地与悟空作对为难，影响了徒弟们之间的感情。

8. 挫折调剂感情

人们付出的努力达不到预定的应当实现的结果，便是挫折。唐僧师徒在西天取经路上，一帆风顺时，大家一团和气。可是，一遇到挫折麻烦时，大家的感情就发生了微妙的变化，互相之间的抱怨、责怪常常因此而产生。一旦战胜了挫折，大家的友好感情又会迅速升温。在狮驼岭上，悟空与八戒、沙僧同三个妖魔斗智斗勇，屡屡受挫，一波三折，唐僧师徒之间的感情也因此而起伏扬抑，变化不定。

9. 外力沉浮感情

唐僧由于心中对悟空的成见，感情上总是对悟空一直很别扭，无论悟空如何努力，他就是看不顺眼，小题大做，鸡蛋里找骨头，动辄贬逐悟空，很不公平。这个问题长期得不到解决。唐僧还一直以为问题在悟空那一边，自己的看法、想法和做法都是对的。直到观世音菩萨出面协调，点出前日打唐僧的是假猴王捣的鬼，唐僧误会了悟空，没有悟空，你唐僧到不了西天，取不回真经。菩萨的话，如五雷轰顶。从此，唐僧迅速改变了自我看法，他与悟空的感情也健康地提速发展，以后日益亲密融洽。

这说明，“不识庐山真面目，只缘身在此山中”，“不畏浮云遮望眼，只缘身在最高层”。当局者迷，旁观者清。一个团队之中，有时感情上发生了迷茫浊乱的问题，靠自身的力量不能解决时，依靠利用“旁观者清”的外力，可以有效地理顺感情上的一团乱麻。

记者们感到，唐僧师徒对团队中制约感情的因素体验深刻，分析透彻。这时，天庭电视台的记者提问：“一个团队中的深厚感情如何才能培植起来？”

唐僧被艾叶花皮豹子精捉去，小妖从门窟里抛出一个血淋淋人头，说是唐僧已被吃了。徒弟们哭了一阵，八戒不嫌秽污，把个头抱怀里，跑上山崖上向阳处，寻了个藏风聚气的所在，取钉耙筑了一个坑，把头埋了，又筑了一个坟冢，才

对沙僧说："你与哥哥哭着，等我去寻些什么供养供养。"他就走向涧边，攀几根大柳枝，搭几块鹅卵石，回到坟前，把柳枝插在左右，鹅卵石堆在面前，说是："这柳枝权为松柏，为师父遮遮坟顶；这石子权当点心，与师父供养供养。表表心意，权为孝道。"这次，大家并不提散伙之事了，也把取经先搁下，悟空率八戒攻打妖精洞府，誓死拿住妖魔，碎尸万段，与师父报仇。

生死离别师徒情，战友义。

当斗战胜佛孙悟空说完这段话后，记者们都感到这段难忘的经历，体现了唐僧师徒之间伟大深厚的真情实意。

那么，在漫长的岁月中，唐僧师徒的伟大感情是如何培植起来的呢？经过唐僧师徒七嘴八舌的互相罗列，最后归纳成了六条。

1. 生死关头见真情

在西天取经路上，唐僧师徒屡屡面临生死存亡的境地，他们经过多次生离死别的考验之后，建立了浓厚的感情。在狮驼岭，唐僧听说悟空被妖魔吃了，伤心地躺在地上打滚痛哭。

在车迟国，大家以为悟空被滚油烧化了，国王教拿下唐僧师徒，面对死亡唐僧抱定必死信念。启奏国王说，先死者为神，只望宽恩，赐我半盏凉浆水饭，三张纸马，容到油锅边，烧此一张纸，也表我师徒一念，那时再领罪也。真可谓"秀才人情半张纸"。于是，唐僧对锅说：

"徒弟孙悟空：自从受戒拜禅林，护我西来恩爱深。指望同时成大道，何期今日你归阴。生前只为求经意，死后还存念佛心。万里英魂须等候，幽冥做鬼上雷音。"

这番说词，对悟空赞誉备至，真情实意。师父面临绝境，还想着自己，更赞颂自己，悟空在油锅底下听了，自然万分感动。这样，他们的师徒感情又怎么能不深切？

2. 平生不爱藏人善

唐僧对徒弟们有什么功劳、业绩、仙德、善举，不吝称颂。悟空使法术搭救比丘国儿童，求雨施惠凤仙郡百姓，八戒在荆棘岭卖力开道，都得到了唐僧的表扬。悟空在朱紫国治好了国王的病，得到丰富的宴席款待，沙僧直言这是沾了悟空的光。一个团队之中，好人好事有人夸，大家自然见贤思齐了，感情也不知不觉地浓了。

3. 同甘苦共患难

唐僧师徒在取经途中，总是有福同享，有难同当。在五庄观，悟空偷了人参果，这虽然是偷来的果子，悟空也没忘记不知情的沙僧，让他也开了一次洋荤。更难得的是，他们虽然本领有大小，能力不相同，但相互之间，一人有难，大家竭力救助这是毫不含糊的。在号山，悟空被神火、雨水呛激得昏死过去了，是八戒沙僧手忙脚乱地将他救活过来。唐僧屡次落入妖精手中，都是徒弟们冒死拼命地把他救出的。唐僧师徒这种在刀尖上滚过来的过程中产生的感情是牢不可破的。

4. 天长日久见人心

任何一个团队，都有一个相互了解、相互适应的磨合问题。唐僧师徒的西天取经团队，开始感情比较疏淡，即使到了半程，也还出现了一些感情上矛盾隔膜的现象。路遥知马力，日久见人心。随着时间的增长，团队之中，各人的闪光点都出来了，大家都看到了，有的人善心好意得到了大家的认同，有的人超强才能得到了大家的承认，有的人人格魅力得到了大家的称道。比如唐僧，大家感到师父德高望重，也在不断改变自己，提高主持艺术，跟着师父，才能修成正果。比如悟空，的确是整个团队中不可或缺的超强人才。从而，团队中形成了以师父德为核心，以悟空能为核心的走势。悟空能以师父的德御自己的才，而唐僧又能以自己的德统帅和保证悟空的才充分展示，扬长避短，各尽其妙。于是，团队之中凝聚力增强了。

5. 浇花浇在花根上

唐僧师徒之所以感情很深，是因为他们有共同的理想、事业、目标和追求，有共同的利害关系。这两个共同好像鲜花之根。大家事情做得漂亮，就像在共同的花根上浇了水。有时候发生了点矛盾、误解，只要是为了维护花根的，大家都能相逢一笑泯恩仇。这样做的结果，开放出了鲜艳的感情之花。比如，悟空两次被师父贬逐之后，师父想想悟空的所作所为都是为了取经事业，自己那样做是过分了、失误了。而悟空呢？想想师父对自己有些误解，客观上是因为他的能力、理念有些差异，主观上也是为了取经事业不受影响。师徒二人这样一想，就冰释前嫌、和好如初了。

天际千仙万佛大聚会，庆典西天取经成果，
然后，隆重推出系列活动：

辛劳的汗水，终于浇来了理想的圣果。你看，当唐僧师徒历经周折、磨难后，到了真境界真佛像处，玉真观金顶大仙迎他们上灵山，悟空带大家过“凌云渡”；接引佛祖用无底船渡他们登彼岸无极。师徒们和谐、友爱、惊奇、幸福、开心，溢于言表，心旷神怡。

事实说明，感情在事业中培育，友谊在自我价值实现中加深。

6. 佛心一杆公平秤

唐僧师徒完成了西天取经项目后，如来佛主持正果分配了。唐僧师徒，包括小玉龙都得了正果。但是，西天佛祖如来对项目组每个人的加封却不一样，有的成佛了，有的则成为了净坛使者、罗汉、八部天龙马。在净坛使者、罗汉、八部天龙马之中，有的是加升职正果，有的则是加升大职正果。由于是佛祖如来主持正果分配的，在对每个人加封分配中，理由说得很充分很贴切，体现了公平合理的分配原则，并且分配方案也没有征求过唐僧的意见，所以大家基本上很满意，八戒有点不服，经如来佛一点化，他也无话可说。分配的结果，并没有影响团队项目组全体组成人员之间的感情。

试想，如果对西天取经项目组组成人员的正果分配，不是如来佛主持，或者虽然是如来佛主持，在宣布分配方案时，佛祖却拿不出令人信服的理由；再或者如来佛在考虑正果分配方案时，征求过唐僧的意见，那么，其结果又会如何？肯定的一点，猪八戒决不会就此作罢。其他人会不会受他的感染？项目组成员之间的深厚情意、友谊会不会受到影响和伤害？也就不太好说了。

项目组完成任务后，收获了，摘果子了，分配了，这是最后一道关。这道关过好了，皆大欢喜，增进友谊和感情；过不好，就会风波陡起，矛盾丛生，不但使项目组成员之间发生感情和信任危机，而且指不定闹出什么大乱子呢。为此，要巩固和发展项目组全体成员之间的感情一定要搞好最后一项工作：成果分配。如果不能由上级权威领导主持分配，而是由项目组内部进行成果分配，其主要原则、办法和程序应该是：事先定好游戏规则，分配坚持公平、公正和公开，合情、合理与合法的原则。坚持按劳分配，多协商，征得集体同意，进行方案选优，事先向有关领导和职能部门做好汇报请示工作，以求得其指示和支持。预测可能发生的问题做好应急处置方案，一旦出现问题，有计划、有目的地做好善后工作。

天际千仙万佛大聚会，庆典西天取经成果，
然后，隆重推出系列活动：

最后，记者招待会主持人太白金星总结说，今天的记者招待会上，大家所提所答所述，告诉我们：西天取经团队项目组中，唐僧师徒虽然各自素质有落差，能力有大小，但大家在共同的事业追求和共同的利益之下，通过克服消极因素，发扬积极因素，培植伟大而浓厚的感情，增进神圣而高尚的友谊，亲密无间，同心协力，扬长避短，优势互补，有效有力地保证了西天取经这个伟大的经典项目工程胜利竣工。他们之间演绎的感情佳话，成为千古美谈。

这一次记者招待会结束后，天界、佛界、道界等各大新闻媒体都在最显著的位置及最黄金的时段推出了题为《唐僧师徒的感情》的报道，从而引起了全宇宙的轰动效应。它有力地促进了上天职场中的感情建设，为团队和谐建设立起了一面可资借鉴的光辉宝镜。

天际千仙万佛大聚会，庆典西天取经成果，
然后，隆重推出系列活动：

孙悟空的交际艺术

在“西天取经成果增值升华”活动中，领导小组派出天界杰出的新闻记者曼倩，前去采访斗战胜佛孙悟空的交际之道。然后，通过发播独家新闻，向太乙上仙印赠文稿合页文选，促使太乙上仙提高交际能力，促进全体仙佛队伍提高综合素养。

曼倩，是东方朔的道名。东方朔原是东华大帝君座前的一位高童。他学识渊博，幽默滑稽，机智放达。与孙悟空又很熟悉。在“西天取经成果增值升华”活动中，曼倩被调任天庭外派首席记者。受领采访任务后，他很乐意地前去采访斗战胜佛孙悟空的交际之道。

记者曼倩（以下简称记者）见到斗战胜佛孙悟空（以下简称悟空）后，首先恭喜祝贺悟空修成佛果。在悟空表示了谢意后，便进入了采访正题。

一、悟空的交际拐点

记者：我们所说的交际，是指您与纵横上下一切方面的来往、沟通、协力、交涉、咨询、组合的活动过程。您能介绍一下您的交际历程吗？

悟空：我的交际处于一个不断产生拐点并发展变化的态势，经历一个从低级到高级、从初始到成熟、从邪乎到正派的更递过程。

初始交际。东胜神洲傲来国花果山上一块仙石，一日迸裂，产一石卵，化作石猴，这便是后来的孙悟空。我从出生到拜“灵台方寸山、斜月三星洞”名须菩提祖师学艺，学有所成后回归花果山水帘洞，这段时期，我的交际处于原始混沌状态，交际朴实自然，缺乏确切性，多朦胧、无意识，但其中又蕴含着精气灵性。比如，我一出生就能同群猴黏在一起玩要；听从通背猿猴议论，前往“阎浮世界之中，古洞仙山之内”拜师学艺，企求长生不老；在求学中，惹恼祖师被打了三戒尺，就悟出了约在三更听祖师传授长生妙道的暗谜。这时期我的交际，主要是为了溶入大千世界，学本领，长见识，增才干，自立自强。

莽原交际。我回归水帘洞到棒打幽冥界，这段时期的交际，属草莽英雄或

天际千仙万佛大聚会，庆典西天取经成果，
然后，隆重推出系列活动：

荒郊原野性交际。你看，我剿灭欺虐群猴的混世魔王；与七十二洞妖王厮混在一起；到东海龙宫强行索讨兵器、披挂；又到幽冥界打闹阎罗殿，勾毁生死簿。这时期的交际，在强力中夹杂着霸气，任性中掺裹着油滑味，恣意率性，胡作非为，不知天高地厚，不顾严重后果，张扬个性，好大喜功。这时期的交际富有盲目性、幼稚性、野蛮性和放纵性。这种交际结果，使我沦滑为妖猴。

品流交际。从太白金星去花果山水帘洞招安到我被压在五行山下。这一时期，我奉宣到灵霄殿，官封弼马温，进入仙册，列入仙班。后又被玉帝降招安旨意，封为齐天大圣。这以后，我"闲时节会友游宫，交朋结义。见三清，称个'老字'；逢四帝，道个'陛下'。与那九曜星、五方将、二十八宿、四大天王、十二元辰、五方五老、普天星相、河汉群神，俱以弟兄相待，彼此称呼。今日东游，明日西荡，云去云来，行踪不定"。这交际已经进品入流了。这种交际使我提升了形象，提高了地位。

公务交际。从唐僧揭了压帖、救出我，到西天取经结束后被加升大职正果为斗战胜佛，这段时期是公务性交际。这段时期我围绕着西天取经这一神圣的公务，而进行着各种各样艰难困苦、触目惊心、饶有趣味的交际，这种交际具有明确的目的性、实在性、价效性、必须性和随机性。令人眼花缭乱，使人叹为观止。这是我高层次、高品味、高手段、高效能的交际，十分精彩，是我悟空一生交际中的精华。

综上所述，我的交际经历过一个初始—莽原—品流—公务的更替递升的过程，这种交际过程"阶梯式"上升，螺旋式渐进，从而，使我的交际属性发生了质变，这就是：交际在变化中发展，在发展中升华，在升华中成熟，终于，为我不朽的业绩和锻造高品味自我作出了辅佐和发挥了不可替代的作用。

二、交际打通西天路

记者：你缘何热衷于交际？

悟空：唐僧师徒等四人西天取经，路途遥远，时间长久，沿途遇到来自天上、人间、佛界、妖域的各种各样的艰险、矛盾、难题，这些，不是我们四位取经人都能解决的，其中许多需要经过繁茂而有价效的交际，请求到外援支持、帮助，才能卓有成效。所谓繁茂而有价效，就是频繁而富有价值和效率的意思。唐僧虽

然处于师父的地位，但他只有德和佛学方面的无形资产和才识，对于解决各种艰险、矛盾、难题，特别是在降妖斗怪方面，能力甚微。我是保唐僧西天取经的主角。虽然勇敢而富有智慧，但对于诸如手握超核法宝的妖魔等许多问题，也束手无策，每遇此况，猪八戒、沙僧就往往更加一筹莫展了。在这样的情况下，就必须通过交际求援，尤其是要通过我的出面交际请援才成。从某种意义上说，交际才使我们打通了西天路。

（一）妖间问题难解，亟须交际求援

唐僧，是西天路上群妖如蝇逐血的目标对象。因为，妖怪们知道吃了唐僧肉能长生不老；因为，女妖怪们见唐僧生得标致而想与他恋情苟合；因为，还有些妖怪想谋害唐僧，自己取而代之，前往西天取经成正果。六耳猕猴、黄眉童儿就是这样的妖怪。

本来，西天路上已是险相环生，可唐僧师徒四人之中，只有我火眼金睛能识别伪装变化了的妖怪。唐僧、八戒、沙僧不仅识别不了妖怪，还时常对我识别出来的妖怪不认同，甚至干亲痛仇快的事，让妖怪诡计得手，增加了我斗妖难度。所谓：妖怪呼风唤雨，唐僧和风细雨，八戒招风惹雨，造成腥风血雨，悟空遮风挡雨。可面对大腕妖怪的暴风骤雨，我无法止风息雨时，也只好求助外援了。

比如：

妖风难挡（黄风岭上黄毛貂鼠精）；

妖绳难解（莲花洞金角大王、银角大王）；

妖火难灭（六百里钻头号山圣婴大王红孩儿）；

妖门难入（衡阳峪黑水河鼍龙）；

妖术难破（车迟国虎力大仙、鹿力大仙、羊力大仙）；

妖河难过（通天河灵感大王）；

妖圈难逃（金岘山兕大王）；

妖相难识（假猴王六耳猕猴）；

妖扇难借（翠云山芭蕉洞铁扇公主罗刹女、牛魔王）；

妖虫难斗（乱石山碧波潭九头驸马）；

妖铙难出（小雷音寺黄眉怪）；

妖铃难办（麒麟山獬豸洞赛太岁）；

天际千仙万佛大聚会，庆典西天取经成果，
然后，隆重推出系列活动：

妖光难脱（黄花观百眼魔君千目怪）；

妖力难敌（八百里狮驼岭青狮、白象、大鹏金翅雕）；

妖洞难觅（比丘国小子城清华洞白鹿、狐狸精）；

娇鞋难防（陷崆山无底洞半截观音、地涌夫人——金鼻白毛老鼠精）；

妖雾难胜（竹节山九曲盘桓洞九灵元圣九头狮子）；

妖犀难除（青龙山玄英洞辟寒大王、辟暑大王、辟尘大王）。

如此等等，每一个妖怪出的难题都使我智、力所不能解。也都是我通过交际，请来援手，通过盐卤点豆腐，一物降一物，才最终破解了这些难题。

（二）人世文章难做，亟须交际通融

有个广告词，说：喝孔府家酒，做天下文章。其实，美酒好喝，天下文章难做。

我们在铜台府地灵县寇员外家，遇到强盗劫财，害死员外，寇员外之子寇梁赴府投词，告唐僧师徒"乘黑夜风雨，遂明火执仗，杀进房来，劫去金银财宝，衣服首饰，又将父打死"。府刺史遂捉住唐僧师徒投入狱中，被狱卒拷打折磨索贿。我感到人世间的事最难办，只好劝师父"好处安身，苦处用钱"。先拿出锦襕袈裟与狱卒，再设法洗冤，后来，我又找阎王放寇员外回生，才使案情大白。

这件事说明，取经路上许多人间之事，非要通过细腻复杂的交际才能摆平。

（三）仙界尊意难变，亟须交际斡旋

凤仙郡连年干旱，累岁亢荒。我祈雨不成，朝见玉帝请旨。玉帝执意要披香殿内三事了断才能降旨下雨。这三件事是：小鸡吃光米山，哈巴狗舔干面山，灯焰燎断锁梃。原来，三年前凤仙郡郡侯撒泼，冒犯天威，上帝见怒，故有此罚。我来来去去地往返于天上人间，反复沟通交际，终于使郡侯认知罪孽，从此一心向善行善，感化上苍，玉帝才下旨普降甘霖。

（四）佛门潜则难料，亟须交际转化

唐僧师徒四人吃尽千辛万苦，来到灵山雷音寺拜见如来至尊释迦牟尼文佛，如来佛叫"阿傩、伽叶，你两个引他四众，到珍楼之下，先将斋食待他。'然后检几卷'经书与唐僧师徒"。使我们所意想不到的是，阿傩、伽叶引唐僧看遍经书后，竟然索贿，不给，就传给一些无字经书。原来，进贡"人事"，方得真经，这是如来的法旨。世界上没有白吃的筵席，天上不会掉下馅饼来，这是佛门潜规

则。如来发话："阿傩、伽叶，快将有字的真经，每部中各检几卷与他，来此报数。"当我等二次随二尊者到珍楼宝阁时，二尊仍然索贿。唐僧只好将唐王所赐沿途化斋钵盂奉上，这实际上是将饭碗作"人事"献上了。那阿傩接了，微微而笑，然后才授经。这件事说明，交际无所不在，连到了净土之门、极乐世界也还要交际才能打通关节，顺畅如意地办成事情。

三、17 套交际路数

记者：那么，你有哪些交际套路？

悟空：我们在西天路上除妖降魔、克险排难、惩恶扬善过程中，使出了 17 套交际手段。

(一) 叫苦说难，讨要"政策"

所谓"政策"，一个形象的比喻，概指优惠的条件。

我深谙"会哭的孩子多给奶"。所以，在刚踏上西天取经之路时，就与我的顶头上司观世音菩萨进行"谈判"。我在鹰愁涧边叫苦要赖："我不去了！我不去了！西方路这等崎岖，保这个凡僧，几时得到？似这等多磨多折，老孙的性命也难全，如何成得什么功果！我不去了！我不去了！"这一叫唤，弄得观世音菩萨又是哄我慰我许愿于我，又是给予优惠政策和条件："须是要修心正果。假若到了那伤身苦磨之处，我许你叫天天应，叫地地灵。十分再到那难脱之际，我也亲来救你。你过来，我再赠你一般本事。"菩萨将杨柳叶儿摘下三个，放在我的脑后，喝声"变"！即变做三根救命的毫毛，教我，若到了无济无主的时节，可以随机应变，救得你急苦之灾。我看"优惠政策"讨要得差不多了，就见好即收，"缴械投降了"！观世音菩萨是唐僧师徒西天取经这一项目组的分管领导。有职有权有神通。我这次与观世音菩萨交际很成功，很重要，也为以后各种交际和克服万难打下了坚实可靠的基础。

我的交际之最大奥秘之一，就是"会做事的找上司"，充分利用分管领导，才得到分管领导的极度重用。一个能人只有被重用，才有实现抱负的平台，才有成就事业的前提。

(二) 捕捉信息，摸清底细

在西天取经路上一旦遇到麻烦，我首先做的一件事就是通过咨询、探听、套话、实地访查、“火力侦察”等各种手段和办法，搜罗、筛选、甄别信息，弄清事情的来龙去脉，摸清问题的前因后果，从中寻觅化解矛盾的千方百计。唐僧与猪八戒误喝了西梁女儿国子母河水而怀孕，我从老婆婆那儿得知解阳山破儿洞落胎泉井水可解胎气的信息，依此信息寻讨得水，解了二人胎气，结束了这场戏剧性风波。犼、青牛、狮、象、大鹏金翅雕，都是我弄清了他们老根底，请来他们的主人或可以降伏的人把他们制服。这些大腕级妖魔纷纷惊呼，孙悟空是个“地里鬼”。是的，我可以自豪地说：“悟空真不愧是个运作信息、对症下药的高手。”

（三）寻找关系，投合机缘

“没有关系有关系，有了关系没关系；没有关系找关系，找到关系没关系。”

交际，很大的程度就是寻觅到相宜有用的合适关系，打通关节，解决矛盾和问题。

我在西天路上遇到许多问题，在弄清了症结之后，立刻就苦思冥想找什么关系、走什么门子才能把事情搞掂。

当黑水河妖九龙子要吃唐僧时，我立即找到西海龙王，让他们父子把这桩家事收拾干净，我既不劳动和费神，又给了西海龙王一个面子，免得家丑外扬，受上苍责罚。

当我了解到一些妖魔的主子后，如金角大王、银角大王、青牛怪的主子是太上老君，立即找妖魔主人来收服之。后来，我对这一招用得十分娴熟，以致一发现妖怪不是凡间之物，立刻到上天寻查，看是不是天上走失的星宿下凡为妖。如查出是天星下凡为妖，就容易办理了。我与“碗子山波月洞”黄袍妖争斗中，那怪说有些儿认得，我便想：这不是凡间的怪，多是天上来的精。上天一查，果然是“奎木狼”下界，立即请玉帝下旨把他召回天界接受处置。

（四）兵贵神速，争分夺秒

“早起三光，晚起三慌”，“早起的鸟儿有虫吃”。我一旦得到排忧解难的信息，雷厉风行，立马行动，从不拖拉疲沓，懒散怠慢。并且是亲自出马，独自劳顿。这样做，我与所求之人零距离接触，处于互动的动感地带，话能说得明听得清。我是齐天大圣，碍于情面，人家不好拒绝我的求援请求，容易请神下山。事情迟早要解决，拖迟了“夜长梦多”，“节外生枝”，“一万年太久，只争朝夕”，这是精明人的聪明法。节奏出效益嘛！我在黄花观被多目怪万道金光罩得力软筋

麻，浑身疼痛。黎山老母点化我找某菩萨求破解之法。我得此信息后，立刻到紫云山千花洞请毗蓝婆菩萨下山降伏了妖怪。毗蓝婆菩萨的脾气有些怪，若不是我抓紧时间去请她，别人去未必能请得动。去请迟了，不能及时得到菩萨的解药相救，我师父唐僧等就可能毒发身亡。

（五）跟靠尊长，装小卖乖

我明了，如来佛和玉皇大帝是两位最高尊长，观世音是大法力菩萨，许多事要得到他们认同、支持、关照才行。因此，必须要搞好同这几位尊长的交际。于是我对几位尊长，一是不计前嫌，昨日的恩恩怨怨都让它成为过眼烟云；二是紧跟铁靠，坚决按尊长法旨、圣意办事；三是装小卖乖，常常在尊长面前装小撒泼，耍赖卖乖，尊长及诸神、佛对此一点也不讨厌生气，反而觉得悟空也十分不容易，很可爱、可逗、可怜。总是大度为怀，满足我的请求。唐僧逐走我，又遭假悟空六耳猕猴打劫，益发误会忌恨我，受到冤枉的我在观世音菩萨面前放悲声大哭，后又当如来佛面撂挑子不干了。佛尊对我甚是同情、理解，劝我"你且休乱想，切莫放刁。我教观音送你去，不怕他不收。好生保护他去，那时功成归极乐，汝亦坐莲台"。这里，如来佛公开出来做我的监护人，并且对我日后封赏许了愿，于是，观世音菩萨亲自送我归队。

（六）尊师重道，团队协同

我深知，交际，首先要搞好内部团队的交际，师徒四人和谐一心，互帮互爱，形成拳头，抱成一团，遇到艰难险阻，才能有"上阵父子兵，打虎亲兄弟"的效应。内部交际好了，外面的交际才有意义，才能内外同心，内聚外联，产生超力能效应。于是，我十分注意搞好内部交际。其办法是：对师父唐僧坚持尊师重道原则，在除妖降魔这些原则问题上，自己对的，师父错的，坚持真理；在生活、感情上多照顾、尊重师父；对师父渊博的佛理佛学知识由衷地予以赞誉；当师父与自己发生严重矛盾时，通过观世音菩萨按如来佛旨意加以协调、化解；并且也注意不断改变、改造自己，积极缩短与唐僧的磨合期。对猪八戒有肯定、有理解、有批评、有约束、有激励。对沙僧，有认同、有体谅、有沟通、有分寸。通过这些，师徒四人矛盾日益少，贴心日臻紧。

（七）跑讨公文，奉旨办差

"俗话说：将军手里好拔刀。"我把交际的着力点投放在公门的职权之上。

天际千仙万佛大聚会，庆典西天取经成果，
然后，隆重推出系列活动：

在西天取经路上，我三番五次遇到妖魔，都不单打独斗，而是上天宫，进朝堂，见玉帝，禀妖情，讨公文，凭圣旨调兵遣将，借帝意聚集援手。这样做，所请援兵的选择余地很大。援兵奉旨办差，也自然积极与我配合协同，否则，完不了事交不了差；办砸了差还会受到玉帝的责罚。我与青牛精搏斗中，被套去金箍棒，赤手空拳，好不狼狈，于是，上天"跑公文"，玉帝"批条子"，我搬来天兵天将，声威显赫，再与妖斗。

（八）证据在手，折服上仙

当年，我大闹天宫时，曾与托塔天王父子与太上老君结下梁子。李天王父子率兵征讨过我，被我打败，丢了面子；我偷吃了太上老君金丹，太上老君抛下金钢琢打倒我，然后推入八卦炉中烧炼。我保唐僧取经，从黑道转入白道，许多难题需要李天王父子、太上老君这样的上仙施援手。可他们心烦我，轻视我，不给我好脸色看。对此，我不是低声下气地苦苦乞求他们，而是拿出有理有据的堂堂正正手段，令上仙心悦诚服地"该出手时就出手"。我拿到了无底洞老鼠精供奉李天王父子的牌位，上天宫在玉帝前告了李氏父子一状。莽撞而恼怒的李天王捆绑责处我，被哪吒点破事实原委后，李天王自知惹下麻烦，我证据在手，撒泼放刁，逼得李天王屈尊求我，老老实实帮我擒妖捉怪。从此后，李天王父子在我面前少了几分孤傲，多了几分友谊。金角大王、银角大王和青牛精的主人都是太上老君，我抓住太上老君"管束不严、纵之为妖"的把柄，向老君讨说法，"输了理"的老君，无条件地帮我降妖捉怪，并向我示弱友善。

（九）给人面子，方便自己

我与猪八戒攻打碧波潭，遇上了十分厉害的九头虫。二人正商量对策时，二郎显圣领梅山六兄弟路过。我大闹天宫时，曾与二郎神交过手，二人都是英雄好汉。我想请七圣兄弟与我助战，便让八戒去拦住云头，大叫："齐天大圣在此进拜真君"，这一招真妙，既使我保住了面子，又给足了二郎显圣面子。二郎神果然领情，对我敬重有加，手下六兄弟齐出堂叫道："孙悟空哥哥，大哥有请。"众人一道欢愉叙旧谈情，饮酒至天明，然后，武艺高强而又争强逞能的二郎显圣率六兄弟助我轻而易举地打败了九头虫，我乘机夺回了佛宝，还掠取了九叶灵芝。

面子，是一个人社会地位或声望的函数。新浪网的调查表明，83.33%的被调查人认为，面子，在人脉交往中很重要。在人际交往中，只有给人体面，别人才会对你“给面子”，你才有面子好办事。

（十）美言通融，如意行事

我求人施援，凡在被求之人职权、能力范围内的事，就好言请求，通融方便。我在朱紫园替国玉治病，须天上落下不沾地的无根水作药引。我见国王是个大贤大德之君，有意助他些儿雨下药，便步了罡诀，念声咒语，请来东海龙王敖广帮忙。龙王说：“大圣呼唤时，不曾说用水，小龙只身来了，不曾带得雨器，亦未有风云雷电，怎生降雨？”我说：“如今用不着风云雷电，亦不须多雨，只要些须引药之水便了。”龙王道：“既如此，待我打两个喷嚏，吐些涎津液，与他吃药罢。”我大喜道：“最好！最好！不必迟疑，趁早行事。”那老龙王在空中隐身潜象，吐一口津唾，遂作甘霖。那满朝官齐声喝彩，忙取器皿接住下药无根水。

（十一）知恩图报，请客送礼

我对如来佛、玉皇大帝等上峰、尊者，虽然保持了一副傲骨形象，但是，在得到他们恩惠、帮助后，当有了好处时，还是念念不忘送礼回报的。我在金平府，遇到了玄英洞的辟寒大王、辟暑大王、辟尘大王三个犀牛精。在玉皇大帝派出的斗木獬等四星宿及西海龙太子摩昂的帮助下，我等诛灭了妖精，得到了六只珍贵的犀牛角。我让四星宿将四只犀牛角拿上天界，贡奉玉帝；一只角带上西天献灵山佛祖如来；留一只在金平府堂镇库。这样做，无疑地改善了上下之间的关系。

（十二）诚信惠义，极有品味

我在人际交往中，对上不巧言令色，对下不颐指气使，不卑不亢，诚信惠义，品味清高，感情真挚。就像《三国演义》中的关羽，傲上护下，富有人格魅力；就像程普所说，与周公瑾相交，就如喝淳酒，越喝味越浓。我在高老庄收服了猪八戒，高老太爷拿出二百两碎散金银相赠，三藏推辞不受，我近前，抡开手，抓了一把，对家人高才说：“昨日累你引我师父，今日招了一个徒弟，无物谢你，把这些碎金碎银，权作带领钱，拿了去买双鞋穿。”有仙家评点：孙悟空在事成功毕后不忘施恩惠于下人，这有君子大度之风。

（十三）打诨插科，拍肩套近

我在交际之中，无论是对神仙，还是对人，尤其是对得道、改邪妖怪，都爱拍

天际千仙万佛大聚会，庆典西天取经成果，
然后，隆重推出系列活动：

拍肩膀，套套近乎，开个玩笑，打打浑话，显得平实、知己、哥们，虽然有点流气、油气、匪气，却也亲切自然，在浑混之中透现出江湖义气，在邪乎之中寓藏着人格魅力。我到普陀山紫竹林拜见观世音讨求医树之方，那守山大神叫道："孙悟空，哪里去？"我抬头喝道："你这个熊罴！我是你叫的悟空？当初不是老孙饶了你，你已做了黑风山的尸鬼唉！今日跟了菩萨，受了正果，居此仙山，常听法教，你叫不得我一声老爷？"那黑熊真个得了正果，在菩萨处镇守普陀，称为大神，是也亏了我。他只得赔笑道："大圣，古人云，君子不念旧恶，只管提他怎的！菩萨着我来迎你哩。"我的拍肩膀交际，拉近了距离，加深了情感，产生了"哥们"、"爷们"、"可交之"的效应。

(十四) 换位思考，趋利避害

我在交际中，坚持了多赢无损的原则。我让被交之人有益无损；让被交之人得名得誉得功，自己只求能解决问题；我还设身处地为他人思考，不强人所难。真假美猴王难辨真伪，二人打打闹闹来到阴山背后森罗宝殿上，地藏王菩萨用谛听辨出假悟空，但"不可当面说破，又不能助力擒他"，因为，"当面说出，恐妖精恶发，骚扰宝殿，致令阴府不安"。"妖精神通，与孙大圣无二。幽冥之神，能有多少法力？故此不能擒拿。"我感到地藏王和谛听有难处，没有强求说出谁是假悟空。而是听从他们"佛法无边"的点化，前往西天求如来佛分辨真假了。

(十五) 适可而止，分寸得当

热情过度，反成害处，适可而止，恰到好处。我在交际中，对有些事做到什么程度，有些话说到什么程度，有些理论到什么程度，有些罚督到什么程度，分寸把握得很恰当。比如，有些妖怪，害得唐僧师徒很苦，最后落败，我要责打之，当主人为之求情时，我也就得罢手时且罢手了，最多嘴上嚷嚷不要徇私护短，大家会意一笑了之。于是，我便留得人情好办事，多一个朋友多一条路。文殊菩萨坐骑青毛狮子到乌鸡国作孽，被我和八戒困住打斗，正要下个切手，文殊菩萨赶来求我"且休下手"。我指责此妖诸多罪孽，文殊菩萨为之逐一辩解，我乘机卖了个人情："既如此，收了去罢。若不是菩萨亲来，决不饶他性命。"于是，能饶人处且饶人。我降伏妖怪后，有时想把妖怪身上宝贝占为已有，当妖怪主人不愿意时，我也就借坡下驴、自嘲作罢了。我想把观世音菩萨坐骑犼项下的紫金

天际千仙万佛大聚会，庆典西天取经成果，
然后，隆重推出系列活动：

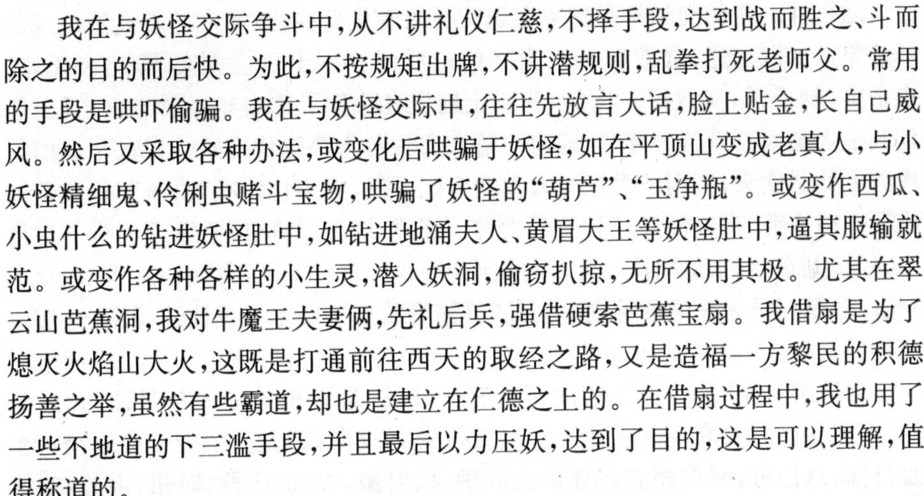

铃占为己有，被菩萨察觉后，我忙说：“铃儿在这里哩！”很爽快地完璧归赵了。

（十六）哄吓偷骗，善于用诈

我在与妖怪交际争斗中，从不讲礼仪仁慈，不择手段，达到战而胜之、斗而除之的目的而后快。为此，不按规矩出牌，不讲潜规则，乱拳打死老师父。常用的手段是哄吓偷骗。我在与妖怪交际中，往往先放言大话，脸上贴金，长自己威风。然后又采取各种办法，或变化后哄骗于妖怪，如在平顶山变成老真人，与小妖怪精细鬼、伶俐虫赌斗宝物，哄骗了妖怪的“葫芦”、“玉净瓶”。或变作西瓜、小虫什么的钻进妖怪肚中，如钻进地涌夫人、黄眉大王等妖怪肚中，逼其服输就范。或变作各种各样的小生灵，潜入妖洞，偷窃扒掠，无所不用其极。尤其在翠云山芭蕉洞，我对牛魔王夫妻俩，先礼后兵，强借硬索芭蕉宝扇。我借扇是为了熄灭火焰山大火，这既是打通前往西天的取经之路，又是造福一方黎民的积德扬善之举，虽然有些霸道，却也是建立在仁德之上的。在借扇过程中，我也用了一些不地道的下三滥手段，并且最后以力压妖，达到了目的，这是可以理解，值得称道的。

（十七）真才实学，自我实现

我的交际是建立在神通广大的基点上的，在车迟国与三妖赌法，在朱紫国给国王治病，都体现了真才实学，精明强干。我在交际过程中，还注重用足优势，发号施令，善于沟通，居中指挥，体现了很高的管理能力。总之，我交际的过程，也是实现自我价值的过程、塑造自我形象的过程、广交朋友的过程、积德行善的过程。

四、悟空的交际特色

记者：你的交际特色是什么？

悟空说：我的交际特色主要表现在以下几点上：

开放式。我的交际无边无垠、无拘无束。上可通天，中可人世，下可入地；山上水下，城里疆外；佛也可拜，仙也可求，人也可交，妖也可往。为了达到目的，“不拘一格行交际”，打破框框求实效。

层峰型。我的交际常常反复递进，犹如层峰聚合，山峦叠加。为解决一道难题，破除一个障碍，都需要走艰难曲折的路，付出大量的智慧和汗水。比如，

天际千仙万佛大聚会，庆典西天取经成果，
然后，隆重推出系列活动：

我在制服黄眉大王中，在斗胜狮驼岭三怪中，在除灭六耳猕猴中，在降伏青牛怪中，在苦战红孩儿中，都表现出层峰型交际的风格。

随机性。我的交际常常随着客观情况的变化而变化；常常随着偶然出现的新迹象而加以变通；常常在捕捉到新信息后而调整出更佳方案、策略和手段。点子多，脑子活，实效好。比如，我听土地说九头狮子来自东极妙岩宫，马上想到其主人是太乙救苦天尊，立即前往请太乙救苦天尊降伏此妖。我在车迟国与虎力大仙赌砍头，当刽子手把虎力大仙头砍下后，虎力作法唤“头来”时，我急忙拔下一根毫毛，吹口仙气，叫“变！”变作一条黄犬跑入场中，把那道士头一口衔来，径跑到御水河边丢下。虎力大仙连叫三声，人头不到，便倒在了尘埃，众人观看，乃是一只无头的黄毛虎。真是“草枯鹰眼疾”，展示了我快速反应、灵活应变的品格。

合适类。交际中，合适的才是最有价效的，最有价效的才是最棒的、最酷的，审视我在西天取经中形形色色、由始至终的交际，都是围绕着完成取经这个总目标、总任务，采取相宜得体的交际理论、对象、方式、手段、时机，因此，效能忒好，亏率忒低，有力地保证了取经任务的完成。

五、悟空的交际基础

记者：我们感到，你的交际决不是沙中大厦，空中楼阁，它建立在坚实牢靠的基础之上的，那么，这个基础是什么？

悟空：基础有三：

一是事业基础。我为什么大闹天宫时，敌手越来越多，而在西天取经时，帮手却越来越多？甚至在大闹天宫时的那些强悍对手也纷纷变成了我降妖捉怪的得力帮手。这是因为前往西天取经是天上、人世、佛间、仙界一件举世瞩目的伟大不朽事业，干事业总会光彩夺目，赢得天下喝彩，引来贤能相帮。二郎显圣奋力帮忙，土地山神听候帮忙，丁甲、揭谛、功曹、护教诸神跟随帮忙，太白金星随机帮忙，黎山老母主动帮忙，福禄寿三星乐意帮忙，护教伽蓝热心帮忙，灵吉菩萨出山帮忙，等等，这些不光是看我孙悟空的面子，主要是看在西天取经这个事业的分上，在事业上出了力，他们自身也积了功德。由此可见，事业，这是我悟空交际顺当通畅的坚实根基。

天际千仙万佛大聚会，庆典西天取经成果，
然后，隆重推出系列活动：

二是组织基础。我的交际建立在宽广、纵深的组织基础之上的。如果说唐僧师徒四人西天取经是一个项目组，那么，这个项目组背后有诸多组织机构支持着、支撑着。第一，佛教系统组织基础。如来佛是唐僧师徒最高领导，观世音菩萨是分管领导。所以，当唐僧师徒一遇困难、矛盾、问题，只要我出面交际，上至如来佛，下至比丘尼、优婆夷无一例外，人人伸出充满智慧和力量的援手。第二，天界系统组织基础。玉皇大帝统驭的天宫仙界，对我出面请援，总是有求必应。第三，游仙散佛组织基础。各方佛尊、各路神仙，对我的求援也都是有力出力、有物帮物，从不退避推诿。第四，人间帝王组织基础。每到一国一地方，国王君主都无条件地热情接待，倒换关文。第五，民众组织基础。给予唐僧等布施接济。正是有了民间芸芸众生的支持，唐僧师徒才能走到西天。第六，各地随时可供调遣差办的基层土地、山神，以及观世音菩萨派来暗中保护的诸神。因为有了这些强大而广阔的组织基础，我的交际才四通八达，一呼百应。应该说，组织基础是健康而有效交际的基本保证。

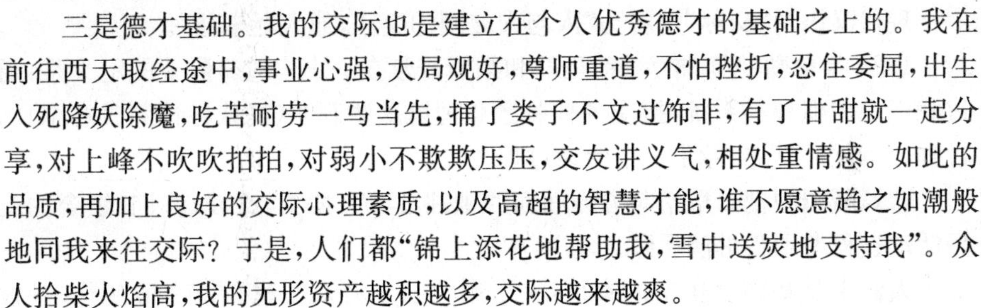

三是德才基础。我的交际也是建立在个人优秀德才的基础之上的。我在前往西天取经途中，事业心强，大局观好，尊师重道，不怕挫折，忍住委屈，出生入死降妖除魔，吃苦耐劳一马当先，捅了娄子不文过饰非，有了甘甜就一起分享，对上峰不吹吹拍拍，对弱小不欺欺压压，交友讲义气，相处重情感。如此的品质，再加上良好的交际心理素质，以及高超的智慧才能，谁不愿意趋之如潮般地同我来往交际？于是，人们都“锦上添花地帮助我，雪中送炭地支持我”。众人拾柴火焰高，我的无形资产越积越多，交际越来越爽。

记者说：听了你的介绍，我深切地感受到：孙悟空具有杰出的交际能耐，其交际呈现出初始、莽原、品流、公务式的更递态势。孙悟空保唐僧西天取经亟须并且在实践中做到了繁茂而有价效的交际，表现出极高的交际艺术，显示出独特的交际特色风格。孙悟空的交际是建立在强大厚实的事业、组织和个人超高超强的品德、才能之上的。我们应当从中得到启迪和教益，致力发掘和善于利用广博而深厚的交际资源，不断提高自己的交际素养，红红火火交五洲，漂漂亮亮建功业。

天际千仙万佛大聚会，庆典西天取经成果，
然后，隆重推出系列活动：

这份独家新闻得到了如来佛祖和玉皇大帝的好评。二位尊者以为，现今，天界又新增了许多太乙上仙，他们虽具文智武功，可又有些缺乏高明的交际妙招。这是一篇能人如何搞交际的很好教材，可由观世音菩萨亲撰编后语，印发诸多仙佛。

观世音菩萨遵二位尊者旨意，对这篇独家新闻加了如下编后语：

孙悟空是一个才能高超、本事高强、手段高明的太乙上仙，如今更是声名远响的斗战胜佛。他在西天途中所研究、认识的交际理念及其实践，作出了经典的能人交际示范。对于启迪当今上仙、能人、人才和领导，促进其事业有成，具有一定的意义。

什么叫交际？

在《辞海》的"交际"词条下写着：交际，《孟子·万章下》："敢问交际，何心也？"朱熹注："际，接也。交际调人以礼仪币帛交接也。"后泛指人与人的往来应酬。

现代汉语对"交际"解释为"人与人之间的交往，或人际来往"。

1980 年泰勒、罗斯格兰特、迈耶和桑姆普尔在一书中对交际下的定义是：通过我们的中枢神经系统，接受各种刺激和理解这些刺激（确认各种刺激意思）的过程。由此可见，交际是一个活动过程。

这篇新闻中把孙悟空与方方面面的来往、沟通、协力、交涉、咨询、组合的交际活动过程展示得淋漓尽致。

人们十分知晓孙悟空的本事：一个觔斗云十万八千里，有 72 般变化，一根如意金箍棒重一万三千五百斤。孙悟空在车迟国与虎力、鹿力、羊力三妖仙赌法时，其展示出来的本领更是惊得人咋舌不已。对于孙悟空的智慧、忠诚和百折不挠的意志品德，人们自然也十分熟知。除此以外，孙悟空还有杰出的交际素养和能耐。对此，人们往往并未引起太大的关注。其实，孙悟空的交际能耐，同其他方面的才能、品格一样光辉夺目，一样光彩照人。西天取经路上，九九八十一难，难难都有交际，几乎难难都因孙悟空的交际因素才最终化险为夷，变灾祸为平安。认知这一点，对于全面感知、体会孙悟空的综合素养、艺术形象，对于领悟能人干事业的必备交际素养十分有益。在当今，天上人间，交际已成了上仙、当权者、能人和从事某项事业的领头人的第一要素，我们更有必要洞悉孙

悟空奇特的交际能耐了。

这篇独家新闻经如来佛祖、玉皇大帝评价，并经观世音菩萨加编后语播发、印赠后，在太乙上仙中引起了轰动。旃檀功德佛唐僧、净坛使者猪八戒、金身罗沙僧，以及八部天龙马小玉龙纷纷向斗战胜佛孙悟空祝贺致意，向曼倩记者表示谢意。二郎真君、善财童子、守山黑熊大神以及后来修仙得道的牛魔王、罗刹女等等，以及无数仙、佛、道尊者都向斗战胜佛孙悟空发短信祝贺、致意，并表示要从悟空经典交际中汲取养料，提升自己。

天际千仙万佛大聚会，庆典西天取经成果，
然后，隆重推出系列活动：

业龙的千秋功过

“西天取经成果增值升华”领导小组发出文件通知，要求仙界各职能部门、各行业，在“西天取经成果增值升华”活动之中，进行一次部门作风、行业行风评议活动。文件通知强调，尤其是那些有重大职权的部门与垄断行业是这次评议的重点单位。为了搞好评议活动，分两步走，先自评，在自评中，天庭派出观察员，各部门、行业也可以邀请相关者列席。在此基础上进行公评。

根据文件通知精神，业龙行业率先召开了行风自评大会。

什么是业龙？

泾河龙王对唐太宗说：“陛下是真龙，臣是业龙。”

四海龙王、火龙、神龙等一切龙都是业龙。

业龙是个雨水霜雪资源垄断性的家族性的重点行业。玉皇大帝在业龙行风自评中，派出了广目天王和水德星君作为行风评议观察员、监督员。根据文件通知精神，旃檀功德佛唐僧、斗战胜佛孙悟空、净坛使者猪八戒、金身罗汉沙僧等被邀为列席嘉宾。八部天龙马小玉龙白马以特殊身份参加业龙行风评议。东海龙王敖广主持业龙行风评议。

一部《西游记》，有大量的生龙活虎文字，对于业龙是非功过、恩怨情仇的笔墨，令人读来感慨不已，参悟良多。

在东海龙宫，大大小小的业龙济济一堂。四海龙王满面春风地欢迎天庭行风评议观察员、监督员及各位列席嘉宾。特别高兴地喜迎为业龙大家族露脸争了光的八部天龙马小玉龙白马回来参加行风评议大会，大家称道西海龙王敖闰教子有方，西海龙王感慨地说：“哎，一龙生育九等子！”

当年，孙悟空为西海龙王敖闰外甥鼍洁在黑水河为妖之事来到西海龙宫，问起这鼍洁的身世及一贯表现。西海龙王说：“舍妹有九个儿子。那八个都是好的。第一个是小黄龙，见居淮渎；第二个是小骊龙，见住济渎；第三个青背龙，占了江渎；第四个东髯龙，镇守河渎；第五个徒劳龙，与佛祖司钟；第六个稳兽龙，与神宫镇脊；第七个敬仲龙，与玉帝守擎天华表；第八个蜃龙，在大家兄处砥

天际千仙万佛大聚会，庆典西天取经成果，
然后，隆重推出系列活动：

据太岳。此乃第九个鼍龙，因年幼无甚执事，自旧年才着地居黑水河养性，待成名，别迁调用。谁知他不听吾旨，冲撞大圣也。”

悟空道：“一夫一妻，如何生得这许多种？”

西海龙王道：“此正谓龙生九种，九种各别。”

西海龙王敖闰子女众多，其中太子摩昂有德有才。小玉龙曾犯下诛灭之罪，幸得观世音菩萨解救，驮唐僧西天取经，驮经书返回东土大唐，立下汗马功劳，得了正果，耀祖光宗。西海龙王十分欣慰。想起了业龙中众多子弟表现落差大，不由自主地发出了“龙生九子”的心声。

东海龙王敖广顺势接着说：不错，龙生九子，我们业龙家族之中，的确参差不齐，良莠并存。这就好像高官显贵者，所生子女，有的成了济世之才，有的成了“高衙内”！既然这样，业龙在实践之中出现功过是非，也就是必然的正常之事了！

“业龙家族历史悠久，我们这次从评论业龙千秋功过入手，激浊扬清，对雨水霜雪资源性垄断行业评功摆好，揭短亮丑，剖析警悟，在此基础之上，研究制定弘扬正气、消除缺失以振兴行业的整改措施，付诸实践之中。”

广目天王等都说这样评议好。

一、千秋功过当细说

那么，业龙的千秋功过是什么？

业龙是个神灵大种族，这个种族的千秋功过是由各个具体业龙的言行举止积聚共和而成的，因此，要认知业龙总体上的千秋功过，当要先从具体的个别的业龙功过事实、形象、特质说起。

东海龙王敖广在四海龙王中，处于大哥的地位，是四海龙王之首，是龙头老大，龙族中的领军人物。龙族中率先评议他：

1. 东海龙王敖广：两和皆友

孙悟空刚学成出道时，向东海龙王强行索要了如意金箍棒、金冠、金甲、云履，还嘴里骂骂咧咧地一路打出去。被敲了竹杠、弄得没皮没脸的东海龙王，咽不下这口恶气，一状告上天庭。于是，出现了十万天兵剿悟空的一幕。

孙悟空皈依佛门，保唐僧西天取经后，东海老龙王敖广，一改以往的态度，对孙悟空实现了从两斗皆仇到两和皆友的转变。

悟空西天取经路上，东海龙王敖广尽其所能，屡屡出手帮援。

在号山，孙悟空被圣婴大王红孩儿三昧神火烧得大败窜逃，便想起了水能克火之理，前去东海龙宫求请龙王将水泼火。东海龙王敖广考虑到悟空只是要些雨水灭水，这事在自己可以办的职能范围内，便率西海、南海、北海龙王一起给悟空助阵，为悟空喷雨灭火。真个是：潇潇洒洒，密密沉沉。潇潇洒洒，如天边堕落星辰；密密沉沉，似海口倒悬浪滚。沟泉飞腾万丈高，扳倒天河往下倾。由于私雨灭不了神火，这事效果不理想。但悟空在作战中受挫昏死过去后，四海龙王一齐呼唤八戒、沙僧挽救悟空。只到悟空被救醒后，发下话来，四海龙王才率水族泱泱而回。真是有情有义有责任心。

悟空为朱紫国国王治病，需要无根水做药引。老龙王打两个喷嚏，吐些涎津，与他吃药。这是东海龙王用自己体中精华助悟空成功。

当然，东海龙王敖广对孙悟空也有虽求而不能办的事，对此，老龙王细说原委，备陈难处，求得理解宽容，不伤和气。凤仙郡已经三年不下雨了，悟空想为这个地方的老百姓做点好事，请来东海龙王敖广，要他施雨。老龙王说："大圣既有拔济之心，容小龙回海点兵，烦大圣到天宫奏准，请一道降雨的圣旨，请水官放出龙来，我好照旨意数目下雨。"后来，悟空经三周五折，请来施雨天旨，东海龙王等欣然卖力地给凤仙郡降雨三尺零四十二点。只见那：好雨倾河倒海，蔽野迷空。檐前垂瀑布，街市水流洪。东西河道条条满，南北溪湾处处通。风调雨顺民安乐，海晏河清享太平。最后，老龙王又按悟空要求，与天宫诸神开明云雾，半空现显真身。给足了悟空面子，悟空也兴奋不已，感谢不尽。

悟空与龙王敖广是一对老邻居。邻居好，赛珍宝。东海龙王敖广在悟空皈依佛门后，劝他，助他，不遗余力。能办的事快速办，难办的事想法办，不好办的事一起商量着如何办。悟空能最终成得正果，有东海老龙王开导、关心、帮助的因素。

大家认为，行业中处于领袖地位人物的理念、言行、素养、心迹等，对于这个行业的兴衰荣枯影响举足轻重。尤其是垄断性行业，由于具有得天独厚的优势条件，容易产生优越感，容易财大气粗，挟势凌人，争强好胜。俗话说，和气生财，义气消灾。龙老大虽然初始有点好斗争强，但后来低调做神，与人为善。赢得了天上人间的好口碑。金杯银杯不如好口碑。龙业这些年来兴旺发达，与龙老大的这些品味、功德、辛劳有着直接关系。

2. 西海龙王敖闰：视情宽严

西海龙王敖闰，有功有过，功大于过，主动建功，有过能改。是个有见识、有头脑的龙王。

当初，孙悟空来东海向敖广索要行头时，南海龙王敖钦大怒，要与悟空动粗，西海龙王敖闰说："二哥，不可与他动手，且只凑副披挂与他，打发他出了门，启表奏上上天，天自诛也。"敖闰在南海龙王遇事沉不住气的时候，提出借用上苍天条、势力来解决问题，可见他城府之深，心机厉害！

敖闰的外甥鼍洁来到黑水河，霸占了河神府第，还伤了许多水族。河神没奈何，跑到海内去告他。西海龙王敖闰是鼍洁的母舅，庇护妖龙，不准河神的状子，并教河神把府第让与妖龙居住。唐僧取经至黑水河，被这妖龙捉住，扬言要蒸熟了，去请舅爷暖寿。悟空找到西海龙王，敖闰情知惹不起孙悟空，再也不敢放纵妖龙外甥，忙对悟空服软说好话，又派太子去擒拿住鼍洁，救出唐僧。在与红孩儿大战中，西海龙王敖闰随敖广一起喷私雨灭邪火，算是补了悟空的情。

在青龙山，辟尘大王等三个犀牛精被悟空斗败后，逃入西海，探海夜叉慌忙报与西海龙王，敖闰当机立断地唤太子率兵给悟空及上天星宿助阵。

大家认为，西海龙王敖闰有些私心、霸气。但大节无亏，大事不糊涂，能培养出优秀龙太子，能养育出八部天龙马，这对行业建设也是贡献很大的。需要改进的是：对至爱亲朋的关心帮助要从提高素养着手，不能护短送优，溺爱放纵。

3. 北海龙王敖顺：言听计从

北海龙王敖顺是个性情温顺的冷龙。他除了随敖广帮悟空喷雨灭火外，还在车迟国、狮驼岭两次单独地援助过悟空，而且态度极乖巧。

大家认为，作为垄断行业中头面人物，手中掌握稀有资源，就是要有点利他主义精神，资源为天下所用。决不能把垄断性资源看做私有性资本，并借此敲诈勒索、放刁。在这个方面，北海龙王敖顺做得很有分寸，值得业龙们细加品味、借鉴。

4. 南海龙王敖钦：随行跟进

天际千仙万佛大聚会，庆典西天取经成果，
然后，隆重推出系列活动：

南海龙王敖钦，在四海龙王中排行老二。他有脾气，但听人劝；有主见而不固执己见。总的是随着龙老大号令行事。当年，听说孙悟空来东海龙宫强要硬索，大怒道："我兄弟们点起兵，拿他！"诸龙王认为不妥，他也放弃了自己的意向。后来，又随诸龙王集体行动，喷私雨帮助悟空。

大家认为，行业中权势人物的性格脾气，关系到行业的形象和风气。因此，加强行业人员个性修养尤为重要。南海龙王敖钦表示，为了行业行风的优化提升，自己今后要修养心气，改善脾气。傲骨不可无，傲气不可有。小巧小巧，天下顺了！低调做龙，高额奉献。

5. 二十八星宿之一的亢金龙：德能俱佳

孙悟空被黄眉老妖合在金铙之内，进退无门，玉帝闻奏传旨着二十八宿星辰快去释厄降妖。众星宿使出浑身解数，弄到三更天气，那金铙浑然不动，就像铸成了的囫囵一般。亢金龙挺身而出，舍命将角尖钻进铙中，救出悟空。

亢金龙凭他的过硬心理和生理，泽心仁厚，睿智而又顽强，真不愧是极品神龙。

亢金龙得到优等评议。当即行风评议主持人东海龙王敖广号召全体业龙见贤思齐，虚心地向亢金龙学习跟进。

6. 玉龙：获赦潜修

获刑待诛的小玉龙被观世音菩萨救下后，专心潜修，一路驮唐僧西上取经，不仅日常不辞辛劳，立下了汗马功劳，而且还有几次出人意料的表现，立下了奇功异绩。

在宝象国，孙悟空已被师父赶走，黄袍怪打败八戒，捉了沙僧，将唐僧施法变作老虎。小玉龙白马变作宫女行刺妖怪，失败后又口吐人言，执意劝八戒上花果山请出悟空灭妖救师父。

小玉龙在万般无奈之下，情急之中，想到了猴王，所谓"意马忆心猿"，原来，"心猿意马"还是一个美丽的传说哩！

在朱紫国，小玉龙贡献了龙尿，帮助悟空为国王治好了病。

在狮驼岭，唐僧师徒并白马、行李被青狮精等妖捉住掠去，悟空使手段从魔窟中解救他们。白龙马在行动中不叫不跳，融洽配合团队行动。

由于小玉龙铁心真意潜修有成，最后有了圆满结局。在大雷音殿上，佛祖

天际千仙万佛大聚会，庆典西天取经成果，
然后，隆重推出系列活动：

如来封他为八部天龙马。

小玉龙炼狱成功，令全体业龙动容。西海龙王敖润深沉而激动地说，小玉龙修成正果，是他自己的努力，是佛仙诸尊者、领导慈悲为怀，也是旃檀功德佛唐三藏师徒关心帮助的结果。我作为父亲，对他养而不育，不教而诛，是失德失责，惭愧不已，值得反思。八部天龙马小玉龙很谅解父亲。建言：业龙后辈们，珍惜今天，自强自重。

7. 西海龙太子摩昂：飒爽英姿

西海龙王敖闰的太子摩昂，年轻英武，正气凛然，勇猛果敢，雷厉风行。

摩昂太子在黑水河制服表弟怪鼍。

玄英洞的三个犀牛精被悟空及天上星宿追杀至西洋大海，龙太子摩昂听从老龙王之令，急忙点齐虾兵蟹将，各执刀枪，一齐呐喊，杀出水晶宫外，挡住犀牛精。在悟空的号令之下，龙太子率兵将一拥上前，将犀牛精辟尘大王扳翻在地，用铁钩穿了鼻，攒蹄捆倒。在龙王父子助阵之下，悟空与众星宿顺利地剿灭了三个犀牛精。

行风评议主持人东海龙王敖广评论摩昂是龙族中的后起之秀，一面旗帜。勉励他奔腾不息，当开辟行业锦绣前程的急先锋。

8. 洪江口龙王：知恩图报

海州陈光蕊考中状元，偕妻回家拜见老母张氏，然后一起赴江州上任，途中被歹人谋害，沉尸江底。洪江口龙王认出这是救命恩人，便有恩报恩，救他性命。

那陈光蕊就是唐僧陈玄奘的父亲。

洪江口龙王受人滴水之恩，涌泉相报，留下了一段佳话。

旃檀功德佛唐三藏当即谢洪江口龙王，并引发了一段挥之不去的思亲之情。无情未必真豪杰，遁身空门也有情。

9. 荡摩天尊祖师麾下五大神龙、水德星君座前火龙：卖力出差

五大神龙奉命助悟空大战黄眉妖，翻云使雨，斗得天昏地暗。

火龙奉命助悟空烧青牛精，尽心竭力。

10. 乌鸡国御花园井龙：乘便推脱

乌鸡国王被青毛狮子精推到御花园井中淹死。井龙王守土有责，他用定颜

天际千仙万佛大聚会，庆典西天取经成果，
然后，隆重推出系列活动：

珠将国王尸体定住，保护在水晶宫之中，不曾得坏。当唐僧师徒来到乌鸡国，乌鸡国王鬼魂托梦给唐僧，诉说冤屈。悟空哄八戒到井中驮出国王尸体。井龙王见八戒到来，忙转弯抹角地说有件宝贝，要八戒拿去。

八戒一看，井龙王所说的宝贝，原来是乌鸡国国王的尸体，不愿驮出井。八戒走人，龙王哪里肯依，忙差两个有力量的夜叉，把尸体抬着出来，送到水晶宫门外，丢在那厢，摘了避水珠，像摔包袱一样，把乌鸡国国王尸体硬生生地推托给八戒，自己脱手了事。

大家认为，井龙做事虎头蛇尾，开始积德为善，后来有点耍滑头，像踢足球似的，这有损业龙行业的形象。净坛使者猪八戒见井龙十分难堪，忙打圆场，说"井龙的足球踢给我，让我射进了球门"。井龙当即表示，以后要痛改前非：不搞敷衍搪塞，不再遇事推诿、扯皮扯淡。

11. 万圣龙王：贪宝伤命

乱石山碧波潭万圣龙王伙同女儿万圣公主、九头驸马，来到祭赛国"敕建护国金光寺"，下血雨，污宝塔，偷了塔中的舍利子佛宝。

悟空率八戒打入潭中，一棒将万圣龙王的老龙头打得稀烂。尸飘浪上败鳞飞。路过此处的二郎神帮悟空打败了九头虫。悟空打死了万圣公主，擒拿了老龙婆，夺回了宝贝。万圣龙王一家就此灭绝。

业龙们认为，万圣龙王是龙中败类，罪有应得，要以此为镜，引以为戒。大家还感谢斗战胜佛孙悟空为业龙行业清莠除坏。

12. 泾河龙王：逞能犯法

泾河龙王与卖卦先生袁守诚赌雨，为了赢，违了玉帝敕旨，改了时辰，克了点数，犯了天条。在那剐龙台上，难免一刀。

泾河老龙王是四海龙王的近亲密戚，他犯法遭诛，大家心情沉痛。同时，一致认为，现在是法治时代，垄断性行业中有胆敢利用手中垄断资源上犯天条、下损民利的，必然人神共愤，招之天谴人诛，身败名裂，完全是咎由自取！

13. 龙子鼍洁：破落衙内

泾河龙王生了九个龙子，前八个是好的，这最小的龙子鼍洁，是个浪荡子，邪乎的破落衙内。父亲泾河龙王被斩后，他由舅舅西海龙王收养。他不争气，顺潮来到黑水河，先霸占了黑水河河神府第；后又捉了唐僧，要吃肉延寿。当他

的大表哥、西海龙太子奉西海龙王之命来处置这事时，龙太子说清原由，挑明了厉害，要他迷途知返。这个家伙竟不知天高地厚，还要恃强续恶，被龙太子制服。若不是悟空厚道一点，他早就当场毙命了。鼍龙是个能耐不大脾气大、阅历不深邪气深、资本不多是非多的家伙。

大家一致谴责鼍洁是个浑球小混混，是一粒足以坏了一锅粥的老鼠屎。对他要严管，全行业的业龙都有责任来管束他、帮助他、挽救他。也希望他自己能振作起来，改过自新。

14. 宝贝中龙：有好有差

灵吉菩萨的飞龙宝杖，化为八爪金龙，降魔伏怪。

大鹏金翅雕将悟空装入阴阳二气宝瓶，那瓶中的三条火龙助纣为虐，来烧悟空。

经过旷日持久的认真、仔细的家族性资源垄断行业的行风评议后，主持人东海龙王敖广总结说：综上评议，作为龙族，有功德也有过错：

功德：

行云降雷，福泽寰宇。

报恩施惠，乐善好德。

斗妖惩恶，大义凛然。

和谐交往，太平安宁。

勇猛刚直，气贯长虹。

忠于责守，勤勉办差。

通融便宜，利人益己。

改过自新，终成正果。

过错：

违法乱纪；

贪得无厌；

浪荡凶暴；

交往不慎；

意气用事；

怨天尤人。

天际千仙万佛大聚会，庆典西天取经成果，
然后，隆重推出系列活动：

二、龙的感悟

众业龙通过行风评议，思绪万千，感悟良多：

感悟之一：

垄断性行业如何把持？

龙族，是个施雨降雪的垄断性行业。这个行业拥有的雨水霜雪，是上苍最尊者玉皇大帝、下界黎民及万物离不开的垄断性资源。这个垄断性资源不但不可或缺，而且其他行业还不可替代。

然而，这个垄断性行业及其垄断的资源，龙族只有使用权，没有所有权。而且，这个使用权是在上天的组织计划之下，按旨意运行。如果垄断性行业把这个垄断性资源视为私有，以垄断谋私，不按上级要求运作资源，甚至阳奉阴违，打点折扣，那么，这个垄断性行业中的有关责任人就要受到无情的惩罚。像泾河龙王那样，为了打赌，争个颜面，占点上风，执行上帝施雨旨意，改个时辰，克点雨数，就要龙头落地。

上苍对于垄断性行业，往往会严格一点、严肃一点，犯有过失、过错，严罚不贷，这是为了保证上级的指令畅行无阻，为了使垄断性行业更好地造福黎民百姓，为了更有效地教育这个行业中的所有人，避免行业腐败下去，腐朽不堪。

当然，垄断性行业，在使用垄断性资源中，有重点地关照一下，也是有的。当龙王爷们奉旨在凤仙郡施雨后，悟空让龙王爷们在半空中显身，接受当地官民顶礼膜拜。悟空要龙王爷与诸神以后多关照凤仙郡一点，五日一风，十日一雨，使这个地方成为“特区”，享受风调雨顺的特别政策。对于垄断性资源，就像坐公交车，谁都有权力上，有的多上几回，这也在正常之列。垄断性资源是难以搞绝对平均主义的。但在度上要把握好。

近水楼台先得月，向阳花木早逢春。经手三分肥，雁过拔毛。垄断性行业有职权，弄点垄断资源，作为私有资本，用“私房钱”搞点私交，这大概也难禁绝。但这个“私”在量上要有限度，且与执行上级文件政策不能相矛盾，并且这个私用要有益无害。在实践中，龙王就是这样做的。悟空请四海龙王施雨灭红孩儿妖火，龙王便借给悟空“私雨”一用。事后，上天对这件事也只是睁一只眼闭一只眼，没有吭气。

天际千仙万佛大聚会，庆典西天取经成果，
然后，隆重推出系列活动：

感悟之二：

名门望族的龙头老大如何掌舵？

东海龙王敖广，是龙族这个名门望族的龙头老大。西海龙王、南海龙王、北海龙王唯东海龙王马头是瞻。四海龙王爷刮什么风，普天之下、五湖四海的龙子、龙孙、龙族就下什么雨。因此，东海龙王敖广这个龙头老大当得好不好，对于整个龙族的生存、发展至关重要。

东海龙王敖广也意识到了这一点，所以，他当龙头老大亲力亲为、小心谨慎。其主要特点是：

提高执政能力。凡事都要看玉帝是什么意图，有什么文件精神。在这个前提下，能通融的则通融；违拗上天有关精神的，坚决把好关口。所谓“小心使得万年船”。悟空要东海龙王为风仙郡下点雨。东海龙王敖广就婉言相告，不给这里施雨，是玉帝的指令，从而一口拒绝了悟空这个私情要求。然而，当悟空要借私雨灭妖火时，东海龙王敖广又感到这是在自己可以通融的范围内，做好这事，佛家高兴，玉帝也不会责怪，又给悟空卖个人情，多一个朋友多一条路嘛，于是，果断拍板，率四海龙王一同布施私雨。

综观《西游记》，龙族对于施雨这个垄断性资源和职能：首先是唯上是从。玉帝不让给风仙郡施雨，他们就驳了悟空的面子。二是扯皮执法。在车迟国，明明是虎力大仙请旨降雨，他们就做手脚把功劳记到悟空头上。三是友好私赠。用私雨帮悟空对付红孩儿的三昧神火。四是便宜行事。东海龙王降龙涎为朱紫国王做药引子。五是滥用职权。泾河龙王是也。遭诛。这其中，做对做好的，都是在东海龙王这个龙头老大掌握和指挥、带领下作为的。

发扬民主作风。东海龙王敖广面对悟空强要索取兵器、披挂时，不是搞孤家寡人决策、关门主义地裁决，而是召来四海龙王一起商量，集思广益，选择最佳方案。孙悟空那么粗野撒泼，闹得上界天昏地暗，搅得地府乱七八糟，但是，龙宫中由于决策、处置得当，没有受到太大的扰乱。

优化思维理念。东海龙王敖广开始对悟空怀着一种仇视、忌恨心理。后来，悟空皈依佛门，保唐僧西天取经。东海龙王敖广想到了“与人方便，自己方便”，“远亲不如近邻，近邻不如对门”，便改变了对悟空的态度，思想理念上升到“和为贵”的主旋律。

天际千仙万佛大聚会，庆典西天取经成果，
然后，隆重推出系列活动：

东海龙王敖广坚持公道正派，龙族中有人违纪犯法受处罚，他从不徇私、说情。

东海龙王敖广这个龙头老大当得是成功的。

一个名门望族中的龙头老大，位尊威大权重。这个龙头老大当好了，会给一族带来大福分。如果这个龙头老大素养低、私心重；卖资历、植亲信；傲上欺下挤平辈、张扬耍横得罪人，那么，到头来，只能贻误全族、害了自己。艄公不努力，耽误一船人。做大不正，带长字不作为，不是倒台了事，就是恶贯满盈遭天谴、人责。大家一起跟着蒙羞、"下汤锅"、趟浑水。

感悟之三：

贵族子女如何传承？

龙子龙孙是个世袭罔替爵、位的贵族群体。不愁无官做，无事干，无钱花，无房住。似乎什么都不缺，似乎又缺得很多。大家不缺物质，却奇缺"自强、自珍、自重、自主"的精神文化。

"自古纨绔少伟男"。龙子龙孙中不乏佼佼者，如西海龙太子摩昂是也。然而，浪荡子也大有人在。万圣龙王的子女就是一个偷窃扒拿之辈。鼍洁，更是一个破落的衙内。虽然他父亲泾河龙王已触犯天条被诛杀，可他仍以衙内自居，一身衙内习气，不干正事、好事，不是强占豪夺，欺行霸市，就是掠杀人命，执迷不悟。

中国古代就有一个触訾说赵太后的故事，告诫人们，显官达贵的子女，当自强不息。如果位尊而无功，奉厚而无劳。那么，君子之泽，五世而斩。他所拥有的荣华富贵就会昙花一现，难得持久。从龙子龙孙们的良莠现象看，贵族子女，有点精神优越感，这是可以理解的，但第一位的不是躺在先辈们的功劳簿上享受精神优越，而是要多想"将门出虎子，人生拼搏才会赢，风雨之后是彩虹"。

感悟之四：

职权者为何要化解意气用事？

泾河龙王，不仅是一个独当一面的单位一把手，而且，还是一个八河都总管，司雨大龙神，有职有权，威风八面。可他后来为什么会触犯天条而被诛杀呢？其实就是骄横妄为，意气用事。

那么，有职有权者如何化解意气用事？

天际千仙万佛大聚会，庆典西天取经成果，
然后，隆重推出系列活动：

从泾河龙王的惨痛教训看：

有职权者，不可意满心傲。有的人在无职无权时，温良恭俭让，谦谦君子。一旦有点职权，子系中山狼，得志便猖狂。就眼睛长在头顶上，尾巴翘到天上去，不知道自己姓什么了，也认不得别人是谁了！说话的嗓门粗了，腔调变了，脾气暴了，火气大了，歪理多了。这种人并不知道，墙上芦苇，头重脚轻根基浅。小人暴贵如受罪。你职权再大，还能大过天吗？还能大过玉帝吗？你泾河龙王是司雨大龙神，不错。可鱼有鱼路，虾有虾路。你还未知道明天要下雨，要下多少雨，什么时候下雨，并不代表压根儿就没有这种事，也并不等于别人就不可能先于你知道这事，所谓人外有人，天外有天，手眼通天，大有人在，这有什么奇怪的？在这个宇宙中，你以为你能你行你聪明，强手能人多着呢。你神气什么？你神气就神气在你屁股下那张有职有权的交椅之上，一旦把这个职权位置拿掉了，指不定你成了一条什么样的断了脊梁骨的癞皮狗哩！小子，悠着点。当泾河龙王被押上剐龙台时，可能在想：当初，如果有人能早一点振聋发聩地骂我一顿，让我懂得夹着尾巴做人，那该有多好呀！

马尔辛利刚任美国总统时，指派了一名税务部部长。为此，一位身材矮小、脾气暴躁的国会议员对他破口大骂。总统一声不吭，等他发泄完了，才心平气和地诉说原由。这位议员被总统气度所折服。也不知总统解释了些什么，竟也在懊悔中认同了总统。想想泾河龙王，看看马尔辛利，人们应当参悟到"有权不能狠"的道理。

与人打赌，无需使诈耍赖。九教三流，总有个品味。赌也是这样，不管你是赌圣、赌仙、赌神、赌徒，还是赌混混儿，赌，就要有赌品，愿赌服输，赌金赌银不赌赖。你泾河龙王，也算是个有头有脸的人了，本来，与一个算卦混饭吃的人打赌争胜，就已经出轨失身份了，然而，既然赌了，就要遵守赌场的明规矩、潜规则。赢了，不要沾沾自喜；输了，也不要拉不下面子。这是君子风度，更显得富有人格魅力和修养。哪能像个市井下三滥的混混儿，赢得起，输不起，一旦失手，便在赌外下功夫，利用自己的职权位势，剑走偏锋，颠倒黑白，天理何在？正义何在？这泾河龙王，仗势欺人在前，自欺欺人在后，不遭报应，天理难容。为人在世，最可悲的，是耍小聪明，霸王硬拉弓。为人在世，受点挫折，丢点脸面，并不完全是坏事，可以"惊雷震起英雄胆"，激励自己奋发图强。有时，大可不必为顾及一点脸面而丧失理智，倒行逆施。脸面是别人给的，看别人占了上风，不给自己面子，硬要从别人那里为自己争面子，反越抹越黑。泾河龙王这样的做法，是死要面子活受罪。别人不是心甘情愿地给面子，而是通过种种心机和手段讹面子、逼面子，这样的面子，争到了也不会风光，没有什么滋味。有的人认为，下层社会，是个想怎么吃就可以怎么吃的嫩豆腐，跟他们要个面子，还不是手到擒来的事。错了，社会下层中有“傲气”“傲骨”的大有人在。你想随便依仗权势要面子，并不见得就能如愿以偿。下层社会中，历来藏龙卧虎，奇才怪杰，深藏不露，你如果不知深浅，胡搅乱来，盛气凌人，弄不好，就会被弄得灰头土脸下不了台！

谨慎纳言，防止吃了苍蝇。泾河龙王听了玉帝敕旨后，只是感觉到输了打赌，丢了面子。这有多大的事？可是，那个狗头军师为他出了一个馊主意，改时辰，克雨数，这样做，固然赢了打卦的，可是犯下了欺君之罪，招来了杀身之祸。一些部属，当自己的上司遇到烦心的事时，为了拍马溜须，往往会蠕动起花花肠子，想出歪点子。领导当时很高兴，很赏识。如果真按此计此议而行，往往后果不堪设想。因此，一个领导，遇事要头脑冷静，面对七嘴八舌，要择善而从之，不要受部下无真知灼见的鼓动。对部下的计谋、点子、建议，如果不加筛选甄别，随意盲从，率性而为，吃了个大苍蝇，又能怪谁？

晦气上身，岂能怨天尤人。泾河龙王犯了不赦之罪，向唐太宗求救，唐太宗应承了，也动了脑筋在帮他办这事，到头来，事情不能如愿，泾河龙王还是被诛了。因为这是通天之罪，上帝发旨了，唐太宗也无能为力。这事应当画上句号了。可泾河龙王死后，还不依不饶，又到地府中状告唐太宗，这就有点失风度了，是大可不必的节外生枝。求人帮忙办事，切不可相求时满脸堆笑；办成后，千恩万谢；办不成脸拉老长。尺有所短，寸有所长，任何人，都不可能有绝对把握摆平一切事。只要尽力而为，就可以了！

感悟之五：失足者如何改过自新？

小玉龙是一个成功的范例。

总结小玉龙的宝贵经验：昭昭之明，立潜修愤愤之志，千里之行，始于足下；绵绵之事，积勤勉赫赫之功，万难之际，异常作为。

天际千仙万佛大聚会，庆典西天取经成果，
然后，隆重推出系列活动：

三、振兴龙头老大行风

在感悟的基础上，东海龙王敖广组织业龙族集思广益、群策群力，制定了振兴资源垄断性行业行风的具体措施：

1. 把振兴、优化行风列入一把手的重要议事日程。列为各级一把手的重要考核内容。各级一把手是行风建设的第一责任人。实行一票否决制，这方面出了问题，取消单位、领导和责任个人评优评先。影响单位奖金额度。

2. 制定行风明规细则和行风建设规划、标准，使行风建设有据可依、有章可循。指定专职人员负责抓监督、检查落实。

3. 对关系、影响行风的各种权力、机制实行节制和改革。克服“几代领导建好行风、一个领导毁坏行风”的现象。

4. 实行开门评议行风。请行业之外的部门、行业，特别是黎民百姓评议资源垄断性行业的行风。“屋漏在上，知之在下”。这样才能及时而准确地发现问题，便于适时有效地“亡羊补牢”。

5. 进行奖优罚劣。重奖在行风建设中的有功之龙，重罚在行风建设中的害群之龙。让行风建设中的优秀者上红榜，将行风建设中的顽劣者入黑簿，并进行警示教育，戒勉谈话。问题突出、严重的，毫不手软地予以惩处。

实行行风建设中得分与升迁降免、奖励多寡厚薄挂钩。

6. 建立行风建设门户网站。加强行风建设信息交流，通过传媒舆论监督促进、推动行风建设。

由于业龙大家族在行风评议中很扎实、到位，见效快，所以，得到天庭的肯定和好评，并在公评中获得优秀行业的称号。在天庭千部门万行业作风行风总结表彰大会上，敖广代表业龙行业上坛作了大会重点汇报交流发言。

天际千仙万佛大聚会，庆典西天取经成果，
然后，隆重推出系列活动：

帝王的百味人生

在“西天取经成果增值升华”活动中，玉皇大帝传旨北方真武玄天上帝，令他邀聚西天取经中所涉及的诸国帝王，品味人生，感悟思想，以推进官场的健康文明成色，提高当权者的执政魅力。

北方真武玄天上帝，简称北帝，或称之为真武大帝。北帝在天山上开办了一个帝王人生自由坛，邀聚《西游记》中的诸帝王，举行了一次帝王登坛演说百味人生活动。

诸帝王登坛自由演讲伊始，北帝先说开场白：帝王，人神共慕，连龙王爷都说，皇帝是真龙，我是业龙。

帝王，谁不想做？

自古以来，连面朝黄泥背朝天的农民都梦寐以求地想当帝王。陈胜理直气壮地说：王侯将相，宁有种乎！皇帝轮流做，今年到我家。

由于一国之中只有一个帝王，几十年中只有一个帝王当政，那些把帝王龙椅坐到屁股下的人，为了让天下苍生服服帖帖地拥戴他坐金殿，为了让天下有资格有智能的人打消与他争帝王之位的念头，还为了让帝王这个好东西在自己寿终正寝以后无法再用时，能名正言顺地传给他的子孙后代继续享用，于是，便编想出了天人合一、天人感应、君权神授的鬼话，把自己杜撰成是玉皇大帝儿子，派下来统治牧民的天子，给自己罩上了一层神秘的神圣光圈。

忽悠啊忽悠！玉皇大帝哪有那么多儿子？玉帝原有十个儿子，被羿射死了九个，现在就剩下了一个太阳神了嘛！

于是，天下人估摸自己这一辈子没指望当上帝王了，就想弄个位极人臣的名臣重臣当当，“一人之下，万人之上”，也心满意足了。

可是，一个人真正当了帝王又么样？一部《西游记》为我们昭示：

帝王权力无限、疆土无边、享乐无度、威风无比、荣华无上。可也有一本难念的经，帝王在人生旅途上，也同常人一样，品尝着酸甜苦辣的百味人生。

北帝的一番话，勾起了诸帝王的无限感慨和思绪。北帝的话音一落，诸帝

天际千仙万佛大聚会，庆典西天取经成果，
然后，隆重推出系列活动：

王就纷纷走上自由坛，讲自己的人生之味。

一、帝王人生多滋味

那么，帝王有哪些百味人生？

1. 喜

西梁女国国王曾一厢情愿地恋唐僧，演出了一部十分耐看的上佳喜剧片。

这一刻，富有情感的西梁女国国王率先喜登自由坛。她说：

唐僧师徒到了西梁国界。我闻奏，满心欢喜，对众文武道："寡人夜来梦见金屏生彩艳，玉镜展光明，乃是今日之喜兆也。我想以一国之富，招唐僧为王，我为后，与他阴阳配合，生子生孙，永传帝业"，众女官拜舞称扬，无不欢悦。

我在喜悦心情支配之下，拨打着如意算盘，"我做梦嫁男人，想好事哩！"因为，做成这件好事，我便可把帝王之位传给自己与唐僧爱情之结晶：子与孙了。我越想越美，越想越感到好事成双，于是，立即运用权利，令当驾太师保大媒。当我见到唐僧时，见其梦想的夫君是中华上邦美男子，堂堂人才伟丈夫，更是喜不自胜。唐御弟哥哥囿于佛戒，就是滑不进我的情意圈，但他对我也很敬重恋爱，使我先在精神上享受了夫妻乐趣，益发沉浸在喜悦之中，"喜滋滋欲配夫妻，盼洞房花烛交鸳侣，恨不得白昼并头偕伉俪，倾尽真情赌明天"。

虽然，最终有情人未成眷属，毕竟由此而给我留下了一段可喜的回忆、回味。

2. 怒

西梁国女王话音刚落，祭赛国国王怒冲冲地登上自由坛。他说：

西天路上，有一个大邦叫祭赛国，我就是这个国家的国王。我国有一座"敕建护国金光寺"，金光寺中，宝塔上生来祥云笼罩，瑞霭高升，夜放霞光，万里有人曾见；昼喷彩气，四国无不同瞻。后来，塔宝被盗，塔再无祥云瑞霭，四夷外国也不再来朝贡了。我听奏后，勃然大怒，大发雷霆，更不加细查详察，竟认定和尚犯戒为盗，下令捉拿寺中和尚，千般拷问，万样追求。我当时一怒冲天，怒气经年不消。后来，悟空来此降妖捉怪，追回宝贝，重置塔中，使宝塔整旧如新，霞光万条，瑞气千尺，依然八方共睹，四国同瞻。我这才转怒为喜，解放了僧众。并愉快地接受了悟空建议，将"敕建护国金光寺"改名为"敕建护国伏龙寺"。

3. 哀

宝象国国王悲哀地登上自由坛。他说：

我的公主百花羞，十三年前八月十五日夜，赏月中间，被一阵狂风刮走，下落不明。八月中秋，月圆人圆，而我却在这时骨肉分离，凄凄哀哀，悲悲戚戚。

原来，百花羞公主被黄袍妖怪摄在碗子山波月洞，做了夫妻，生儿育女。唐僧误入妖洞，被百花羞公主放出，暗托传书。当我读了百花羞女儿托唐僧传出的书信，哀念大哭，万分伤情。

后来，百花羞被悟空救出。但悟空把百花羞与妖怪生的两个孩子拿到宝象国白玉阶前掼做肉饼，鲜血迸流，骨骸粉碎，当时，我嘴上说掼的好，心里却也免不了哀痛一番。

4. 乐

比丘国国王乐颠颠地登上自由坛。说：

三年前，有一老道，携一妙龄小女，貌若天仙，进贡与我。我爱其色美，宠幸在宫，号为美后，不分昼夜，贪欢作乐不已，将三宫娘娘、六院妃子都冷落一边。谁知，乐极生悲，由于贪乐过度，弄得精神疲倦，异常虚弱，饮食少进，命在须臾。太医院检尽良方，不能治疗。

原来，那道人和女子是白鹿妖、白面狐狸精。他们串通起来欺骗谋害我。说是老道有海外秘方，只需 1111 个小儿的心肝做药引，便可治好我的病，还能延寿。行将就木的我立即兴奋快乐起来，下旨照办。直到孙悟空捉住妖道，打死那狐狸精，揭穿事情真相，我才从醉生梦死的享乐中醒悟过来。

5. 悲

唐太宗走上自由坛，悲切地说：

千万年来，人们都说我是一个开辟贞观之治的一代明君。可又有谁知道我心中的酸楚？我其实就是一个大悲皇帝。

唐贞观年代，我许诺泾河老龙王，向魏征说情，救其一命。

我设局与魏征对弈到午时三刻，魏征忽然踏伏在案边盹睡起来。这正中我下怀，任他睡着，更不呼唤，不多时，魏征醒来自责慢君之罪。我却为自己诓住魏征错过了斩龙王时辰而暗暗自鸣得意时，忽然半空中掉下血淋淋的泾河老龙王的头颅。正当我惊诧不已时，魏征转身叩头道：“这龙头是适才臣梦中斩下

的。”魏征身在君前对棋局，合眼蒙眬，梦离我乘云端，出神抖擞，在剐龙台上手起刀落斩了龙头。

这件事，使我心生悲凉。身为皇帝，答应救龙王，未能兑现，失信于龙，之后，还在梦中遭到被斩泾河老龙阴魂责怪索命，很是不爽。身为皇帝，用尽心机，还是竹篮打水一场空，终于没有阻止臣子斩老龙王，十分郁闷。

泾河老龙阴魂在阎王殿上状告我许救反诛之状。阎王拘得我魂灵来冥间折辩，在阴间的行进中，遇到在玄武门兵变中遭诛杀的两兄弟建成、元吉，一起对我揪打索命。此情此景，使人感到我这个皇帝当得确实窝囊，令人悲叹！

想我李世民在阳间作威作福，可到了阴间，“归零”了，在阎王面前低眉折腰，在冤鬼面前哆哆嗦嗦，也真可悲。

最后，我靠魏征一封书信，在冥司判官那里走了后门，做了手脚，才得以还阳。可在阳间？文臣武将都在忙乎着欲扶太子登基。当我在棺材里还阳大叫时，皇宫后妃、文官武将都认为是我诈尸弄鬼，吓得惊惶失色，走得精光。什么玩意儿？真是一片悲惨世界！

6. 忧

朱紫国国王的皇后，称为金圣宫。

这时，金圣宫的丈夫朱紫国国王忧容满面地走上自由坛说道：

三年前，正值端阳之节，半空中出现一个妖精，自称赛太岁，说他在麒麟山獬豸洞居住，洞中少个夫人，访得金圣宫生得貌美姿娇，要做个夫人，要我快早送出。如若三声不献出来，就要先吃我，后吃众臣，将满城百姓都吃尽绝。我忧国忧民忧自身，无奈之下，将金圣宫推到海榴亭外，被那妖摄了去。我为此着了惊恐，得了重症苦疾。

唐僧师徒来到朱紫国，孙悟空揭了皇榜，通过悬丝诊脉，知道我患的是忧疑之疾，对症下药，服丹吃丸，排除胸中忧郁积气，打下了腹中积滞之物，从而，使我体健身轻，精神如旧。救人救到底，送佛送到西天。接着，悟空又与八戒、沙僧制服了赛太岁，迎回了金圣宫娘娘，从而，彻底一扫我之忧思。

7. 愁

伍子胥过韶关，一夜愁白头。

愁，是个十分苦闷伤人的情绪。对人的心理刺激大，生理伤害重。

天际千仙万佛大聚会，庆典西天取经成果，
然后，隆重推出系列活动：

乌鸡国国王愁苦地徘徊在自由坛上，他说：

五年前，乌鸡国连年干旱，草子不生，民皆饥死，甚是伤情。俗话说：志士嗟日短，愁人知夜长。天长地久，我愁肠千回百转，心绪不宁。

正在这愁急危难之时，忽然来了一个全真道士，能呼风唤雨。我当即请他祭坛祈祷，果然有应，只见令牌响处，顷刻大雨滂沱，足足下了三尺二寸。我与他八拜之交，结为兄弟，同吃同寝同游乐。原来，这全真道人是个妖怪。他设计哄我到井边看宝光，把我推入井内。妖道变化作国王模样，占了王位、后宫。而乌鸡国国王我则成了冤愁之鬼。

直至唐僧师徒来到乌鸡国，打败了妖道，向太上老君求得九转还魂丹，才使我起死回生。

8. 惊

车迟国国王惊慌失措地登上自由坛，讲述着车迟国猴王赌法之事，他说：

唐僧师徒到了车迟国，悟空当着我之面与鹿力大仙、羊力大仙和虎力大仙等三个妖道国师赌法斗能，我看得目瞪口呆，屡惊不爽。

一惊：打赌求雨僧胜道。

二惊：云梯显圣妖道输。

三惊：隔板猜枚又连赢。

连折两场的妖道不依不饶，还要与唐僧师徒再赌隔板知物。

于是，皇后在朱红漆柜中放上山河社稷袄、乾坤地理图。鹿力大仙抢先猜出。唐僧偏猜是“破烂流丢一口钟”。打开一看，果然不虚。

于是，我亲自在柜中放上一个大仙桃，羊力大仙又争先猜出大桃。唐僧却说是颗光桃核，这自然不错。

于是，我听从虎力大仙的诡计，将道童藏于柜中。虎力大仙猜柜中藏的是道童，八戒尽力高叫道：“是个和尚”，这无疑也不假。

这一连串的令人眼花缭乱的打赌，弄得我惊诧莫名，百思不得其解，怎么“老母鸡到了柜里就变成大老鸭了?”我哪里知道，这是神通广大的孙悟空从中捣鬼。

四惊：腥风血雨博生死。

不到黄河心不死，见了棺材也不落泪。

三个妖仙应该掂出唐僧师徒的法力神通了吧？可是，利令智昏，他们还要与悟空赌砍头、剖腹、下油锅。结果，悟空头被砍下又长出头来，虎力大仙头砍下被悟空变出的大黄狗衔走，虎力大仙成了无头之鬼。悟空剖腹梳洗一番五脏又还原，鹿力大仙剖腹后，被悟空变出的饿鹰叼去内脏而亡。悟空下滚油锅沐浴一阵之后，羊力大仙跳下滚油锅被悟空弄法让他尸骨无存。这三个妖仙"智小而谋大，自然祸患立至"。这种生死恶赌，令我惊魂失魄，心惊胆战。

9. 戏

天竺国国王像个游戏人生的滑稽演员。这时，晃着膀子，斜着脚步，晃晃荡荡地登上了自由坛。他说：

我的宝贝女儿被妖怪冒名顶替了，我全然不知。妖女要高结彩楼，抛灯绣球，撞大婚招驸马，我欣然照办。妖女彩球抛中唐僧，唐僧不愿破戒，我竟拉下老脸要和尚应承，否则，便斩之。当悟空指责我对女婿失了礼数时，我惊恐不已。当悟空揭露妖女伪装面孔时，我吓得呆呆挣挣，扯着唐僧，战战兢兢只叫："圣僧救我！"当悟空制服妖女，找回真公主时，我又放声大哭，破涕为笑。唉，我真是个百变老旦！

10. 惧

灭法国国王怀惧登坛，他说：

两年前，我许下一个罗天大愿，要杀一万个和尚。已杀 9 996 个，还差四个。唐僧师徒来此，孙悟空弄手段，一夜之间，把皇宫内院、五府六部、各衙门里男女老少都剃了个和尚光头。第二天一早，我摸摸自己光头，看看皇后与所有人等头光，恐惧不已，七魂飞空。当得知这是悟空所为时，不但对和尚僧众青眼有加，还愿拜为唐僧门下。并求唐僧为之改国号，最后，接受了悟空建议，将灭法国改号为钦法国，我为之谢恩。这真可谓：法王灭法法无穷，法贯乾坤大道同。万法原来归一体，还是最终钦法通。

狮驼国国王的魂魄大叫着："我怕！我怕！"登上自由坛。他说，我国的君臣竟被大鹏金翅雕吃光尽绝，我是在惊惧恐怖中死去的。

北帝说，你们这些帝王的喜、怒、哀、乐、悲、忧、愁、惊、戏、惧，百味人生，其实就是人生的酸、甜、苦、辣。比如，那宝象国国王哀、唐王朝太宗悲，就是酸，辛酸。那西梁女国国王喜，就是甜，甜甜蜜蜜。那朱紫国国王忧、乌鸡国国王愁，就是苦，苦不堪言。而那祭赛国国王怒、车迟国国王惊，就是辣，是遇到执政中辣手头疼的麻烦事。

众帝王听了连说，大帝此言不虚，实在实在，佩服佩服！

二、百味人生缘何生

北帝问诸帝王，你们这些百味人生，缘何而生？众帝王经过一番热烈议论，认为：

帝王产生酸、甜、苦、辣的原因、渊源很多，大致有以下几种类型：

1. 理想型

帝王当政，有自己的如意算盘小九九。按照自己的希冀、盘算运行，就感到很理想，否则，就感到很不爽，凭空生出许多人生苦辣的滋味来。祭赛国国王就属于这种类型。他国中金光寺中宝塔大放祥彩，使这个既无厚德又无武功的国王赢得四夷邦国年年进贡、岁岁来朝。他感到很满意，很想把这理想的"无形资产"长期保持下去，以维持他的统治。所以，当塔上宝贝被盗而失去祥光、四夷也不再来朝贡时，使他产生了统治危机感，于是，他便油然而生愤怒、震怒、恼怒情绪，迁怒于寺中僧众。

2. 因果型

许多帝王的百味人生来之前因后果。

朱紫国国王在做东宫太子时，年幼时射猎，射伤西方佛母孔雀大明王菩萨所生二子，佛母吩咐教朱紫国国王拆凤三年，身患疾病。观世音菩萨坐骑听到这个消息后，变成妖怪，来强占国王正宫娘娘，使国王惊忧生病。

《西游记》中，因为因果报应，而给国王带来苦涩人生之味的还很多。百花羞公主被黄袍怪摄去、玉兔精冒充天竺国公主等等，都是有因果之缘的。

3. 挫折型

乌鸡国国王因求雨心切，被妖怪乘机而入，钻了空子，谋害而死，成了冤愁之鬼，就是挫折型国王。

唐太宗李世民，答应救泾河老龙，而最终未能如愿，失信于龙王，被告了阴状，弄得灰头土脸的，悲哀之气发之心胸。

天下事，十之八九不如意。帝王，能办很多事，也有很多事办不了，当遇到

天际千仙万佛大聚会，庆典西天取经成果，
然后，隆重推出系列活动：

办不了的事，产生各种人生酸苦之味，也就是很自然的事了。

4. 昏庸型

车迟国国王是个昏庸无能的角色。由于他的昏庸，被妖道玩弄于股掌之上，把妖道奉若神明，拜为国师。当他所敬重的国师被孙悟空打败，并最终殒命时，他惊恐万分，还执迷伤感。他的这种人生之味，完全是昏庸、愚蠢所致。

5. 作孽型

比丘国国王被妖道妖女迷惑，身体虚弱，为了健体延寿，竟听从妖道欺骗，要取1 111个儿童心肝做药引。后又要取大唐高僧之心做药引。比丘国王荒淫作乐，是他在造孽啊！

灭法国国王在那世里结下冤仇，今世里无端造孽，竟荒唐地许下一个罗天大愿，要杀一万个和尚。

6. 随机型

大鹏金翅雕是个穷凶极恶的妖魔，他到哪里哪里就要遭殃。他到狮驼国，国王及全城人都被吃光，狮驼国王的恐惧惊怖人生之味由此而生，产生这种人生之味有其偶然性、随机性。

7. 难免型

天竺国国王有权力、爱公主，又不知女儿是妖兔假冒，在这种情境之下，上演了一幕人生悲喜剧，尝尽了人生酸甜苦辣滋味，这也是他始料不及的，十分难免。

帝王者，有的难免干自己不想干的事，不能干自己想干的事；有的难免被人利用而无可奈何；有的难免生不如死，以致发出了人生庆幸不入帝王家的感慨和呐喊。而对这些难免，帝王者当别有一番滋味在心头！

三、帝王人生特别处

众帝王又认为，帝王是一国最尊者，权力最大者，地位最重者，手握生杀予夺大权。帝王的百味人生自然与世间常人及平民百姓的百味人生有很大的不同，具有鲜明的特征，具有麻辣烫味道。上去了，九五之尊；坐龙床，面临考验；失位时，如坠深渊。

北帝根据众帝王的感受、剖析、议论，加以归纳提炼，点出了帝王百味人生具有三大特征：

1. 多元化

帝王的人生之中常常并存着或迅速产生着酸甜苦辣等各式各样的人生味觉。帝王的人生之味往往关联着国内国外，全国臣民，朝堂后宫大批人、大群人的利益、情绪、情感。

2. 可转变

帝王的百味人生，可以互相转化，瞬息万变，由此及彼，大起大落。可以立马从大喜到大哀，也会迅速从大乐到极悲。朱紫国王、天竺国王、乌鸡国王等都有过这样的体验。

3. 皇权源

帝王的百味人生，源于皇权。皇权，使他们获得幸福的人生滋味；皇权，又使他们获得人生的痛苦。皇权，使他们获得人格魅力；皇权，又使他们扭曲人生价值。皇权，使他们阳光灿烂；皇权，又使他们变成凶残妖魔。没有皇权，唐太宗就不能轻易承诺老龙求救请求；不为皇权，李世民会杀兄诛弟吗？

正如农民的百味人生往往源于土地上，商人的百味人生常常源于金钱上一样，帝王的百味人生多源于皇权上。

四、官场的美味是什么

北帝说：帝王人生，是官场的人生，那么，官场人生如何才能有美味？

这个问题一提出，就像油锅里撒了一把盐，立即炸开了。诸帝王各抒己见，仁者见仁，智者见智，各不相让，又莫衷一是。

比丘国国王说：官场人生的美味绝不是性欲好色。尽管圣人也说过，色，食，性也。可是，我的人生表明，帝王虽有好色的权力，却没有避免因色而失的良方。酒是穿肠毒箭，色是刮骨钢刀。官场上，贵如帝王者，都要远离酒、色，何况一般官员？偷来的锣打不响。那些官场之上的小角色，色胆如天包二奶，偷鸡摸狗养情人，能有什么滋味？低级趣味，令人恶心。难怪佛家说，人生最可恶的是淫乱！

西梁国女王说，问人世间情为何物？只教以身相许。愿天下有情人终成眷属。说是这个说法，理是这个常理。然而，人生在官场，常常要痛饮忘情水。我

天际千仙万佛大聚会，庆典西天取经成果，
然后，隆重推出系列活动：

对唐御弟一见钟情，一往情深，如果我同他共结连理，和谐百年，当然这个人生就很有滋味了！我曾不遗余力地运用官场权力、手段攫取人生的美味！可是，不成啊不成，不行啊不行！唐御弟同我，各有人生宿命，各有人生约束，各有人生目标，各有人生责任！真是老天不遂人愿，天下事十之八九不如意。痛苦啊痛苦，无奈啊无奈。那段时光，我从亢奋到失恋，从失恋到痛苦，以致到了情痴而不能自拔的地步！人生最大的痛苦在于痴迷，为情所痴，为爱所迷。日月的光华能磨平人心中丝丝的不平。随着时间的流逝，我渐渐地恢复了理智，从如醉发狂中清醒过来，现在心如止水，平静如镜，我现在终于知道了，情，也不是官场人生的滋味。

唐太宗李世民说，官场人生的美味绝不是贪得。我在年富力强的时候，贪得无厌，直至杀兄诛弟，夺了龙位，得了天下。可是，那又怎么样？当了皇帝，连一个泾河龙王的命都救不下来。到了阴间，被死去的兄弟魂魄追打索命。我似乎是天下得到最多最大的人，然而，我究竟得到了什么？我得不到亲情，得不到寿命，在50多岁时我就离开了阳间，甚至得不到好名。我死后，史学家们称颂我贞观之治；可也有许多有良知的人骂我，逼父杀兄弟啊！难怪人们说，人生最大的危险是贪婪，可我说，人生最大的危险是贪得！我得到那么多，后半生怎么也高兴不起来。美国小镇上一位80多岁老人，自称是“这儿最富有的人”。镇上税务员登门盘问他的具体财富。老人兴奋地说：身体健康是第一项财富；贤惠妻子和孝顺儿女是第二笔财富；宝贵的公民权是第三笔财富。再问银行存折、不动产，老人干脆说：没有。税务员不仅肃然起敬地说，你的确很富有。你的财富谁也拿不走。时下人说，高官不如高薪，高薪不如高寿，高寿不如高兴。过好每一天，天天高兴，这样的人生才有味！这几句话真是很经典！

朱紫国国王说，官场人生的美味并不是索取。你看我，贵为国王，不能保护爱妻，无法祛病康复。倒是孙悟空，给我治好了病，帮我索回了妻。当时我是挺感谢、挺感激他的。事后想想，深感人生最大的债务是受恩。我贵为帝王，却受恩于一个四大皆空的和尚，惭愧啊惭愧，你说，像这样的官场人生岂不是索然无味了吗？是不是啊！受恩再向前一步，就是受贿了，我的妈呀，我怎么成了这样的角儿了？

祭赛国国王说：九头虫偷去了我护国金光寺宝塔上的宝贝，我在“井喷式”

天际千仙万佛大聚会，庆典西天取经成果，
然后，隆重推出系列活动：

的暴怒之下，滥施淫威，不问青红皂白地严加责罚寺中僧人。当时还认为自己有权威、有气魄、有决断。其实是个没头脑的糊涂蛋。现在明白了，官场人生的美味不是威，你靠屁股下的那张龙椅在胡作非为，别人敢怒不敢言，抽掉这个位子，你就是一个凡夫俗子，还能再作威嘛！威者，明也。你要想有威，就要明理明智，当个明君。人们说：有权不能狠，有钱不能省，有病不能等！官场之上，要狠，狠在当明君上。这样的官场人生才有点意思。对无权无职无势无力和无助的弱势群体、平头黎民，甚至四大皆空之辈，发威耍横，这是腐鼠的滋味，阿Q式的精神优越感！美国一位陆军部长向总统林肯打小报告编排一位少将，激怒了林肯，指示人给这少将写了一封措辞激烈的信训斥他。后来，林肯意识到发怒以愚蠢开始，以后悔而告终。打起来没好拳，骂起来没好言，盛怒之下写的信断无好果！于是，让人把这封信丢到火炉中，重写了一封充满理智的信。

车迟国国王说：官场人生最愚蠢的是欺骗。虎力大仙、鹿力大仙、羊力大仙合力欺骗我，我还对他们无限崇信，真是愚蠢得可以啊！我痛恨欺骗，我更愤怒我愚蠢。我从心底里发出歇斯底里的呼号：官场人生最不幸的是欺骗，无论是欺骗别人还是欺骗自己。被别人欺骗，自己是别人心目中的傻瓜蛋；欺骗别人，就是把别人看做软弱可欺的白痴！

原灭法国（现钦法国）国王说：我自命不凡，冒天下之大不韪，许下宏愿，要杀一万个和尚！罪过啊罪过！这理所当然地受到了佛门的惩罚！我由此醒悟到，官场人生最大的罪过是妄杀：帝王明令斩杀无辜叫妄杀；下面的官员搞手段暗杀叫谋杀。官场人生，最大的失败是自大！自大一点是什么？是“臭”字啊！自大的官场人生，是“臭”人生，臭烘烘的人生！不但没滋味，而且味恶，是恶臭味！味恶，是对围棋中臭棋的评价、评点。人生犹如一盘棋。官场人生自大一点，就是官场人生中的一步臭棋、一局臭棋！

狮驼国国王的魂魄说：官场人生最大的破产是绝望。当初，大鹏金翅雕吃我们狮驼国全城的人，我们恐惧而又无助，绝望之情油然而生，十分悲凉。可我到了阴界，听到许多从官场上下来的人说，身在官场，欲望炽热，望名、望利、望财、望位、望女人、望文物、望字画，望不到了，绝望了，成了官场人生上的破落户，官场人生上的破产者，官场人生上的绝望鬼，机关算尽太聪明，反误了卿卿性命！

天际千仙万佛大聚会，庆典西天取经成果，
然后，隆重推出系列活动：

接下来，唐太宗李世民又说了，"官场人生最大的烦恼是争名利"，丑味；乌鸡国国王说，官场人生最大的羞辱是献媚，败味；天竺国国王说，官场人生最大的可怜是嫉妒，倒味。

北帝设问：请问诸位帝王，官场人生到底如何才有美滋味？

诸帝王认为，这需要通过认真、仔细、长期、反复的思考研究，弄清、参透如下四个问题，才能正确地回答、把握和实践好官场人生如何才有滋味，即有知味、有趣味、有真味。这四个问题是什么？

——当官的价值是什么？

——坐上了官位为什么？

——官场上败味是什么？

——手握着官权干什么？

北帝以为，这四点不仅仅是个理论问题，更是个实践问题。因而，要求众帝王在以后的官场人生实践中来体验、回答这些问题。

天际千仙万佛大聚会，庆典西天取经成果，
然后，隆重推出系列活动：

妖欲论

完成了西天取经任务后，孙悟空因为在途中炼魔降怪有功，被如来佛加升大职正果，封为斗战胜佛。众佛向悟空祝贺。悟空却高兴不起来。佛祖如来有点奇怪，问悟空："对如此厚封，为什么还不称心？"悟空说："禀告老佛爷，对于我的封赏，是厚得出乎我的意料之外了。可是，我的封赏是建立在降妖除怪的基础之上的啊！妖魔，也是天地精灵，也是'父母生养'，他们中也有不少是可以通过修炼成仙得道的啊！像红孩儿就成了观世音菩萨的善财童子。他的妈妈铁扇公主不是也修炼成仙家罗刹女了嘛！记得我刚踏上西天取经之路，观世音菩萨为了帮我降伏黑熊精，摇身一变，变作蛇精凌虚仙子，我说：'妙啊！妙啊！这是妖精菩萨，还是菩萨妖精？'菩萨笑道：'悟空，菩萨妖精，总是一念。若论本来，皆属有无。'我今天再细细想来，感到很有哲理。我们对于妖魔为什么总是想着消灭他的肉体，而不改善他的灵魂？妖魔生长于天地间，总是杀戮，又何时能了？如果对于妖魔，能够将他的妖念改变为佛念，岂不是放下佛刀，立地成佛了嘛！"

如来佛听了，大为感悟。

燃灯古佛说："斗战胜佛所论有理。妖念、佛念之间并无天然鸿沟。妖精把妖念变善为佛念，可以成佛。而佛若把佛念蜕变为妖念，同样的也可以变妖。前些时候，唐僧来我西天取经，有佛子硬要向他索要人事，才肯传经。对于这种现象，我很憎恶；对于佛子中心存妖念者，我很忧心。担心他们长此以往，晚节不保。为此，我建议成立一个魔戒院。专门进行妖魔问题的研究，从中找出改善妖魔，防佛为妖的规律、途径、办法、措施。"

如来佛祖当即点头赞同，当场拍板，成立魔戒院，由燃灯古佛当院长，观世音菩萨、普贤菩萨、文殊菩萨、旃檀功德佛、斗战胜佛等当院长助理，选定课题，加紧调查研究，尽快拿出成果来。

在"西天取经成果增值升华"活动中，魔戒院果然拿出了两篇学术成果：《妖欲论》、《小妖的鲜活个性》。

天际千仙万佛大聚会，庆典西天取经成果，
然后，隆重推出系列活动：

在“西天取经成果增值升华”活动中，燃灯古佛组织众佛、菩萨、改恶从善的大魔头，误入魔界的仙、佛们，召开了一个百家讲坛析妖欲学术探索大会。在此基础之上，又经过一番艰苦细致的调查研究，几易其稿，终于完成了一篇《妖欲论》学术报告，报告全文如下：

何谓妖欲？

反常怪异邪恶谓之妖。

爱好、喜欢、想要、希望得到谓之欲。

凡在反常、怪异、邪恶的心念和行为支配下想要得到、希望得到、喜爱得到的便是妖欲。

唐僧师徒西天取经路上，为什么与那么多的妖魔纠缠不断、矛盾不绝、搏斗不息、是非不尽？两个字：“妖欲”！一切都源于或者说缘于“妖欲”！妖魔们煞费苦心地想从唐僧师徒那里或别的什么地方得到其所期望的妖欲！而唐僧师徒自然不会也不可能满足、答应、迁就他们的妖欲。道不同，不相为谋。岂止是道不同?！人妖之间，神妖之间，佛妖之间，水火不相容！妖欲与道义之间，冰炭不同炉！于是，唐僧师徒与形形色色的妖魔围绕着“妖欲”失得展开了一场场一次次一回回的殊死大搏斗。

回顾“西游”，我们可以清晰地察看到：妖魔到底有哪些“妖欲”？妖魔为了得到妖欲是如何挖空心思、不遗余力的？魔怪朝思暮想的妖欲最终结果又是怎样被化为泡影的？

人们可以从中得到赏析、启迪和顿悟。

一、综览魔界妖欲多

从西游中，可以看到：魔界妖欲五花八门，渊壑难填。

（一）贪欲

贪欲者，无休止地求取也。贪欲，是魔界最为普遍的现象。是妖欲中频率最高的种类。它常常与其他妖欲发生这样那样的有机关联。又往往是其他妖欲的基础或起源、切入点、落脚点。

1. 贪食

为贪食天上、人间、水中、地下美味，妖魔们无所不用其极，近乎到了疯狂残

天际千仙万佛大聚会，庆典西天取经成果，
然后，隆重推出系列活动：

忍的地步。

(1) 希冀型贪食。在西天路上，形形色色、大大小小的妖魔几乎都传闻唐僧乃金蝉长老临凡，十世修行的好人，一点元阳未泄，若吃了他一块肉，便可延年长生。于是，妖魔们为了长生不老，便梦寐以求地希望能吃上一块唐僧肉。尸魔(即白骨精)、平顶山莲花洞的金角大王和银角大王、圣婴大王(红孩儿)、黑河妖、灵感大王、独角兕大王、盘丝洞蜘蛛精、狮驼山狮驼洞狮驼城青狮与白象及大鹏金翅雕、比丘国白鹿精、艾叶花皮豹子精等妖怪全是冲着"长生不老"来捉唐僧吃块长生肉的。

(2) 享受型贪食。"径过八百里，亘古少人行"的"通天河"住着一个灵感大王，每年要陈家庄祭赛一次，供献他一个童男，一个童女和猪羊等，以满足他的食欲。灵感大王的贪食是享受型的，你看：陈家庄众人将童男童女和猪羊牺牲抬至灵感庙排下，摆列停当，一齐朝上叩头请大王享用，保佑风调雨顺。看，灵感大王不仅要享口福，还要村民崇拜奉请于他。

(3) 恐怖型贪食。黄袍老怪饮酒至二更时分，醉将上来，忍不住胡为，跳起身大笑一声，现了本相，陡发凶心，伸开簸箕大手，把一个弹琵琶的女子，抓将过来，咔嚓一下把头咬了一口。然后，喝一盏，扳过人来，血淋淋地啃上两口。

(4) 鼠窃型贪食。那金鼻白毛老鼠精随唐僧师徒住进镇海禅林寺，采用色诱之法勾魂迷魄那些愚僧人，待这些愚蠢越戒的傻和尚上当后，那老鼠精便将其害死，然后躲到阴暗的角落里啃吃。三天之中，这老鼠精把六个僧人啃吃成一堆骷髅骨。

(5) 扫荡型贪食。在小西天，一个蛇妖上柱天下柱地；来时风，去时雾，借着风起云涌，来到村庄，将人家放牧的牛马吃了，猪羊吃了，见鸡鹅囫囵咽，遇男女活的吞。这简直就是一个丑陋粗俗的魔匪！

2. 贪钱

在枯松涧火云洞住着一个圣婴大王，他神通广大。他手下的小妖们又十分贪钱受财，常常向土地山神讨要"常例钱"。

3. 贪物

黑熊精见锦襕袈裟乃是佛门之宝，他趁火打劫。

豹头山虎口洞黄狮精月夜闲行，只见玉华州城中有光彩冲空。急去看时，

乃是王府院中三般兵器放光：一件是九齿渗金钉耙，一件是宝杖，一件是金箍棒，便使神法摄去。

此外，如青龙山玄英洞辟寒大王、辟暑大王、辟尘大王冒充佛祖收取民间酥合香油、碧波潭九头虫盗取金光寺佛宝和王母娘娘的九叶灵芝，都是贪物行为。

4. 贪荣

白鹿精伙同狐狸精迷倒比丘国国王，白鹿精被尊为国丈，这是贪图荣华富贵。

5. 贪宠

狐狸精形容妖俊，被进贡与比丘国王后，宠幸在宫，弄得国王对三宫娘娘、六院妃子全无正眼相观，不分昼夜，贪欢不已。

（二）盗欲

偷盗成性，不能自控。上述所列黑熊精、黄狮精和九头虫贪物而盗，便是盗欲。盗者，不告而取，或明火执仗地强行索取也。

（三）占欲

无偿地侵占他人的钱、财、物、位、地等。妖怪不仅天生有占欲，而且倚仗自己有妖法妖术妖力，干起侵占掠夺之事胆大妄为，无所顾忌，手段残忍恶劣。如鼍龙妖占夺黑水河神府、七个蜘蛛精占夺上方七仙姑的浴池归己享有享受享用！

（四）名欲

假行者——六耳猕猴精打唐僧，抢行李，熟读了牒文，要自己上西方拜佛求经，以教那南赡部洲人立其为祖，万代传名也。为了这名，这假猴王做出了惊天地、泣鬼神的表演，演出了一剧真假美猴王上天入地大赌战。

（五）位欲

地位、权力、威势，这是魔怪必然染指的妖欲也。文殊菩萨的坐骑青毛狮侵夺乌鸡国国王王位、权力、宫妃就充分显示了这一点。

这狮精变作道人，借为那干旱乌鸡国求下一场大雨，骗得国王信任，伺机害了乌鸡国国王，当时在花园内摇身一变，就变作乌鸡国国王的模样，更无差别。他占了江山，侵了国土，还有了两班文武，四百朝官，三宫皇后，六院嫔妃。高高地位，重重权力，凛凛威风，发号施令，光彩八面。

天际千仙万佛大聚会，庆典西天取经成果，
然后，隆重推出系列活动：

（六）尊欲

在比丘国，国王一句问话，撩起了佛道之争，争议的中心、焦点是到底谁尊？

那妖道国丈笑道："西方之路，黑漫漫有什么好处！"唐僧大讲"素素纯纯寡爱欲，自然享寿永无穷"。

那国丈闻言，嘲笑佛家枯坐参禅，尽是些盲修瞎炼。接着，妖道说出了一番道家的玄机妙趣。最后，妖道十分自信而又自负地宣称："三教之中无上品，古来惟道独称尊！"

大凡妖者，不仅爱妄自称尊，还会揣摩尊者受人崇拜的心理，吹捧奉迎，以求邀宠固爱。

（七）妄欲

妖者，自恃妖智妖力，异想天开，妄念迭出，大有当今之世舍我而其谁乎之味道。且看那黄眉老妖的妄欲：

在小雷音寺，那黄眉老妖对悟空说："和你打个赌赛。你若斗得过我，饶你师徒，让汝成个正果，如若不能，将汝等打死，等我去见如来，果正中华也。"

这黄眉老妖，虽然没有"组织"上的认同、安排、分配，却想通过"市场竞争，公平 PK，取而代之，盘算着鸠占鹊巢呐！"这虽然有些可笑，但也看出了妖怪什么妄念都能生、什么昏话都能说的本质属性。

（八）争欲

好勇斗狠，争强好胜，这是妖怪的炽热欲望。这在大力牛魔王身上表现得尤为突出。他与孙悟空反复舍死忘生大战，夜以继日拼命捐躯相搏，被斗得气喘吁吁，跑进洞来，他的妻子罗刹女手持宝扇，见他已处落败之势，满眼垂泪道："大王！把这扇子送与那猢狲，教他退兵吧！"牛王道："夫人啊，物虽小而恨则深。你且坐着，等我再找他比拼去来。"那魔重整披挂，冲出门去拼斗了！

（九）赌欲

西天路上，妖魔赌欲强盛。牛魔王与孙悟空赌斗；黄眉老怪与孙悟空赌赛；尤其在车迟国，虎力大仙、鹿力大仙、羊力大仙一定要与孙悟空赌命，非弄出个胜负高低不可。三个妖怪屡赌屡输，最后，三妖一定要与孙悟空赌砍下头来又能安上，剖腹剜心还能长合，滚油锅里沐浴洗澡。如此玩命恶赌，令人倒抽凉气。真可谓，将军不离阵前死，赌徒总是博弈亡。

（十）仇欲

妖者，睚眦必报。凡与结仇，仇恨的种子要发芽！孙悟空打败了黄狮精，黄狮精来到竹节山九曲盘桓洞，拜见九灵元圣祖翁。这九灵元圣是个九头狮子精，他问明了事情原委，明知黄狮精错惹了孙悟空；明知孙悟空神通广大，当年大闹天宫，十万天兵也拿他不住；明知孙悟空是个专意寻人的，是个搜山揭海、破洞攻城、闯祸的都头；明知自己出山也未必稳操胜券。最后，在仇欲之火的驱动下，还是说：也罢，等我和你去，替你报仇出气。这老妖使法拿住唐僧师徒后，令小妖选荆条柳棍来，专门抽打悟空等，以发泄心中仇恨。那黄狮精自认为与悟空结下“冤仇深如大海”，非要拼个鱼死网破，到头来被打死剥皮了事！当然，那满腔仇恨的九灵元圣到头来也没能逃脱被狮奴暴打的命运。

（十一）性欲

一是情欲。有点包养“二奶”味道。大力牛魔王撇下山妻铁扇公主，住到摩云洞玉面公主处，就是“二奶”式的情欲。黄袍怪与百花羞公主做了 13 年夫妻，也是情欲。二是色欲。金鼻白毛老鼠精把唐僧摄入陷峞山无底洞，胁迫唐僧与她成亲；玉兔为妖，假冒公主，抛绣球打中唐僧，要他做驸马；还有那杏仙献茶，一吟“雨润红姿娇且嫩”，媚迷唐僧，要与其联结姻眷。这些，都是妖怪之色欲、性欲。那赛太岁强占金圣宫，也是色欲使然。只不过张紫阳给金圣宫穿了新霞裳，赛太岁近金圣宫不得，“狗咬猪尿泡，空欢喜一场。”三是淫欲。毒敌山琵琶洞那蝎子精，将唐僧摄入洞中，弄出十分娇媚之态，携定唐僧道：“常言黄金未为贵，安乐值钱多。且和你做会夫妻儿，耍子去也。”这是为了达到交欢淫欲的目的。

（十一）毒欲

毒敌山琵琶洞蝎子精和黄花观多目怪，都毒欲炽热，心狠手毒。唐僧师徒都中过他们的毒计、毒液、毒手。

（十二）聊欲

荆棘岭那十八公、孤直公、凌空子、拂云叟谈兴浓烈，聊欲熏天。这几个妖怪与唐僧吟诗联对，好不儒雅。清谈误国，长聊落魄。他们则想在清谈闲聊中让唐僧迷失本性，滑入他们的设局圈套里，在不知不觉中与杏妖“裸聊”苟合，致使“聊谈误佛”。

天际千仙万佛大聚会，庆典西天取经成果，
然后，隆重推出系列活动：

综上所述，妖欲竟如此之多，如此之深，如此之邪，如此之谬！

二、但问缘何生妖欲

从血管里流出来的总是血，从泉眼里喷出来的总是水。魔怪生妖欲，这是必然的。当然，也有的妖魔生出的妖欲具有或然性。

（一）标的诱发

唐僧一踏上西天取经之路，信息便迅速传开，妖魔们纷纷得知，唐僧是金蝉长老临凡，十世修行的圣僧，吃他一块肉，就能长生不老。于是，唐僧就成了众多妖目睽睽的标的，不断诱发妖魔的食欲。金角大王等大牌妖怪都是在唐僧这个标的诱发下滋生出食欲来的。

（二）因缘而起

唐僧自己执意要去化斋，跑进盘丝洞，被蜘蛛精抓住，而由此产生妖欲。这类情况还不少。

（三）由此及彼

通天河灵感大王原来只是要吃陈家庄的童男童女，后得知是唐僧徒弟搅了他的美事，于是，干脆生出要吃唐僧肉的欲念来。

（四）恃强逞能

妖者，有才有能有智有力，可无德无法无质无品。由此，而恃才傲物，生出许多妖欲来。六耳猕猴，自认为本领不逊于孙悟空，于是生出要取代唐僧师徒西天取经以扬名立万的欲望。黄眉老怪自认为法器厉害，便生出打死唐僧师徒、自己上西天取经成正果的欲望。

（五）天性使然

食色，性也。有些欲望是人与生俱来的天性。而妖者，必然超越、放纵天生欲望，以致使欲望过分、过度、过激，呈现出极端化的妖欲态势。总而观之，妖魔的各种妖欲是其"妖"的天性、本质属性的必然显示。

（六）管理不严

天宫中、佛门里对一些人、畜管束存有漏洞，失察失控，致使一些不安分守己者，见有可乘之机，溜脱禁辖，来到凡间，放纵自我生妖欲。黄袍老怪就是奎木狼星宿下凡。天竺国假公主也是月宫玉兔下凡。其他如黄眉童子、九头狮子等都是“公门”中主人管束不严，使其属下、家奴、坐骑下界为魔生妖欲。

（七）执行差务

也有些妖欲，是在执行“正人君子”、公门长官、西天佛主的旨意中产生。比如，狮猁精害死乌鸡国国王后侵占了王位，其实是在执行如来的佛旨，惩处乌鸡国国王对佛不敬、过失。这属于极少的特例。

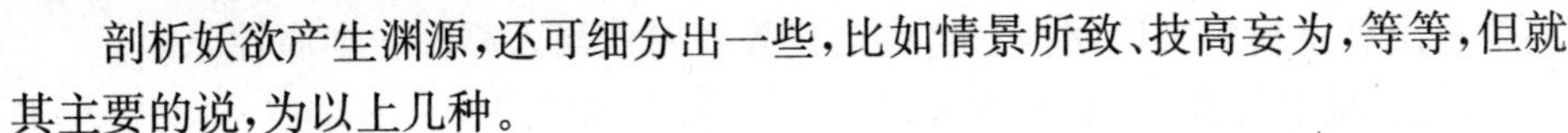

剖析妖欲产生渊源，还可细分出一些，比如情景所致、技高妄为，等等，但就其主要的说，为以上几种。

三、心劳力竭攫妖欲

妖欲，只是一种企求的愿望、非分的欲念，要把它变成现实的既得，还要舍得经过一番超乎寻常的殚精竭虑、挖空心机的艰难运作。事实上，妖魔也深谙个中玄妙，为了攫取妖欲，一个个竟也豁了出去，或赌命一搏，或穷智一斗，以求一逞。

（一）靠山运作

靠山者，后台也，势力也，为生存作恶之可依泰山，为发展作恶之可庇大树。西天路上，众妖魔深谙此理此奥，纷纷寻求、依托靠山，以达私欲。黑河妖以母舅西海龙王为靠山，强行占夺衡阳峪黑水河神府。黄狮精以竹节山祖翁九灵元圣为靠山，被打败后，径来哭拜老狮子精下山为他报仇出气。如此等等，不一而足。

妖魔找靠山，大致有四种情况：一是血缘靠山。所倚靠山，与自己有血缘关系。这种靠山最知己、最卖力、最贴心、最可靠。“打虎亲兄弟，上阵父子兵。”被当靠山者，即使明知来求之妖作奸犯科了，责骂几句，还是施以援手，哪怕是冒着自我身败名裂的风险也在所不惜。黑水妖与西海龙王、黄狮精与九灵元圣，都是这种血缘靠山关系。二是宗派靠山。主仆关系、师徒关系、同门关系、隶属关系、乡情关系等等，互相依靠勾连而结成的靠山，属宗派靠山。西天路上许多妖魔都仗着宗派靠山为非作歹。三是结拜靠山。金角大王、银角大王拜九尾狐狸为母亲，当靠山。当二妖与悟空苦斗不休后，想起了这个结拜靠山，派人去请她来吃唐僧肉，特要母亲带来幌金绳收服悟空。四是暗托靠山。无底洞金鼻白毛老鼠精，曾认托塔天王与哪吒父子为父为兄，并在洞中设立天王父子祭奠牌位，天王父子并不知情，这是妖怪一厢情愿地假托靠山。“门前拴匹高头马，不是亲来也是亲”、“贵居深山有人寻”。大凡有位之人、得势之人，会有无数人七绕八转地缠上来套近乎，托靠山！找靠山，最终目的，是为了能够实现某种欲望。靠山，也往往有力量，能够使被靠之人如愿以偿。欲望越大，越邪，越是自己所力不能及，越要寻找靠山。当然，靠山并不是白当的，一定是有所回报的，甚至是出乎意料的丰厚回报！这也是权势者愿意当人靠山的本质性原因。

（二）联手经营

那狮驼岭上三大王大鹏金翅雕原来住在狮驼国。不知哪一年打听得东土唐朝差一个僧人去西天取经，说那唐僧乃十世修行的好人，有人吃他一块肉，就延寿长生不老。只因怕他一个徒弟孙行者十分厉害，自家一个难为，径来狮驼洞与青狮精、白象妖结为兄弟，合意同心，搭伙经营捉拿唐僧。

（三）歪用信息

朱紫国东宫太子年幼时，射伤西方佛母孔雀大明王菩萨所生二子，佛母吩咐叫他折凤三年，身耽啾疾。那时节，观音菩萨正跨着这犼，这犼因听此言，歪用信息，在朱子国太子登基为国王后，变作妖怪赛太岁，强索王后金圣宫娘娘。这小子以信息为资源，打小算盘，要小聪明，占便宜来了。

（四）讹诈勒索

端午节那天，朱紫国国王与后妃等正在御花园饮菖蒲雄黄酒，忽然一阵风至，半空中出现妖精赛太岁，说他访得正宫娘娘生得貌美姿娇，要她做个夫人，如若三声之后还不献出，就要吃国王，吃大臣，吃满城黎民百姓。在这恫吓讹诈的“高压政策”之下，朱紫国国王万般无奈，只得将正宫娘娘推出海榴亭外，被那妖呼的一响摄去。

（五）糖衣炮弹

乌鸡国三年大旱，青毛狮子精变作全真道士，登坛祈祷，给乌鸡国求来三尺二寸雨，国王满心欢喜，与他八拜为交，结为兄弟，一同寝食，时有两年。一个游春赏玩的时候，那全真道士趁国王不备，将他推入井中溺死。

（六）篡权夺位

青毛狮子精害死了乌鸡国国王，自己取而代之，权、位、势、金钱、美女、江山应有尽有，满足了自己多元欲望的需求。

天际千仙万佛大聚会，庆典西天取经成果，
然后，隆重推出系列活动：

（七）霸王条款

通王河灵感大王要求陈家庄对他一年一次祭赛，要一个童男，一个童女，猪羊牺牲供献他。一顿吃了，保这一方风调雨顺；若不祭赛，就要降祸生灾。这所奉童男童女还必须是应当轮到人家的亲生孩童。面对这霸王条款，陈家庄的老百姓慑于妖怪淫威，只能无奈屈从照办。

（八）资源垄断

女儿国正南街上有一座解阳山，山中有一个破儿洞，洞里有一眼落胎泉。误吃了子母河中之水，有了胎气，只须那井里水吃一口，便可解除。妖道如意真仙，把那破儿洞改作聚仙庵，护住落胎泉水，不肯善赐与人。但欲求水者，须要多红表礼，羊酒果盘，志诚奉献，才能讨得一碗水。

（九）重礼拜求

火焰山下民众为能生产，就要备下重礼求拜翠云山芭蕉洞铁扇公主。于是，铁扇公主便出得洞来，使用芭蕉扇，一扇熄火，二扇生风，三扇下雨。于是，民众便布种，收割五谷养生。这重礼求拜，其实就是重金交易，妖怪借此交易，得到丰厚的物质和精神享受，以满足自我欲望需求。

（十）风行贿赂

红孩儿手下小妖向土地、山神索要常例钱。众神无钱给，只得捉山獐野鹿进行打点贿赂。如无物行贿，便遭群妖欺凌折磨。

（十一）耍弄手腕

通天河灵感大王为了吃唐僧肉，大耍手腕，居然在七月天气里作法，降温、下雪、冻河，哄骗急于赶路的唐僧踏冰而行，待至河中，弄个神通，哗啦的迸开冰冻，唐僧落水被捉。

（十二）层峰诡计

所谓层峰诡计，就是阴谋诡计一个接一个，环环相套，丝丝入扣，前后相连，像山峰层峦似的，重重叠叠，层出不穷。那南山大王艾叶花皮豹子精、狮驼岭三妖、白骨精（尸魔）都是善施层峰诡计的高智商、高智能大牌巨妖。那艾叶花皮豹子精善于放风弄雾迷惑人，在路上摆开圈阵捉捕人。听到唐僧西天取经路过于此，与小妖们筹划出“分瓣梅花计”，摄去唐僧。为了骗退悟空，好安心吃唐僧肉，妖怪在树根上喷了人血弄成假人头模样，说是唐僧已被吃了，这是唐僧的人头。被行者识破后，又抛出一个血肉模糊的真人头，冒充唐僧之头，骗得孙悟空都信以为真，险些上当。

（十三）布局设套

黄眉老妖假设小雷音、红孩儿和金鼻白毛老鼠精自吊自缚于山间林中树上、银角大王装扮成伤足的道士，都是妖怪布局设套、施饵垂钓的伎俩。

（十四）变幻忽悠

尸魔三戏唐三藏：那白骨精，一会儿变作美女小媳妇，一会儿变作年迈老母亲，一会儿变作念经老父亲，屡屡使唐僧受骗上当。那牛魔王变作猪八戒，骗走孙悟空已经到手的芭蕉宝扇，懊恼得悟空连声惊呼："咦！逐年家打雁，今却被小雁儿啄了眼睛。"恨得暴跳如雷。

（十五）假冒伪骗

六耳猕猴变作美猴王孙悟空，蒙蔽了唐僧，沙僧，还占了花果山，变出唐僧师徒四人，要取而代之前往西天取经，扬名立万。俗话说，偷来的锣打不响，说谎单怕三抵面。可当真悟空来到他面前时，他居然毫不退让、示弱，弄得真假难分，观音菩萨慧眼莫辨，阴司谛听能辨而不敢当面说破。他不但与悟空本领不相上下，居然还敢一同去西天当佛祖如来之面继续玩假冒伪骗的鬼把戏。

（十六）构陷诬蔑

那黄袍老怪在宝象国当着满朝君臣诬陷唐僧是虎精，并弄手段顷刻间使唐僧变作一只斑斓老虎。

（十七）人格面具

所谓人格面具，就是以外表真善美的面孔掩藏着假恶丑的灵魂，迷人本性，诱人顺从。荆棘岭树精藤怪劲节十八公、孤直公、凌云子、拂云叟派鬼使弄阴风摄来唐僧，在风清月霁之宵，一副道貌岸然，一派儒雅风姿，口称请唐僧前来会友谈诗，消遣情怀。当杏仙出场，才暴露出真实意图，原来是威逼利诱唐僧与杏妖成此姻眷，苟合耍子。

（十八）美色勾引

白鹿精装扮成道士，用清华仙府狐狸精变化美女色诱比丘国国王，国王见其女貌若天仙，封号美后，宠幸后宫。封道士为国丈。二妖趁时兴风作浪，残害生灵。

（十九）突然袭击

唐僧师徒弄计走出西梁女儿国，忽然路旁闪出毒敌山琵琶洞的蝎子精，喝道："唐御弟，那里走！我和你耍风月去来！"那女子弄阵旋风，"呜"的一下，把唐僧摄将去了，无影无踪，不知下落何处。

这件事来得突然，使唐僧脱得烟花网，又遇风月魔。

（二十）甜言蜜语

那蝎子精捉得唐僧，便花言巧语挑逗，甜言蜜语引诱，温言柔语软化，虚言暗语哄骗，弄得唐僧心神不定，不由自主地言语相攀。躲在暗中的悟空担心师父把持不住，乱了真性，忍不住现了本相，掣棒击打妖女。

（二十一）金蝉脱壳

金鼻白毛老鼠精被悟空、八戒击打，每到危急时，她便用个金蝉脱壳的遗鞋计。即脱下鞋子变作化身维持打斗，而真身借机逃脱。

（二十二）偷盗扒窃

妖魔鬼怪为了实现欲望，常常使出偷盗扒窃这类下三滥手段。黑熊精趁火打劫盗袈裟；九头虫下血雨弄污金光寺黄金宝塔偷去塔宝。许多妖怪叛主盗宝，然后藉宝为害。比如，那黄眉童子就是偷了主人东来佛祖弥勒的几件宝贝假佛成精为怪的。

（二十三）超核武器

一些妖怪倚仗超级核武器，横行天下，不可一世。黄眉老妖利用金铙差点没把悟空闷杀。一个人种袋，弄得悟空无计可施。赛太岁的紫金铃也是一个曾使悟空头疼不已的超核武器。金崲山青牛精的金钢琢更是一个顶级超一流核武器，不但能圈套各种武器，还能圈套去火、金丹砂。十分了得。

（二十四）独门秘笈

红孩儿的三昧神火，多目怪的万道金光，蝎子精的倒马毒，这些左道旁门，却是令人丧魂失魄的独门暗器，特效法宝。大凡妖者，一旦有了独门秘笈，就会欲望变大，胆子变粗，心肠变酷，危害变厉。

（二十五）舍命赌斗

妖者，为了保住既得利益，为了实现欲望期求，往往不计后果，不顾一切，舍生忘死，赌斗到底。车迟国虎力大仙、鹿力大仙、羊力大仙非要与悟空赌斗到

天际千仙万佛大聚会，庆典西天取经成果，
然后，隆重推出系列活动：

底，直至一个个魂飞西天了事。大力牛魔王为了发泄仇欲，一定要与悟空及诸天神、佛赌斗到底，最终，见了棺材才落泪，性命难保方服软。

四、妖欲破灭啥结局

西天路上，魔怪何其多，妖欲何其炽，手腕何其高，结局何其惨！

妖欲破灭后，妖魔的结局大致有如下几类：

(一) 名誉败坏

妖魔被打败、打死，或被收服后，原形毕露，根本披露，丑行暴露，声名狼藉，形象卑秽，威望扫地。比丘国的美后原来是只狐狸精，她死后露形，使国王难堪而又尴尬。

(二) 死于非命

西天路上，那些跟着大妖混的小妖、中妖，在大妖落败后，都几无活命，基本上是覆巢之下无有完卵，不是被武力剿灭，就是被大火烧为灰烬。

那些首恶大妖，也多多毙命。尸魔白骨精、虎力大王、鹿力大王、羊力大王、蝎子精、六耳猕猴精、玉面狐狸精、蛇精、七蜘蛛精、多目怪、清华洞白面狐狸精、艾叶花皮豹子精、豹头山虎口洞黄狮精、青龙山犀牛怪辟寒大王、辟暑大王、辟尘大王等都一命呜呼。那荆棘岭树精藤怪也都难逃诛绝。

(三) 劳动改造

天庭中奎木狼星宿下凡为妖，被悟空打败后，由众星押见玉帝，玉帝收了他金牌，贬他去兜率宫与太上老君烧火，带俸差操，有功复职，无功重加其罪。

(四) 押解候处

黄风岭上灵吉菩萨将黄毛貂鼠精拿住去见如来佛，明正其罪；黑水河妖被西洋龙太子摩昂押回家中听老龙王发落处置；托塔天王父子押着金鼻白毛老鼠精去奏天曹听发落；托塔天王太子哪吒牵着牛魔王径归佛地回缴，因为他战败时只叫：“莫伤我命！情愿归顺佛家也！”

(五) 四规约束

金角大王、银角大王和青牛精被太上老君收回，犼、灵感大王被观音菩萨收服，白鹿精被寿星老收去，黄眉怪被东来佛祖弥勒收归，青毛狮子精被文殊菩萨收走，九灵元圣九头狮子被太乙救苦天尊收定，青狮、白象、大鹏金翅雕分别被文殊菩萨、普贤菩萨和如来佛收了，那玉兔精则被老太阴君喝令现身后收进月宫。从此，他们只能在主人的四规约束下生活、劳作，即在规定的时间、规定的地点，按规定的要求，做规定的事。

（六）网开一面

铁扇公主罗刹女慌忙跪在地下，磕头礼拜道："望菩萨饶我夫妻性命，愿将此扇奉承孙叔叔成功去也！"罗刹女献出宝扇，并教了悟空扇绝火根的方法。随后，悟空把扇子还给罗刹女，放她一马，饶了她性命。罗刹女拜谢了众圣，隐姓修行，后来也得了正果，经藏中万古留名。

（七）改邪归正

黑熊精、红孩儿被观音菩萨收服后，二人皆改邪归正，成了正果。黑熊精做了守山大神，红孩儿当了善财童子。

综上所述，欲望不可无，妖欲不可有。妖欲，丑恶之源。有了妖欲，必然会引起无穷的是非纷争。为了攫取妖欲，机关算尽太聪明，可结果竹篮打水一场空。妖欲者为此付出沉重的代价，常常反误了卿卿性命！

五、一番思悟化妖欲

这篇学术报告最后写了5句化解妖欲的思悟：

罪孽因妖欲，
妖欲赖条件，
条件可转化，
转化看力度，
力度在机制。

什么意思？

罪孽因妖欲：仙家、人、妖的沉沦、罪孽，都是因心生妖欲而起。即使是妖，如果心无妖欲，也能修行得道成为妖仙、散仙；即使是仙，哪怕是上仙，如果心生妖欲，也会招致深重罪孽。一些领导、尊者、体面者，为什么从上宾、贵宾、嘉宾而变为阶下囚、失误者、失足者、失落者，归根结底在于因妖欲而违法乱纪生罪孽。

妖欲赖条件：有多深的池子，养多大的鱼。有多优越条件，产生多大的妖欲。一些权势者、高位者，手握呼风唤雨的条件，就产生点石成金的妖欲。在实现这些妖欲渴求中，又往往凭借这些条件，有恃无恐，疯狂之极。其结果，这些条件使其一路绿灯，通行无阻，如愿以偿。不幸的是，黄袍上身，人头落地。喜到极时悲凉来。黄眉大王凭东来佛祖人种袋子这个条件，打遍上仙无敌手；青牛精凭金钢琢这个条件，众仙佛束手无策。然而，妖孽得逞之时就是末日来临之刻。一些高官显贵，曾几何时，凭资望、权势、关系等优厚条件，翻手为云，覆手为雨，心想事成，财源滚滚；万事如意，艳福浓浓。随心所欲，为所欲为。油然把自己视为"不怕办不到、就怕想不到"的无所不能的神仙皇帝了！然而，优越条件只能帮助妖欲实现，却无法免除由此而造成的失误和罪孽。因优越条件而酿成的数额巨大、数罪并罚的苦酒、毒酒，也只能由自己喝下。

条件可转化：神仙，有了好条件，可能产生妖欲，变成妖魔，奎木狼是也；妖魔，因为某种条件，可以约束、祛除妖欲变成神仙，红孩儿变成善财童子是也。神仙，妖魔，都可以由于某种条件，对妖欲发生作用而互相向自己相反的方向转化。

转化看力度：妖欲如同灰尘，扫帚不到，灰尘照例不会自己跑掉。这个扫帚，应当是具有强大转化力度的铁扫帚。把红孩儿由妖转化为神，非要观世音菩萨拿把铁扫帚才行。菩萨的无量法力和净瓶法宝，如同一把势不可挡的铁扫帚，横扫红孩儿妖欲如卷席。孙悟空的那两下子和龙王爷的私雨，不行，那是草扫帚，扫不动红孩儿的妖欲。因而，也无法使红孩儿由妖转化为神。

力度在机制：对妖欲最大的防范、控管、改造力度在于形成一套科学的机制。所谓科学的机制，就是通过教育而不会生出妖欲；通过警示而不敢滋长妖欲；通过监控而不想放纵妖欲；通过管理而不能使妖欲得逞有一定的时间、空间、平台、机会和条件。

天际千仙万佛大聚会，庆典西天取经成果，
然后，隆重推出系列活动：

小妖的鲜活个性

在燃灯古佛的主持之下，魔界所在“西天取经成果增值升华”活动中，通过学术研究，又形成了一篇学术报告：《小妖的鲜活个性》。

报告一推出，便引起了诸多方面和众多尊者的关注及兴趣。普遍认为这篇报告有意思、有价值。

如来佛祖批示说，面对妖魔世界，人们往往对老妖大魔比较注视，对中妖异怪有时也津津乐道，而对小妖细精则常常不屑一顾，忽略不论。其实，小妖，是妖魔世界的一个基础性群体，一个不可替代的角色类别。大妖、中妖、小妖是一个互相连接、关系密切、无缝对接的有机统一整体。只有充分认识小妖，才能更好地看清中妖，透明地审视大妖，从而，更准确而深刻地感觉整个妖魔世界。佛界才能以此为据，制定和规划出征服、改造整个妖魔世界的战略性方针、政策和措施。由此可以说，这篇学术报告，为尊者下决定、定决策提供了数据性依据。

斗战胜佛孙悟空说，看了这篇报告，深感对小妖也要区别对待：对其中可教化的要教化，可利用的要利用，不能只图一时痛快，采取过激的做法，简单化的手段，一概打死了事。

地藏王菩萨说，这篇报告为阴冥界改造、转变、净化小妖灵魂提供了宝贵的第一手资料，增强了我们打造优质精灵灵魂工程的针对性。

东来佛祖掌管后天袋子，俗名人种袋。他看了这篇报告，赞赏不已。说，可以从中资鉴、善化人性，提升人口素质。促进人类优生优育。

玉皇大帝御批：一篇有价值的学术报告，可以产生极大的应用效能。相信这篇学术报告，会给各方面带来实际运作中所需要的参数。各个层面的工作做好，宇宙间的总体风貌就会得到大幅度的改观。希望多看到这类微观型研究性的学术报告。

下面，就是这篇学术报告的全文：

西游途中，成千上万的小妖纷纷登场，为我们立体性、全方位、多元化地观察审视小妖，展现了丰富多彩的原始，客观，真实的形象、资料、数据、典型。

天际千仙万佛大聚会，庆典西天取经成果，
然后，隆重推出系列活动：

审看小妖，审看什么？小妖，可审看的点面当然很多。本报告“抓住一点，不及其余”，只聚焦小妖的鲜活个性。

一、一个有趣的话题

什么叫个性？

个性，一个人的整个精神面貌。它具有稳定性、整体性、独特性和倾向性等基本特征。

所谓小妖的鲜活个性，就是抓住并揭示小妖中生动活泼而又具有鲜明特色的个性，昭示于人、神。

为什么要品味小妖的鲜活个性？为什么说品味小妖的鲜活个性是一个有趣的话题？

品味小妖的鲜活个性，可以更清晰更深刻地认知妖魔世界。小妖的鲜活个性是小妖在妖魔世界这个特殊环境中养成的，是小妖为了适应妖魔世界环境而不断发展又自然固化的必然结果。在妖魔世界中，在老妖大魔的统治下，必然会派生出小妖身上所表现出来的这些鲜活个性。小妖的鲜活个性是小妖在妖魔世界中交往、行为的需要。品味小妖的鲜活个性，可以更进一步地加深理解大妖与小妖、小妖与小妖之间的妖际关系，妖际间的等级状况，妖际间的明规潜则，小妖的精神情趣等等。

品味小妖的鲜活个性，可以更清晰更深刻地认知人类社会。存在决定意识，小妖的鲜活个性，其实是人类社会客观存在的某种个性的复制、反映、折射。小妖的鲜活个性，其最终基源深植于人类社会之中。小妖的鲜活个性，实质上是人类某种个性的妖化。由小妖的鲜活个性，我们可以联想到人类的一些畸形人性。从而，更有助于对人类中的一些非常个性予以审视定格。

品味小妖的鲜活个性，可以更清晰、更深刻地甄别鉴戒。从而，增强自我防护和反击能力。

品味小妖的鲜活个性，还可以从中得到艺术享受。形象大于思想。仔细品味小妖的鲜活个性，不仅可以欣赏众多的艺术形象，还可以从中悟出作者一些潜艺术思维，从而加深对作者一些创作路径的追踪、认知。

天际千仙万佛大聚会，庆典西天取经成果，
然后，隆重推出系列活动：

二、为什么圈这26个小妖入围

本报告所品味的具有鲜活个性的小妖是：精细鬼、伶俐虫；巴山虎、倚海龙；云里雾、雾里云、急如火、快如风、兴烘掀、掀烘兴；鳜婆；奔波儿灞、灞波儿奔；赤身鬼使；有来有去；蜜、蚂、鲈、班、蜢、蜡、蜻；小钻风；刁钻古怪、古怪刁钻；先锋小妖。

西天路上，小妖众多，单单狮驼岭山上，就有4万8千个小妖。为什么单单以上26个小妖入围？

西天路上，个性鲜活的妖精很多，为什么单单选定以上这26个小妖入围？

这是因为，要符合"小妖的鲜活个性"这个入围标准。

首先，必须是小妖。西天路上，富有鲜活个性的妖魔很多。但不是小妖。所以要排除在外。所谓"小妖"，就是要在老妖大魔属下办差运作的。寅将军、熊山君、特处士是个跑龙套的小妖怪，就他们的本事而言，的确是个小角色，但他们不是隶属性的小妖。白面狐狸是白鹿怪的小情人，玉面狐狸是牛魔王的二奶，她们虽是妖界的花瓶式妖怪，从本质上说属小妖类角色，可她们傍大款，不是隶属性的小妖，所以，也不宜归在小妖类。

其次，必须有"鲜活的个性"。并且，一般的还要有姓名、绰号。当然，有的小妖虽有姓名，并无"鲜活的个性"，也被排除在外。有个别小妖，虽无姓名，但有"鲜活的个性"，也被圈入圈内，如"先锋小妖"。还有的具有"鲜活的个性"的小妖，放其他的一栏中略为提一下。这样，列出来入围的26个小妖，实际品味的小妖还要超出一点。

三、生猛鲜活的小妖个性

1. 精细鬼、伶俐虫：活络而又失聪

银角大王用须弥山、峨眉山、泰山压住悟空，差小妖精细鬼、伶俐虫拿着紫金红葫芦、羊脂玉净瓶去装悟空，让他一时三刻化为脓水。二小妖叩头领宝而出。

悟空被金头揭谛救出山底，见山凹里霞光焰焰而来，知是妖怪持宝来害他了。便变为老真人，歇在路旁。悟空对两小妖说自己是蓬莱山的道士，今天到

天际千仙万佛大聚会，庆典西天取经成果，
然后，隆重推出系列活动：

这里来是要度一个人成仙。见小妖上套后，拔根小猴毛，变了一个装天的大宝葫芦，换了小妖的两件宝贝。

后来，两小妖发现受骗上当，吓得魂不附体，伶俐虫害怕回去受罚，想潜逃又不敢，硬着头皮回山实话实说。

这一段活灵活现地塑出两个富有个性的小妖：① 精明活络，见到好事，就想钻营；见到便宜，就要算计。盘算两小宝贝换一大宝贝，还是赚了，就要交易。② 在运作过程中，又要眼见为实，牢靠把关，一定要见到装天演示，才肯出手成交。③ 交易之后，患得患失，怕到手的便宜得而复失，赌咒发誓，杜绝反悔。④ 利令智昏，吃亏上当。两小妖被悟空卖了，还替悟空数钱呢！所谓聪明者最愚蠢，聪明反被聪明误，活络反因活络累！

2. 巴山虎、倚海龙：干练而又粗疏

金角大王、银角大王为了捉拿孙悟空，不再用废物伶俐虫、精细鬼，而派常随的巴山虎、倚海龙，到压龙山压龙洞请二大王干娘前来吃唐僧肉，并带幌金绳收拿悟空。

二怪领命疾行，怎知孙悟空在旁听得明白。于是，变做一个小妖儿，赶上二怪套近乎，套出老妖婆住址后，一棒将二小妖打成肉饼。

看来，在老妖面前，巴山虎、倚天龙比伶俐虫、精细鬼更有地位更得宠，办事也雷厉风行、干练利索。可惜，性情急躁，办事粗疏，不善于多问几个为什么，多想想会不会发生真假伪冒事宜，因此，被蒙蔽欺骗，放松警惕，送命误事。

3. 云里雾、雾里云、急如火、快如风、兴烘掀、掀烘兴：迅捷而又大意

云里雾等六小妖是圣婴大王红孩儿的六个知己精灵，被封为六健将。红孩儿让他们星夜去请老大王牛魔王来，吃唐僧肉，寿延千年。六小妖领命，一个个厮拖厮扯，径出门去了。

悟空超前变作牛魔王，等候那六健将。那云里雾、雾里云、急如火、快如风等都是肉眼凡胎，哪里认得真假，也就一同跪倒磕头。然后，抖擞精神，向前喝路，风风火火地拥着大王而行。不多时，早到本处。快如风、急如火一头撞进去向红孩儿邀功请赏。

这段文字昭示了急如火等六个小妖的办事作风迅速，虚张声势，大大咧咧，毛毛糙糙，不仔细，不慎重，不顾办事质量。

天际千仙万佛大聚会，庆典西天取经成果，
然后，隆重推出系列活动：

4. 有来有去：朴实而黏乎

悟空为了打探妖精，斗败赛太岁，来到麒麟山，变作一道童，转山坡，迎着小妖有来有去。一声“长官”喊得他心里美滋滋的，那妖物就像认得他的一般，喋喋不休地把各种机密情报一起透给了悟空。行者见他再没有可利用的价值了，就行起凶来将他一棒打死。

有来有去，是个有名有身份证的小妖。生活中有这样一类角色：自来熟，好搭讪。津津乐道，好像无所不知；滔滔不绝，不管别人是否爱听。夸夸其谈中失言泄秘，身处危境时毫不知觉。自以为得计，其实是个马大哈。黏黏乎，迷迷乎，昏昏乎，可悲乎！有来有去就是这样个性的角色。他一顿饶舌，无偿地为悟空提供了情报，被悟空一棒“杀人灭口”，弄了个“有去无来”！

5. 灞波儿奔、奔波儿灞：油滑而又鼓舌

鲇鱼怪奔波儿灞、黑鱼精灞波儿奔，被悟空捉住后，口喊“饶命！”遂一五一十地供出了其主子万圣龙王等盗宝的详情。

悟空教拿铁索锁了这两个小妖琵琶骨，押上朝堂受审。二怪朝上跪下，又伶牙俐齿地供述一番。

悟空用戒刀割了黑鱼怪耳朵，割了鲇鱼精下唇，撇在水里，喝叫报知老龙王。两个小妖负痛逃生，拖着锁索，淬入水内，向龙王摇唇鼓噪地述报一番，吓得老龙王魂飞魄散。

奔波儿灞、灞波儿奔，从言行到举止，从外貌到内质，堪称是个滑稽之流、市井之徒。二妖自处时，率性而为，放荡不羁。一旦被捉受禁，权宜应变，能言善白，口齿灵便，狗掀门帘，全凭一张嘴。在几种不同场合都能乖巧示弱，应付自如。受伤痛楚，也能忍耐挺住，终于成了“漏网之鱼”。

《书外西游》一书中说：奔波儿灞的原型是一个搬弄是非而被老百姓割掉嘴巴下唇的坏秀才。奔波儿灞的含义是奔波忙碌而且霸道。

6. 小钻风：张扬而又巴结

狮驼岭上小钻风，一边敲铃打梆，一边大呼小叫，传布老妖谨慎防范孙悟空的号令。当孙悟空变做总钻风时，小钻风连忙认定总钻风是管自己的长官，要向众小妖筹集银钱孝敬长官，显示了小角色巴结上峰的个性。当悟空要考核小钻风真假身份时，小钻风连忙口若悬河般地讲述了岭上的方方面面的内情实

天际千仙万佛大聚会，庆典西天取经成果，
然后，隆重推出系列活动：

况，披露了三个老魔头的详细个人档案。在这番说白中，优越性中伴示着张扬个性，张扬个性中透示着自鸣得意。这是一类拉虎皮作大旗，小秃子跟着月亮走想沾光的小角色。

7. 鳜婆：钻营而又攀附

千方百计往上爬，大概是天地万物的本性。而如何往上爬，又隐秘显示出各式各样的个性。

通天河鳜婆小妖向灵感大王献“点子”，老妖依计而行，果然捉得唐僧，厉声高叫：“鳜妹何在？”老鳜婆迎面施礼道：“大王，不敢不敢。”进而，又出谋划策。

鳜婆者，妖小心眼多。她的目的是跟靠着当权者往上爬。其方略是：抓住时机，及时献计；阴谋得手，谦恭退让；继续逞能，贴紧首领。

8. 先锋小妖：机敏而又诡诈

唐僧师徒在前往西天取经临近尾声时，遇到了南山大王艾叶花皮豹子精，这个妖精本领也平常，可他手下有个无名小妖，委实阴险诡诈，胆大妄为，爱出风头。当豹子精听说孙悟空好生了得时，大惊失色，悚惧不已。这时，这个无名小妖跳出来，毛遂自荐做军师，献了一个“分瓣梅花计”，捉得唐僧，被封了一个先锋职位。先锋小妖接着又献了两条诡计，骗得悟空也信以为真了。

这个小妖，虽然没有名字，但他是个铁背苍狼精，生就狼的凶残与狡诈本性，胆子大，韧性强，花花肠子多，还真是个歪才哩！难怪连孙悟空都被他弄得头皮发麻！

9. 刁钻古怪、古怪刁钻：贪婪而又愚忠

黄狮精要开钉耙宴，差小妖刁钻古怪和古怪刁钻拿 20 两银子到集市上采办猪羊物品，二小妖乘机贪污作弊。悟空变出刁钻古怪、古怪刁钻的模样，发动突然袭击，措手不及的黄狮精被悟空打败，虎口洞被剿，窝巢被放火烧毁，当黄狮精再次看到刁钻古怪和古怪刁钻时，二小妖正在洞口残火废墟里叫主公哭主公哩！这二小妖，贪虽贪点，忠则忠矣！

10. 赤身鬼使：陋俗而又暴躁

荆棘岭上，群妖撮合唐僧与杏仙联结姻缘，唐僧执意不从，枫树精赤身鬼使暴躁如雷道：“你这和尚，我们好言好语，你不听从，若是我们发起村野之性，还把你摄了去，教你和尚不得做，老婆不得娶，却不枉为人一世也？"这形象言语，

粗鲁不堪，俗不可耐！

11. 蜜、蚂、鲈、班、蜢、蜡、蜻：盲目而又猥琐

蜘蛛精漫天结网，掳住蜜、蚂等七类虫子，这些小妖虫就认蜘蛛精为母，为虎作伥。这些小妖虫都是小人儿，二尺五六寸，八九斤重，形象丑陋，不知天高地厚，还要替捕掳他们的女妖卖命，真是香臭不辨，好恶不分，愚笨呆傻得可以！是一帮想做奴才而怕做不长的蠢物！

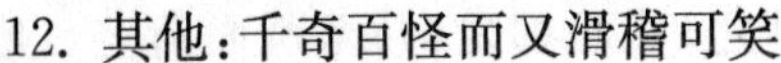

12. 其他：千奇百怪而又滑稽可笑

南山大王豹子精手下有个小妖，未说话，先对老妖哽哽咽咽地哭了三声，又嘻嘻哈哈地笑了三笑。还有几个小妖，见捉到唐僧，便躲在角落里拍着手议论怎么吃唐僧，有的说："把唐僧拿出来，剁碎了煎着吃！"有的主张"蒸了吃有味！"还有的坚持"煮了吃，省柴！"真是"咸吃萝卜淡操心"，忘记了自己是什么、姓什么了！

众小妖的鲜明个性，概括起来就是：妖气、神气、霸气、流气、匪气、牛气、灵气、杀气、阴气、浊气、鬼气、短气、忍气、晦气、蹩气、俗气、稚气、斗气。

四、个性关连命运

什么叫性格？

对现实稳固的态度以及与之相适应的习惯了的行为方式，构成人的心理面貌的一个突出的方面，就是性格。

性格是个性的重要方面，性格的形成与个性有机地结合在一起。

性格关系命运，也可以推理联想开去，理解成在某种意义上说，个性也主宰着命运。

小妖的个性是鲜活的，鲜活的个性又是大有差异的，这种个性的差异也造成了最终的命运差别。

比如，那种醉心于钻营、攀附的小妖，总能捕捉到机遇得到升迁的机会。那些老实而又愚忠的小妖，又总能得到上峰的谅解和信赖。而那些口齿伶俐、随机应变的小妖，也总能降低受损受惩的程度。

然而，从总体上说，个性化的妖气，有害无益。只能消极弥生、晦气上身。一些小妖个性张扬，引火烧身；一些小妖粗疏轻信，招致杀身之祸，等等。这些表明：正气不可无，妖气不可有。一旦沾上了妖气，迟早要付出沉重代价。

个性关联命运，本质决定结局。妖的本质注定了无法逃脱的失败，灭亡的结局。《西游记》中那么多小妖，由于个性差异，有的在一段时期有个高低好差之别，可到了最后，哪一个小妖能够善始善终？覆巢之下，安有完卵？

报告还提醒神与人，面对妖性，要像孙悟空那样，摸准小妖个性，以掌握斗争的主动权。利用小妖个性演化成、转变为与妖魔搏斗的有利因素。谨慎防范个性化小妖；无情 PK 个性化小妖，战而胜之，斗而抑之，乃至剿而清之。比如，孙悟空定住刁钻古怪、古怪刁钻，然后，变出二小妖行事；孙悟空从巴山虎、倚海龙嘴中套出了老妖婆的详情，然后打死二小妖，再变化为小妖去赚老妖婆；孙悟空除掉有来有去，再变化成其模样接近金圣宫娘娘，联手除妖，等等，都是利用小妖个性与形象，便宜运作。现实生活中，人们能像孙悟空那样，深切地认识小妖个性，就能利用小妖、防范小妖、制约小妖，解除小妖的危害。

综上所述，小妖具有各式各样的鲜活个性，我们可以欣赏这些个性，可以认清这些个性，还可以利用这些个性。认识小妖的个性，是为了摈弃其丑鄙的个性，当然也可以汲取小妖个性中一些有趣的因子，但在汲取的量上要设立警戒线，比如，其活络、干练的个性，当然值得借鉴，但这类个性一旦借鉴得过了头，就会沾上妖气。认识、利用小妖个性，很具实用价值的一点，在于防范小人，有效自保，这一点若是领悟、实践得当，也是很有意义的。

天际千仙万佛大聚会，庆典西天取经成果，
然后，隆重推出系列活动：

趣品“西游”酒文化

唐三藏师徒西天取经之后千百年，西天王母娘娘又在筹划一次蟠桃酒会。

这时，文曲星君向玉皇大帝报告说：人间出了四大才子，写了四大名著，本本都含酒文化：曹雪芹写了《红楼梦》，中含“情”酒文化；罗贯中写了《三国演义》，中含“谋”酒文化；施耐庵写了《水浒传》，中含“义”酒文化；吴承恩把唐僧师徒西天取经的事写成《西游记》，中含“神”酒文化。

玉皇大帝问：为什么说《西游记》的酒文化是“神”酒文化？

文曲星君解释说：《西游记》中的一些神仙、妖魔，酒理念、酒言行、酒故事，写得神乎其神，玄乎其玄，这是其他名著所无法企及的。比如，在宝象国，小玉龙变成宫娥，在黄袍怪面前表演斟酒特技，他用逼水法把酒斟得高出酒盅三五分而不溢出，又将高出酒盅外的酒变成十三层宝塔一般，尖尖满满，更不溢出一点。这是其他名著中不可现的“神”酒奇观。

玉帝听了，龙心大悦，当即传旨：由王母娘娘主持蟠桃酒会，主题是“趣品西游酒文化”。

这一次蟠桃酒会，盛况空前，不仅邀请了佛，道，诸尊，太乙上仙，而且邀请了旃檀功德佛（原唐三藏），斗战胜佛（原孙悟空），净坛使者（原猪八戒），金身罗汉（原沙僧），八部天龙马（原小玉龙白马），还特邀了一些与酒有关的诸位文人学士仙魂神魄。

西天如来佛祖、玉皇大帝、太上老君等众多佛仙尊长及各路神仙，以及被特邀者入席后，蟠桃大会在王母娘娘的主持下，在神音仙乐、奇光异彩中拉开了帷幕。

太阴星君指挥嫦娥仙子舒广袖，吴刚捧出了桂花酒。

众佛仙喝迎驾御酒，尝人参果、蟠桃，听盘古大神朗诵：

《源远流长，与时俱进》

自从盘古开天地，宇宙之间就有酒！

有人说，杜康造酒，酒有四千年长龄；

天际千仙万佛大聚会，庆典西天取经成果，
然后，隆重推出系列活动：

也有人说，黄帝时造酒，酒有五千年时龄；

还有人说，炎帝时造酒，酒有七千年高龄；

更有美国人帕特里克·麦格文说：中国人九千年前开始酿酒。

啊，酒有近万年的老龄。

酒是什么？

酒是水的形象、火的性格；

酒是灵性之物；

酒是快乐之源。

“醉后方知乐”，“四体春悠悠”！

酒，其实就是一种文化。

如今，这种酒文化已成了官场、职场、市场人生的圆舞曲：

君不闻：广告的一半是酒做的，酒的一半是水做的。

众仙佛听了，忍俊不禁。水德星君听了更是会心一笑！

如今已成了旃檀功德佛的唐三藏说：“随缘而饮，人之常情。”

“贫僧与生俱来，素不饮酒。那一年，在长安离别唐太宗时，唐王赐我一杯御酒，还从地上撮了一点尘土弹入酒中，说：御弟前往西天取经，可进此酒：宁恋本乡一捻土，莫爱他乡万两金。喝了唐王赐的御酒，感觉挺好。以后，在西天取经的路上，遇到困难，感到寂寞时，就想起了这杯酒：“劝君更进一杯酒，西出阳关无故人。”心情油然舒坦多了。难怪我那同时代的唐朝人聂夷在《饮酒乐》中说：“我愿东流水，尽向杯中流。安得阮步兵，同入醉乡游。”现在天界下的人间，流传着一首《九月九的酒》：‘又是九月九，重阳夜难聚首；思乡的人儿飘流在外头。又是九月九，愁更愁，情更忧，回家的打算始终在心头。走走走走走啊走，走到九月九，他乡没有烈酒没有问候，家中才有自由才有九月九。亲人和朋友，举起杯，倒满酒，饮吞这乡愁，醉倒在家门口，家中才有自由才有九月九’。这《饮酒乐》与《九月九的酒》异曲同工。佛家凡事讲个缘字。风从树上过，风与树就有了缘。俗话说：无酒不成席，芸芸众生，碰到酸甜苦辣的事，逢上四时八节的习俗，摆个席，喝点酒，这是很正常的事。春节团圆酒、清明上坟酒、端午辟邪酒、中秋赏月酒、重阳菊花酒等等，能给黎民百姓带来无穷的情趣。我在西天路上，有时情之所致，也免不了喝点素酒。现在有人打缘字牌的酒：国缘、人缘、太

天际千仙万佛大聚会，庆典西天取经成果，
然后，隆重推出系列活动：

阳缘、月亮缘、地球缘，就很有创意，表达和含寄了富有情缘的酒文化特质。”

旃檀功德佛的一番酒论，勾起了诸多仙家的情思妙想。

二十八星宿中的奎木狼很有感慨地回忆了与百花羞公主的那段情，与八部天龙马打斗的那段缘。众仙家异口同赞八部天龙马的逼水斟酒法。八部天龙马格外露脸，趁机说：“当年，我只知道我们西洋大海龙宫的洋河酒，大师兄孙悟空家乡的花果山酒、山楂酒。西天取经，才深感：“走遍天下，好酒真多”。单就中华白酒类，就有“空杯尚留满室香”的茅台酒，“快卷还须三百杯”的宝羊酒，“杏花村里酒如泉”的汾酒，“船过夔门闻曲香”的泸州老窖，“太白应恨生得早”的五粮液，“游鱼饮之化为龙”的双沟酒，“花开美酒喝不醉”的西凤酒，以及别具一格的董酒、玉冰酒等等。放眼五大洲，又有白兰地、威士忌、伏特加、朗姆酒、金酒等全世界著名六大蒸馏酒，还有特种葡萄酒——雪莉酒，二次发酵起泡的葡萄酒——香槟酒，加香葡萄酒——味美思，真令人眼花缭乱，目不暇接。”

八部天龙马一口气数说出人间成千上万种品牌酒，他对酒如此见多识广，使众仙叹为观止。现已为金身罗汉的沙僧听了，忍不住说道，好马配好鞍，好酒需好器。所谓“选择酒具，相映生辉”。

原来，当年沙僧在灵霄宝殿司职卷帘大将时，在蟠桃会上失手打碎了酒具琉璃盏，受贬被罚。西天取经结束后，潜心了解研究，对天上人间的各种各样的酒具酒器了如指掌，以至他在众仙面前，如数家珍一般地说出了诸如联珠饕餮纹铜斝、醴陵象尊、食人虎铜卣、四方屋顶盖铜方彝、骓子驹尊、太保铜盉、蛋壳黑陶高柄杯、船形彩陶壶、舞马衔杯银酒壶、掐丝团花金杯、牛角玛瑙杯、逸士酣饮图青玉杯、宝玉夜光杯等珍贵名器。

这时，众仙佛见了已成为净坛使者的猪八戒，坐在席上“文明饮酒，重在品味”，称奇不已。如来佛祖说，当年，我见他食肠宽大，封他一个受用的品级：净坛使者。这几年，他潜修有道，品味提升。

净坛使者猪八戒说：谢佛祖褒奖。当年，我因饮酒过量，酒后调戏嫦娥，遭受贬罚。成为净坛使者后，经常看到凡夫俗子粗鄙饮酒，言行失范，低级趣味。为此，我想：饮酒热情过度，反成害处；适可而止，恰到好处。尤其要文明饮酒，注意自控，不可酒后失德、酒后失态、酒后失言。

净坛使者猪八戒的一番见解，得到诸仙佛的赞同。大家认为饮酒要讲道、

天际千仙万佛大聚会，庆典西天取经成果，
然后，隆重推出系列活动：

讲雅、讲趣，才有意思。

有的说，饮酒须讲五贵：

饮量无论宽窄，贵在能好；

饮伴无论多寡，贵在健谈；

饮具无论丰啬，贵在可继；

饮政无论宽猛，贵在可行；

饮候无论长短，贵在能止。

有的说，饮酒妙在五好五不好：

不好酒而好宾；

不好食而好谈；

不好长夜之饮，而好与明月相随而不忍别；

不好为苛刻之令，而好受罚者欲辩无词；

不好使酒骂座之人，而好其酒后尽露肝膈。

有仙家问，八仙对醉酒见多识广，也有所体会，不知有何见解？

上仙吕洞宾说：喜酒喜酒，喝得歪歪扭扭。但这个歪歪扭扭当在微醉之度，这样才有情趣。

大仙铁拐李说，其实酒中这个醉，很有学问。唐朝皇甫崧在《醉乡日月》中说：醉花宜昼，袭其光也；醉雪宜夜，乐其洁也；醉得意宜艳唱，宣其和也；醉将离而击钵，壮其神也；醉文人宜谨节奏，慎章程，畏其侮也；醉俊人宜益觥盂，加旗帜，助其烈也；醉楼宜暑，资其清也；醉水宜秋，泛其爽也。此皆以审其宜，收其景，以与忧战也。呜呼！反此道者，失饮之大也。

这段话说白了就是：对花酣饮，当在白昼，这样可以借取光明；对雪畅饮，当在晚上，这样便于欣赏其皎洁；为得意之事酣饮，当以绝唱相伴，这样便于疏通意气，使之调和；因将离别而酣饮，当击钵而鸣响，这样可以增壮神色；和文人酣饮，当谨持节奏，慎依章程，以免招来他们的羞辱；和豪俊之士酣饮，当增加觥盂，添插旗帜，这样可以增加威烈；在楼上酣饮，当在夏天，这样可以利用其清凉；在水边酣饮，当在秋天，这样可以清爽。这都是审度时宜，利用景致，用来战胜心中的忧愁。啊！违反这个道理，饮酒的兴趣就要大减了。

这时，出席蟠桃酒会的哪吒三太子调皮地说，要说饮酒情趣，当首推斗战胜

天际千仙万佛大聚会，庆典西天取经成果，
然后，隆重推出系列活动：

佛孙悟空。众仙听了，有些不解。哪吒眨了眨眼睛，狡黠地说，人家喝酒，是把酒往肚子里喝，而孙大哥？他是跑到人家肚子里喝酒。哪吒讲述了当年孙悟空在狮驼岭钻进青狮精肚子里接喝药酒，制服妖精一事后，大家开心不已。

观世音菩萨说，斗战胜佛当年在取经路上，总是把饮酒纳入事业的轨道。在朱紫国，赛太岁先锋小妖前来挑战，被悟空打败，逃离时，乘机放火烧城。这时，悟空等正与国王饮酒，趁势泼杯中之酒，使大法术将酒化为大雨，浇灭了城楼之火，也灭掉了妖魔的气焰。

斗战胜佛说，谢谢菩萨的夸奖。不过，千百年来，破除万事无过酒。酒可以成事，也可败事。应该善于用酒促进事业有成，而不应该饮酒误事，所谓"成败得失，妙乎用酒"。在西天路上，悟空曾多次精心谋划，巧妙用酒，降妖除魔。说起这些事，酒会上众仙家唏嘘不已，敬佩有加。

王母娘娘见玉皇大帝对众仙佛的酒论兴趣异常浓烈，就请他宏论酒文化。

玉皇大帝说："为政之道，须慎于酒。"

大禹品酒警世人，纣王酗酒焚自身，周公《酒诰》发禁令，勾践倾酒于河中，汉武荒诞"不死酒"，宋王杯酒释兵权。帝王酒肉穿肠过，为政善德留心中。手握权柄不慎酒，国破身亡悔不休。

玉帝之论，博得众仙佛普遍的赞和之声。神农大仙说，岂止为政之道，须慎于酒。"为身之道，当慎于酒。"千万年来，酒之功过争议不休，褒贬不一，争论激烈。单从健康角度来说，酒是一柄双刃剑，适度适量则有益，过犹不及。所谓"致中和"是也。中庸，和谐。如果不顾自己的身体，高喊"感情深一口闷"，泡"酒精肝"，就要付出严重的健康代价。当年，西天路上比丘国国王就几为酒色而毙命。

蟠桃酒会上，众仙佛酒兴愈来愈浓，谈兴愈来愈烈。王母娘娘趁势推出太白金星李长庚，高声朗诵《将进酒》，为酒会推波助澜：

君不见黄河之水天上来，奔流到海不复回。
君不见高堂明镜悲白发，朝如青丝暮成雪。
人生得意须尽欢，莫使金樽空对月。
天生我材必有用，千金散尽还复来。
烹羊宰牛且为乐，会须一饮三百杯。

天际千仙万佛大聚会，庆典西天取经成果，
然后，隆重推出系列活动：

岑夫子，丹丘生，将进酒，杯莫停。

与君歌一曲，请君为我倾耳听。

钟鼓馔玉不足贵，但愿长醉不用醒。

古来圣贤皆寂寞，惟有饮者留其名。

陈王昔时宴平乐，斗酒十千恣欢谑。

主人何为言少钱，径须沽取对君酌。

五花马，千金裘，呼儿将出换美酒，与尔同销万古愁。

李太白吟毕，众骚人墨客纷纷放声豪诵，使蟠桃酒会掀起了“诗中有酒，酒中有诗”的高潮热浪。

看：

陶潜吟《止诗》；

刘伶《酒德颂》；

杜甫《饮酣视八极》。

听：

苏东坡放声高诵《水调歌头·明月几时有》：

明月几时有？把酒问青天。

不知天上宫阙，今夕是何年。

我欲乘风归去，又恐琼楼玉宇，高处不胜寒。

起舞弄清影，何似在人间！

转朱阁，低绮户，照无眠。

不应有恨，何事长向别时圆？

人有悲欢离合，月有阴晴圆缺，此事古难全。

但愿人长久，千里共婵娟。

接下来，才子学士们高诵：赤橙黄绿青蓝紫，五光十色酒醉人。

李贺：小槽酒滴珍珠红；

杨次也：麦缸鹅黄新酿熟；

白居易：倾如竹叶盈樽绿。

诗人们诵到激情时，大呼小吟：

“酒酣喝月使倒行，

今宵酒醒何处？

且饮美楼登高楼，

醉听清吟胜管弦。"

这唤起了众仙佛的激情。

燃灯古佛、元始天尊等纷纷开尊口建言：壶中乾坤大，杯中日月长。建设酒文化，造福全寰宇。

玉皇大帝当即下旨：由王母娘娘挂帅，金星太白李长庚协助，立项启动酒文化建设工程，从着力探索、研究、规范、解决以下一些问题入手，加速酒文化建设：

酒的起源，雅号别称及准确内涵。

酒文化的科学定义及大观。

天下酒目录体系及分类数据库。

各类酒的特色、优长比较。

提高酿造工艺水平，增加酒的科技含量。

认知民俗民情民生，合理定价，打好酒文化"民"牌。

如何以"制造为魂、质量为根、市场为镜"打造品牌酒。

在政治文明、精神文明、经济文明建设中如何发挥酒的积极作用。

在人生官场、职场、市场、战场中，酒如何趋利避害。

酒的探索和管理。

文明健康有趣饮酒（重点研究，倡导和解决的问题：饮酒之道，佐酒之肴，盛酒之具，酒质之论，喝酒之量，酒戏之乐，酒令之趣，酒联之韵，酒品之范，酒席之礼，酒会之戒）。

传承古今中外酒文化优美理念、文明规范、精华礼仪。

酒文化名人名典列示。

酒厂酒商酒客与文化职能部门、才子们、传媒联手建设酒文化精品工程。

应用传媒平台，特别是电子公务网站迅速而有效地推动酒文化建设。

王母娘娘与金星太白接旨后，娘娘要求天上人间齐努力，致力建设酒文化。太白则脱口吟出："高山流水诗千首，精品文化酒一樽。"

这真是：

天际千仙万佛大聚会，庆典西天取经成果，
然后，隆重推出系列活动：

蟠桃会上话西游，
西游路上酒事多。
酒事还须倚文化，
文化滋润新酒歌。

天际千仙万佛大聚会，庆典西天取经成果，
然后，隆重推出系列活动：

后　记

这本小册子得到了南大出版社社长左健先生、南大出版社副总编金鑫荣先生和陆蕊含老师的指点。他们为该书的出版付出了心血和辛劳。这本小册子还得到张雅兰、宋平、于文勤、宋孝岭、程界陇、陈良飞诸多朋友、同事、行家的关爱和帮助。在此表示诚挚的感谢。

作为作者的陈瞻参与了本书的策划、构思，一同提出、研究、探索了许多有价值的问题。比如，为什么保唐僧西天取经的是孙悟空，而不是黑熊精、红孩儿、牛魔王？孙悟空有哪些交际手段？等等。他撰写了本书中许多篇章。尤其是放眼有关报刊、杂志、书籍和网上的大量有价值的资料，从中得到启迪，对成书起到了积极的作用。

本书中有些理念有点“欧化”，对此，可以“任人评说”。

本书总的风格是亦庄亦谐。所谓“书中的事、书中的话，说是也是，不是也是；说不是也不是，是也不是”。问题是表现形式是否“谐”过了，有点无厘头，还恳请行家予以点评。

陈玉金
陈　瞻
于南京
2008 年 4 月